www.bbulmedia.com

좀비묵시록
82-08

좀비묵시록 82-08

13

박스오피스 현대 판타지 장편 소설

뿔미디어

CONTENT

1장
Deus Ex Machina

1

"하아~ 하아~ 안 돼… 안 돼……."

차단벽 위에 엎드린 채 매달린 제니는 고개를 저었다. 쏟아지는 눈물 때문에 앞이 잘 보이지 않는다.

보안관 오빠가… 세상에서 가장 용감하고 힘센 보안관 오빠가 눈을 부릅뜬 채 바닥에 쓰러져 있다.

그리고 주변에는 아직도 미련을 버리지 못한 수십 마리의 좀비들이 서성인다. 단 한 번이라도 숨을 내쉬면 곧바로 달려들어 갈기갈기 찢을 기세다.

그롸아아— 끄르르르—

또 다른 좀비들은 그녀를 노리고 열심히 몸을 날려 팔을 휘저었다.

쿵— 쿵—

4미터가 훨씬 넘는 높이여서 닿을 염려는 없지만, 놈들이 부딪칠 때마다 얇은 철판으로 된 차단벽이 휘청거렸다.

"어떡해… 어떡해……. 오빠, 흐으윽!"

제니는 두 팔과 다리에 힘을 꽉 준 채 버텼다. 이 상태가 위험하다는 것을 아는데, 시선은 보안관에게 꽂혀 움직일 줄을 모른다. 머릿속에 아무 생각도 나지 않고 계속 눈물만 솟았다.

저대로 그냥 죽어버리는 게 아닐까?

아니, 어쩌면 이미 되살아날 수 없는 것 같다는 걱정만이 반복적으로 떠올랐다가 가라앉았다.

"아냐! 정신 차려! 생각해! 생각!"

제니는 자신을 향해 빽! 소리를 지르고 이를 악물었다. 이렇게 바보처럼 울고 있을 때가 아니다. 일단 지금은 할 수 있는 최선을 다해둬야 한다.

그래야 임수정이 말했던 것처럼 10분 뒤에 보안관이 다시 깨어났을 때, 함께 달아날 수 있다.

10분 뒤에도 깨어나지 못하면…….

아니, 그럴 리 없어! 그런 걱정 말고 현실에 집중하라고!

제니는 세차게 고개를 저었다. 그러고는 아래쪽 인도를 노려봤다. 서른 마리가 넘는 좀비들이 부근에 모여 있다. 이 상태로 시간만 흐른다면 보안관이 정말로 깨어난다 해도 곧바로 목숨을 잃을 수밖에 없다.

"좀비들을… 다른 데로 끌고 가야 해. 일단 여기를 다 깨끗이 정리해 둬야… 하아~"

제니는 차단벽의 모서리를 두 팔과 두 다리로 꼭 끌어안은 채 앞쪽을 향해 기어가기 시작했다. 그녀를 노리며 점프하던 좀비들도 게걸음으로 따라 이동한다.

하지만 아직도 보안관 주변에 남아 멍하니 서 있는 놈들이 많다. 제니는 그놈들의 주의를 끌기 위해 손바닥으로 차단벽을 두들기며 소리를 질렀다.

"여기야! 여기로 와, 바보 새끼들아! 나를 잡아먹어 보라고!"

쿵―

여러 마리의 좀비가 한꺼번에 몸을 날리자 차단벽이 휘청한다. 제니는 중심을 잃고 옆으로 미끄러졌다.

"으윽!"

양손을 쫙 벌려 어떻게든 차단벽의 틈을 움켜잡았다. 힘주어 오므린 허벅지에 생채기가 나면서 날카로운 통증이 느껴진다. 하지만 더 아픈 것은 심장이다. 순식간에 모두 다 타버리고, 지금은 재만 남겨져 있는지도 모른다.

하아~ 하아~

제니는 다시 중심을 잡기 위해 필사적으로 몸부림을 쳤다.

찌익, 발이 밀려 나가며 인도 쪽에 걸쳐진 왼쪽 다리가 아래로 미끄러졌다.

그라아아아―

높이 뛰어올라 휘젓는 좀비의 손가락이 아래로 미끄러진 제니의 발 바로 근처를 스치고 지나간다.

제니는 얼른 왼쪽 다리를 위로 끌어 올리며 중심을 잡았다. 하마터면 아래로 떨어질 뻔했다. 그랬다가는… 그녀만 죽는 게 아니다. 보안관도 같이 죽는 거다.

쿠웅— 쿵—!

그러는 사이에도 좀비들은 계속 차단벽을 들이받고 손바닥으로 후려치는 중이다. 손가락이 부러지고 어깨가 탈골되어도 도무지 멈출 기미가 없다.

제니는 최대한 몸을 밀착시키며 중심을 잃지 않기 위해 애를 썼다. 등에 메고 있는 배낭의 무게가 한쪽으로 쏠리는 것조차 부담스러울 만큼 아슬아슬하다.

그냥 매달려 있는 것 정도는 어찌어찌 버텨낼 수 있겠지만, 좁은 차단벽의 모서리를 타고 이동하는 게 어렵다.

손을 뗀 순간에 벽이 흔들리면 또 방금 전처럼 휘청거리며 목숨을 건 서커스를 해야 한다. 매끄러운 재질이라 편히 잡을 만한 데도 별로 없다.

"여기라고! 이리 와!"

온몸이 식은땀으로 흠뻑 젖은 상태에서도 제니는 차단벽의 좁은 윗면에 엎드린 채 운동화 뒤축으로 벽을 때리면서 아직도 따라오지 않은 좀비들을 유도하기 위해 애를 썼다.

아직도 보안관과의 거리는 불과 3미터 정도. 진행은 턱없이 느리다. 이래서야 10분이 지나도…….

"시간!"

제니는 자신이 놓치고 있는 게 뭔지 뒤늦게 깨달았다. 보안관이 쓰러진 정확한 시간을 보지 못했다. 그러니 그때로부터 지금까지 몇 분이나 지났는지도 당연히 모른다. 제니는 떨리는 팔을 들어 시계를 확인했다.

오후 1시 7분…….

제니의 머릿속이 복잡해진다.

대체 몇 분이나 지난 거지? 이 좀비들을 멀리 끌고 도망가야 하는 시간이 얼마나 남은 거지?

매달린 채 기어서 전진하느라 얼마나 시간을 썼는지 짐작할 수 없었다. 그리 길지는 않았던 것 같은데, 어쩌면 그게 자신의 착각일 수도 있다.

"아냐… 이런 식으로 질질 끌어서는 해결이 안 돼."

제니는 입술을 꽉 깨물었다. 냉정히 계산을 해보면 답은 분명하다. 1분을 기어도 채 2미터를 전진하지 못한다.

그나마도 몇 마리는 아직까지 보안관의 주변에 남아 있다. 더 적극적으로, 더 빠르게 놈들을 먼 곳으로 꾀어내야 한다.

"저 정도면 꽤 먼데… 근데 저기로… 어떻게 가지?"

제니는 멀리 떨어진 가전제품 대리점을 바라보며 중얼거렸다.

3층짜리 건물. 창문도 많고, 계단도 좁다. 좀비들이 따라 들어와 주기만 하면 꽤나 시간을 벌 수 있을 것이다. 또 다른 건물들과 이어져 있어서 의식을 잃은 보안관 쪽이 가려지는 효과도 있다. 하지만 일단 저기까지 기어서 가는 건 불가능하다.

이 방식으로는 안 돼…….

"익!"

제니는 일단 선로 쪽으로 몸을 던졌다. 그러고는 재빨리 가전제품 매장이 정면으로 마주 보이는 위치까지 뛰어가 배낭을 벗어 바닥에 대고 털었다.

"하아~ 하아~ 망치, 드라이버, 라이터… 담배… 물, 기름… 등산용 로프, 칼… 플래시… 볼라, 음식은 됐고……."

표준 장비라고 해서 언제나 메고 다녀야 했던 가방인데, 그다지 대단한 건 없다. 제니는 정신없이 눈을 굴리며 자신이 가진 것으로 뭘 할 수 있는지 생각했다.

저 건너편의 인도로 가서 좀비들을 그곳까지 유인한 뒤, 자신은 안전하게 빠져나올 수 있어야 한다. 그 모든 걸 앞으로…….

시계를 봤다. 바늘 시계라서 정확하지는 않지만, 대략 1시 8분. 그사이에 또 1분이나 지났으니까, 그 모든 작업을 앞으로 6분 내에 다 해내야만 한다. 그 정도밖에는 여유가 없다.

그녀를 따라와 차단벽을 두드리는 좀비들의 소리가 약해지는 게 불안하다. 놈들이 다시 보안관에게 돌아가 버리면 안 된다.

제니는 선로에 깔린 자갈들을 주워 비운 배낭에 채우기 시작했다. 작은 배낭은 이내 자갈로 가득 차서 불룩해졌다.

"끄응~!"

제니는 배낭의 손잡이를 잡고 들어 올려봤다. 꽤나 묵직하다. 이 정도면 30킬로그램 정도는 되지 않을까?

무게를 가늠한 후, 등산용 로프의 매듭을 풀어내서 볼라의 한 가운데에 묶었다. 볼라를 두어 차례 돌려 중심이 제대로 잡혔는지를 확인한 제니는 그걸 목에 걸고 차단벽 중간 높이의 틈에 드라이버를 박아 넣었다.

깡! 깡! 까앙—!

제대로 고정시키기 위해 드라이버 뒷부분을 망치로 때려 깊숙하게 박았다.

아악—!

망치가 헛 나가 왼손 엄지를 내려친다. 엄지가 터져 나가는 것 같았지만, 제니는 비명을 삼키고 곧바로 다시 망치를 휘둘렀다. 울면서 손가락을 빨 때가 아니다.

"됐어, 됐어. 이 정도면 안 빠져."

드라이버에 무게를 실어본 제니는 그걸 밟고 올라가서 다시 차단벽 위에 걸터앉았다. 한쪽 발등을 드라이버에 걸어놓고 무게를 지탱할 수 있기 때문에 조금 전 그냥 매달려 있을 때보다 자세는 훨씬 더 안정적이다.

"시간이… 하아~"

제니는 등산용 로프를 왼손에 쥐고 다시 시간을 확인했다.

1시 11분.

이제 여유 시간은 3분. 실수해서는 안 된다. 그녀는 오른손으로 볼라를 쥐고 팔을 높이 들어 올리며 빙빙 돌렸다.

"걸려라! 제발!"

볼라를 힘껏 던지며 제니는 안타까운 기도를 했다.

부웅— 붕— 붕—

원을 그리며 날아간 볼라는 앞 건물 3층의 에어컨 실외기 거치대에 걸리며 휘리릭 감겼다.

감기는 순간, 당겨지는 힘 때문에 하마터면 그녀까지도 앞으로 고꾸라질 뻔했다. 제니는 드라이버에 건 발등에 힘을 주어 겨우 중심을 잡고 버텼다.

"웃차!"

자세를 다시 잡은 제니는 볼라에 연결한 로프를 당겨봤다.

피잉—

로프가 팽팽하게 당겨지자 볼라가 친친 감긴 실외기 거치대에서 까드드득거리며 쇠가 울린다. 단단히 묶였다.

"왼쪽 맨 끝 창문……"

볼라를 감아둔 실외기의 위치를 확인하자마자 제니는 선로로 뛰어내렸다. 그러고는 볼라와 연결된 로프를 조금 전 자갈을 가득 채운 배낭에 묶었다.

"담배… 담배… 라이터!"

제니는 바닥에 떨어져 있던 두 갑의 담배와 라이터, 그리고 라이터 기름을 집어 트랙 톱 주머니에 쑤셔 넣었다.

다 챙긴 건가?

마지막으로 확인을 마치고 나서 다시 드라이버를 밟고 차단벽 위로 뛰어올랐다.

"…1분……"

시계를 확인한 제니는 차단벽에서 인도 쪽으로 뛰어내렸다.

높이가 꽤 됐지만, 매달려서 조심조심 내려올 여유 따위는 없다.

탁, 바닥에 내려서면서 제니는 한 바퀴 앞으로 굴렀다.

"끄으으! 아으!"

제니는 비명을 지르면서도 곧바로 일어나 좀비들이 있는 방향으로 뛰어나왔다. 무릎의 살갗이 벗겨지고 손바닥이 긁혔지만, 그 정도면 감사하다. 발목이 멀쩡하면 뛸 수 있으니까.

"야! 이것들아! 이리 와! 너희들이 좋아하는 거잖아!"

제니는 좀비들을 향해 소리를 지르며 트랙 톱을 벗어 들고 라이터 기름을 그 위에 뿌렸다. 잡고 있는 소매 외의 부분이 기름으로 흥건해질 때쯤 제니는 라이터를 켰다.

화르륵!

기름을 잔뜩 먹은 폴리에스테르 재질의 옷은 금방 불길로 뒤덮였다. 트랙 톱 주머니 안에 든 담배에서도 특유의 냄새와 함께 검은 연기가 피어오른다.

"으윽! 아으으!"

속옷만 입고 있는 상체에 화염의 열기가 덮쳐 오자, 땀이 증발하고 솜털이 그을린다. 뜨겁다. 제니는 이를 악물고 고통을 참으며 깨져 있는 자동차의 뒷좌석으로 불붙은 옷을 던져 넣었다.

그롸아아아아! 끄와아아아!

담배 연기, 불의 열기, 움직이는 사람 소리……

여러 가지 유혹을 한꺼번에 받은 좀비들은 말 그대로 미친 듯이 포효하며 달려온다. 놈들의 관심을 잡아끄는 데 성공했다.

30여 미터의 거리는 금방 확 줄어들었다. 제니는 곧바로 뒤돌아서서 가전제품 매장을 향해 뛰었다.

탁탁탁탁탁—

지축을 울리는 발소리가 바로 등 뒤에까지 따라붙는 느낌이다. 매장 안으로 재빨리 들어간 제니는 좌우를 둘러봤다. 계단은 좌측 끝에 위치해 있다.

으지직— 콰장창!

여러 마리가 한꺼번에 몸을 날리자 유리문이 박살 난다. 엎어진 좀비들의 몸을 밟고 수십 마리의 좀비가 일제히 뛰어 들어온다.

이제 미리 걸어놓은 밧줄을 타고 선로 쪽으로 다시 돌아가기만 하면 된다.

도로 위에는 연기가 피어오르는 자동차에 관심을 보이는 놈들도 몇 마리 모여 있다.

두려움 때문에 얼굴이 파랗게 질린 상황 속에서도 제니는 열심히 매장 내부를 내달렸다. 그러고서 매대 위에 진열되어 있던 밥솥과 선풍기를 닥치는 대로 밀어 넘어뜨리고 계단을 뛰어올랐다.

쿵당탕—

뒤쪽에서 요란하게 구르는 소리와 좀비들의 포효가 함께 울린다.

"하아아~ 하아아~"

가슴이 벅차도록 속도를 높여 2층에 들어서자 어둠이 진하게 내려앉는다. 여기는 전면창이 없다. 제니는 비로소 자신이 챙겨 오지 않은 물건이 있었다는 걸 깨달았다.

플래시. 중요한 거였는데…….

설상가상으로, 3층으로 통하는 계단이 보이지 않는다. 아마도 3층은 별도의 계단을 통해 오르게 되어 있는 구조인가 보다.

"어쩌지? 어떻게 해야 되지?"

당황해서 망설이는 동안에도 좀비들은 계단 위로 뛰어 올라오고 있다. 제니는 앞뒤 잴 여유 없이 매장의 반대쪽을 향해 뛰었다.

진열된 물건들이 모두 커다란 냉장고뿐이어서 그녀의 힘만으로는 넘어뜨려 시간을 끌 수도 없다.

"사무실!"

사무실 문을 발견한 제니는 무조건 손잡이를 돌려 잡아당겼다.

콰당탕!

뒤쪽에서 냉장고가 넘어지는 요란한 소리가 울린다. 사무실 안으로 들어간 제니는 선로 쪽을 향해 난 커다란 창문을 보며 안도의 한숨을 내쉬었다. 그러고는 곧바로 문을 잠갔다.

찰칵, 그 작은 쇠붙이 돌아가는 소리가 그녀에게 안전을 보장해 준다.

쿵— 쿵—

뒤늦게 쫓아온 좀비들이 쇠문을 향해 쉬지 않고 몸을 날려 대고 있다.

"하아~ 여기가……."

제니는 창문에 달라붙어 자신이 설치해 둔 밧줄을 찾았다. 볼라를 묶어둔 실외기는 그녀가 숨은 사무실에서 사선으로 한 층 위에 위치해 있고, 자갈을 넣어둔 배낭과 연결된 밧줄이 차단벽쪽으로 이어져 있다.

"여길 어떻게 나가지?"

창문이 하부만 비스듬히 들어 올릴 수 있는 구조라는 걸 뒤늦게 깨달은 제니는 의자를 들어 올렸다.

의자를 던져 창문을 깨고… 중간 창틀을 밟고 뛰면…….

콰자작!

그렇게 그녀가 계산을 하고 있을 때, 문과 직각인 벽이 뚫리며 좀비의 머리카락이 얼핏 비친다.

뭐지? 왜 벽이?

이해할 수 없는 현상에 의자를 들어 올리려던 제니는 바짝 얼어붙었다. 그쪽 벽이 그저 합판으로 막아둔 간이 격벽이라는 걸 깨닫기까지 몇 초의 시간이 걸렸다.

콰자작— 콰자작—

그동안에도 좀비들은 열심히 몸뚱이를 던져 합판을 쪼개고, 벽에 바른 석회를 떨어뜨린다. 갈라진 틈 사이로 손을 집어넣고 잡아 뜯어내는 놈들도 있다.

"후우~ 후우~ 어떡해… 어떡해……."

제니는 두려움에 떨면서 의자를 들어 올려 창문을 향해 힘껏 내던졌다.

와장창―!

커다란 창문은 요란한 소리를 내며 박살이 났다.

콰당―

날아간 의자가 2층 아래 바닥을 때리는 소리가 그 뒤를 이어 들려온다.

책상 위에 있던 감사패로 틀에 걸려 있는 유리 조각들을 털어낸 제니는 창틀을 밟고 올라섰다.

"아얏! 아아야!"

틀을 짚었던 손가락에서 금방 빨간 피가 솟았다. 깨진 유리에 베인 것이다. 늘 장갑을 끼라고 잔소리를 하던 유빈의 얼굴이 순간적으로 스치고 지나간다.

와지끈― 와지끈―

합판 벽은 이제 완전히 너덜너덜해져 버렸다. 몸뚱이의 반 이상이 사무실 안으로 파고든 좀비들도 몇 마리 보인다.

"아냐, 아냐… 여기에 집중해. 이거… 이거 못 잡으면 너는 죽어… 끝이란 말이야… 하아~ 하아~"

제니는 계속 뒤를 돌아보고 싶은 본능을 꾹 눌러 참고 머리 위에 드리워져 있는 로프에 온 신경을 집중했다.

거리나 높이, 그리 멀지 않다. 제대로 점프만 하면 충분히 팔을 뻗어 잡을 수 있는 정도다. 다만… 놓치면 2층하고도 절반 정도의 높이에서 떨어지는 거다. 그때는 더 이상 탈출할 수 있는 방도가 없다.

"할 수 있어! 할 수 있어!"

계속 자기 최면을 걸고는 있지만, 두려움이 완전히 떨쳐지지를 않는다.

우지지직!

벽이 완전히 다 무너져 내리고 여러 마리의 좀비들이 일제히 방 안으로 고꾸라져 들어왔다. 이제는 시간 여유가 정말로 0이다.

"꺄아아! 엄마!"

제니는 비명을 내지르며 몸을 날렸다. 그러고는 두 손을 뻗어 로프를 콱 움켜쥐었다. 팽팽했던 로프가 약간 느슨해진다.

찌릿! 조금 전 유리에 베인 손가락에서 날카로운 통증이 느껴졌다. 하지만 해냈다는 성취감은 그 고통을 견뎌내고도 남을 쾌감을 그녀의 뇌에 제공했다.

"아으으윽! 으윽! 끄으응!"

제니는 온몸을 버둥거리며 로프를 좀 더 제대로 고쳐 잡기 위해 안간힘을 썼다. 지금처럼 손끝만 아슬아슬하게 걸치고 있어서는 저기 차단벽까지 건너가지 못한다.

몇 번이나 몸을 챈 끝에 제니는 손바닥 전체를 이용해서 로프를 콱 움켜잡을 수 있었다. 11자 복근을 더 선명하게 만들어야 한다고 못살게 굴던 개인 트레이너가 모처럼 고맙게 느껴졌다.

제니는 배에 힘을 꽉 주고 양손을 번갈아 바꿔 잡아가며 앞으로 나아갔다. 뒤쪽에서는 요란한 포효와 유리창 깨지는 소리가 혼을 쏙 빼놓을 것처럼 울려 대고 있다.

그라아아아—

창틀 위로 몸을 날린 좀비가 허공에서 두 손을 휘젓다가 바닥에 곤두박질쳤다.

애초에 선로 안에 설치한 무게 추는 돌을 채운 작은 배낭이 전부다. 그녀보다 더 무거운 것이 로프에 매달리게 되면 어떻게 될지… 아무것도 장담할 수 없다.

콰작!

바로 등 뒤에서는 무모하게 몸을 날린 또 다른 좀비가 바닥에 떨어지며 뼈가 박살 나는 소리가 들려온다.

'이제 한 번만 더! 한 번만 더 팔을 옮겨 잡으면 된다.'

차단벽이 눈앞으로 다가오자 가슴이 두근댄다. 제니는 길게 팔을 쭉 뻗어서 차단벽의 모서리를 움켜쥐었다.

그녀가 차단벽으로 체중을 옮긴 것과 거의 동시에, 수많은 실패를 딛고 좀비 한 마리가 로프 위로 뛰어내리는 데 성공했다.

촤라라라락—

실외기에 감겨 있던 볼라에서 날카로운 소리가 났다.

까가각, 배낭이 끌려 올라오며 차단벽을 훑는다.

제니는 재빨리 두 손으로 차단벽을 잡고 목을 움츠렸다. 자갈을 채운 배낭은 모서리에서 한 번 텅, 튕겼다가 좀비의 무게를 지탱하지 못하고 쏜살같이 떨어져 내린다. 로프에 걸려 있던 좀비도 균형을 잃고 추락했다.

"하아~ 하아~"

내장이 터지고 뼈가 꺾인 좀비들이 바닥을 기며, 닿지 않을 높이에 위치한 제니의 다리를 향해 손을 들어 올리고 있다.

제니는 있는 힘껏 차단벽을 걷어차면서 그 탄력을 받아 건너 편의 선로 위로 뛰어내렸다.

"하아~"

그제야 제니는 참았던 숨을 몰아쉬었다. 이것으로 보안관을 둘러싸고 있던 좀비들을 가전제품 매장 쪽으로 따돌리는 데 성공했다.

"늦었어! 늦었어!"

아얏!

제니는 급히 달려오던 속도를 이기지 못하고 자갈밭 위를 뒹굴었다. 그러나 이를 악물고 벌떡 일어나 곧바로 보안관이 쓰러져 있는 쪽으로 뛰어갔다.

몇 분이나 되었는지 시계를 볼 틈도, 용기도 그녀에게는 없었다.

2

30여 미터를 내달린 제니는 헐떡이는 숨을 참으며 선로 밖으로 머리를 내밀었다. 좀비는 모두 사라지고 없다. 그녀가 한 마리도 남김없이 꾀어낸 모양이다.

보안관은… 아직도 처음 쓰러졌을 때와 똑같은 자세로 그 자리에 누워 있다. 부릅뜬 눈도, 핏줄이 도드라진 얼굴도 그대로다.

"아니… 아냐. 왜… 왜……."

제니는 급하게 차단벽을 기어올라 건너편의 인도로 넘어갔다. 그러고는 보안관의 코와 가슴에 귀를 대봤다. 숨결도, 심장박동도 느껴지지 않는다.

왜? 대체 왜? 10분은 벌써 지나고도 남았을 텐데…….

제니는 고개를 저으며 넋이 나간 사람처럼 중얼거렸다. 커다란 상실감과 불안이 밀려와 눈물이 왈칵 솟는다.

뭐가 잘못된 걸까? 보안관 오빠의 말처럼 이건 그냥 독약이나 그런 거였을까? 다시 되살아나는 게 아니었단 말인가?

제니는 눈물을 훔쳐 내며 보안관의 배낭을 풀고 커다란 몸을 똑바로 눕도록 당겼다. 그의 가슴에는 아직도 D.E.M.의 바늘이 그대로 박힌 채다.

"이익!"

붉은 D.E.M. 캡슐을 잡고 바늘을 뽑아낸 제니는 두 손을 겹쳐 보안관의 가슴에 대고 세게 눌렀다. 영화에서 보았던 대로나마 심폐소생술을 해보려는 것이다.

"뛰어! 뛰라고! 숨 쉬어! 제발!"

보안관의 가슴을 콱콱, 누르며 제니는 기합 대신 소망을 외쳤다. 갈비뼈가 부러질 것 같은 기세로 눌러야 한다고 했던 것 같은데, 워낙 근육이 두꺼워서 그녀의 작은 손과 약한 힘으로는 제대로 된 압박조차 하기 어렵다.

체중을 실어 수십 번을 눌러 대던 제니는 보안관의 고개를 젖히고 입에 숨을 불어넣었다.

"후우욱! 후우욱! 오빠! 숨 쉬어요! 눈떠요!"

인공호흡과 흉부 압박을 번갈아 하는 동안, 그녀의 온몸은 땀으로 흠뻑 젖었다. 그리고 시간이 길어질수록 자꾸만 눈물이 솟아난다.

"안 돼요! 안 된다고요! 제발! 후우욱! 후우욱!"

울며 보안관의 입에 숨을 내쉬고, 주먹으로 가슴을 내려치기를 얼마나 반복했을까.

"크으윽! 커허헉!"

보안관이 긴 비명을 지르며 몸서리를 친다. 제니는 참았던 울음을 터뜨리며 보안관의 머리를 끌어안았다.

"아흐윽! 고마워요! 고마워요, 오빠!"

"…켁, 켁! 끄으으! 제, 제니야……."

다시 숨을 쉬기 시작했지만, 보안관은 여전히 정신을 차리지 못한다. 그는 계속 눈을 껌뻑거리면서 가슴을 움켜쥐었다.

심장이… 누군가 몸 안에 손을 집어넣어 심장을 꽉 쥐고 흔드는 것처럼 아프다. 박동이 이상하다. 갑자기 엄청나게 빨라졌다가, 돌연 그 속도가 확 줄어든다. 그럴 때면 가슴이 꽉 막혀서 숨조차 제대로 쉬기 어렵다.

"일어나야 돼요, 오빠. 우리 피해야 돼요."

고통스러워하는 보안관의 얼굴을 보면서도 제니는 그를 잡아 일으켰다. 좀비들을 잠시 떼어냈다고 하지만, 가둔 것은 아니다.

불과 30여 미터 거리에 놈들이 있다. 도망칠 수 있을 때 도망쳐야 한다. 이제는 그 빨간 캡슐도 없다.

"아으으! 여… 여기가……."

제니에게 의지해 걸음을 떼는 동안에도 보안관은 자신이 지금 어떤 상황인지 제대로 인식하지 못했다.

가슴은 쥐어짜는 것 같고, 지독한 두통이 머릿속을 헤집었다. 팽팽해진 혈관 때문에 눈이 터질 것 같다. 아프다. 지금까지 앓았던 모든 병의 고통을 압축해서 몸 안에 풀어놓는다 해도 이만큼 아프지는 않을 것이다.

"으윽! 우웨에엑!"

보안관은 바닥에 허물어지며 토사물을 쏟아냈다. 참아보려 했지만, 치밀어 올라오는 구토를 견딜 수가 없다.

"괜찮아요? 오빠, 넘어지면 안 돼요… 힘들더라도 조금만 더 가서 쉬어요. 네?"

등을 두들겨 주던 제니는 자꾸만 까부라지는 보안관의 팔을 잡아당기며 애원을 했다. 저 멀리서 하나둘씩 새로운 좀비들의 모습이 눈에 들어오기 시작한다.

선명한 색깔의 페인트를 덧입은 놈들. 분명히 오전에 이 앞으로 지나갔던 놈들이다. 지금 여기에 있으면 안 되는 좀비들이다.

"제발! 제발 일어나요! 끄으응!"

제니는 보안관의 가슴 밑으로 파고들어 가 그를 다시 일으켜 세우려 했다. 꿈쩍도 안 한다. 무겁기도 정말 엄청나게 무거워서, 바위를 미는 기분이다. 한 손에는 보안관의 배낭까지 들고 부축을 하려니 허리가 끊어지는 것 같다.

제니의 정성이 통한 것일까, 휘청거리던 보안관이 겨우 다시 몸을 추스르고 걷기 시작했다. 하지만 이런 상태라면 멀리는 못 도망간다. 제니는 고개를 들어 코스트코 쪽을 바라보았다.

바로 저기인데… 여기에서 훤히 보이는데…….

제니의 시선에는 아쉬움이 가득하다. 하지만 코스트코에 있는 친구들이 지금 자신의 모습을 볼 가능성은 없다. 남자 셋은 지금쯤 좀비 시체를 치우느라 한창 땀을 빼는 중일 것이고, 나머지도 다른 일을 하고 있을 게 분명하다.

이미 좀비가 지나간 뒤니까 밤이 올 때까지는 특별히 거리를 노려보고 감시할 이유가 없을 테니까.

"오빠! 조금만 더 힘내요! 주유소까지만 가요! 거기에서 사다리를 타고 선로로 넘어가요. 끄응!"

불과 건물 하나만 지나면 주유소다. 그런데 그게 너무나 멀게만 느껴졌다. 보안관은 대답 없이 비척거리며 걸었다. 그가 지금 얼마나 괴로운지는 그의 몸에서 쏟아져 내리는 엄청난 양의 땀으로 짐작할 수 있다.

그라아아아—

좀비들의 포효. 제니는 겁에 질려 뒤를 힐끔 돌아보았다. 규모가… 더 커졌다. 조금 전 40마리 정도의 좀비들도 많다고 느꼈었는데, 지금 모퉁이를 돌아 나오는 좀비들은 그보다 서너 배는 된다. 마음이 급해지고 발걸음이 빨라진다.

그렇게 속도를 올리자 보안관은 더욱더 고통스러운 표정으로 가슴을 움켜쥐었다.

주르륵, 그의 양쪽 콧구멍에서 붉은 피가 흘러내린다.

"미안해요… 미안한데… 이렇게 해야 돼요. 조금만 참아요, 오빠."

제니는 눈물을 삼키면서 보안관을 잡아끌었다. 드디어 건물을 다 지나고 주유소 부지 안에 들어섰다. 사다리를 달아놓은 곳까지 불과 20여 미터를 더 걸어가는 것인데도 진이 쪽 빠진다.

마지막 순간에 보안관이 조금이나마 기운을 차리지 않았다면 아마도 중간에 두 사람 다 허물어져 버렸을 것이다.

"나… 조금 괜찮아졌어. 이제 괜찮아… 저기… 좀비들… 위험한데……."

보안관은 비틀거리면서 사다리에 팔을 걸쳤다. 제니는 그의 다리를 붙잡아 올리고, 엉덩이를 받쳤다.

불안하다. 몇 미터 되지도 않는 낮은 사다리지만, 중간에 뚝 떨어져서 뒤통수를 찧을 것만 같다.

"올라가요! 꽉 잡고 올라가요!"

제니의 말을 들은 보안관은 사다리를 타고 오르기 시작했다. 흥건하게 흘러나온 땀 때문에 손이 미끄러워 두 번이나 떨어질 뻔했다.

그래도 아슬아슬한 사다리 타기는 겨우 성공했다. 좀비들이 주유소 앞까지 도달했을 때, 겨우겨우 보안관과 제니는 차단벽을 넘어 선로 아래로 떨어져 내릴 수 있었다.

"우우욱! 으윽!"

보안관은 다시 심장을 움켜쥐고 뒹군다. 조금 전, 사다리를 타고 오르는 그 정도의 운동마저도 지금의 그에게는 견디기 어려울 만큼 격렬한 것이었나 보다.

끄으, 끄으, 끄으……

숨을 제대로 들이쉬지 못하는 보안관의 호흡이 점점 더 빨라진다. 제니는 그의 가슴을 다시 압박하기 시작했다. 아무래도 아직 제 기능을 하는 것 같지가 않다.

"손 치우고 크게 숨 쉬어요! 후우~ 크게! 후우~!"

잔뜩 웅크리고 있는 보안관의 두 팔을 억지로 벌리게 하고 제니는 그의 심장을 콱콱, 눌렀다. 그래도 여의치 않자 아직 코피와 토사물이 묻어 있는 보안관의 입술에 대고 숨을 불어넣어 줬다.

후우욱~! 후우욱~!

하긴… 심장을 즉각 멎게 하고 강제로 10분 동안이나 뛰지 못하도록 억제하는 약에 부작용이 없을 리가 없다.

"흐으으~"

제니의 인공호흡을 수십여 차례 받고 나서야 보안관은 비로소 제대로 된 숨을 쉬기 시작했다.

사람이 코로 숨을 들이쉬는 그 당연한 소리가 이렇게나 반갑다니… 제니의 눈에 또 눈물이 맺힌다.

"아아~ 다행이에요. 다행이에요, 오빠."

제니는 보안관의 가슴에 얼굴을 묻고 울음을 터뜨렸다. 이렇게나 넓은 가슴을 가진 사람이… 조금 전 너무도 허무하게 목숨을 잃을 뻔했다.

"나… 그 이상한 주사… 맞았었는데… 지금 뭐가 어떻게 된 거야? 하아~ 제니, 너 괜찮아?"

보안관은 아직도 초점이 제대로 잡히지 않은 눈으로 제니를 내려다보며 물었다.

"네에, 네. 흑, 전 괜찮아요. 오빠가 선로 쪽으로 던져 줬었잖아요."

제니는 머리를 들고 보안관의 얼굴을 쓸어주며 대답했다. 1초 정도 만에 보안관은 고개를 끄덕인다.

"그래… 다행이다. 하아… 응? 너 옷이… 왜 그래? 진짜 괜찮아?"

보안관은 깜짝 놀라 물었다. 제니의 상의가 없어지고 속옷만 입은 채라는 걸 이제야 깨달은 것이다. 제니는 미소를 지으면서 눈물을 씻어냈다.

"괜찮아요. 좀비들 꾀느라고 벗어서 불을 질렀어요."

"아… 그랬구나. 나, 나를 구해준 거네… 기다려, 내가 내 옷을 줄 테니까… 끄으응."

셔츠를 벗기 위해 상체를 일으키려던 보안관은 다시 털썩 누워버렸다.

"내가 지금… 하아아~ 힘이 안 들어가. 저기… 조금만 있다가 벗어줄게. 으아, 그 주사 진짜… 다시는 안 맞아. 정말이야."

숨을 헐떡거리며 말을 하는 보안관을 보면서 제니는 고개를 끄덕였다. 이제야 그녀가 아는 보안관으로 돌아왔다. 뭐든지 해주겠다고 말하는 그 사람으로.

"목마르죠?"

제니의 질문에 보안관은 힘없이 고개를 끄덕였다. 입안에 모래를 잔뜩 채운 것같이 까끌거린다. 제니는 보안관의 가방에서 물병을 꺼내 그의 머리를 받치고 조금씩 부어줬다.

그의 갈증을 조금 달랜 뒤, 입 주변의 토사물과 인중에 말라붙은 코피도 닦아냈다. 그런 다음에야 자신도 한 모금을 마셨다.

하아아~ 너무도 긴 20분이었다.

그라아아아—

길가의 좀비들이 내뱉는 포효가 실감나게 들려온다. 조금 벌어져 있는 차단벽의 이음매를 통해 보이는 수가 더 늘었다. 놈들은 코스트코 방향으로 행진 중이다. 보안관은 고개도 들지 못하고 중얼거린다.

"하아~ 뭐지, 저 새끼들? 웬 낯선 놈들이 저렇게 떼로 몰려와서……."

"저거… 오전에 지나갔던 그 좀비들이에요. 페인트칠되어 있는 거 보면 확실해요."

"응? 그놈들이 지금 왜? 또 오려면 멀었잖아? 방향도 다르고."

"그건 모르겠어요……. 아, 맞다! 저거 경고해야 하는데! 유빈 오빠는 까맣게 모르고 있을 거예요!"

제니가 당황해서 몸을 일으키려 하자 보안관이 힘없이 말했다.

"내 가방에… 무전기 있어… 그걸로… 얘기해. 셔터 내리라고. 잘 잠그라고……."

웅! 제니는 배낭에서 무전기를 꺼내 송신 버튼을 누르고 큰소리로 외쳤다.

"여보세요, 여보세요! 대답 좀 해주세요! 이거 들려요? 대답해 주세요!"

두어 번 같은 말을 반복했을 때, 저쪽에서 답이 들려왔다.

— 치익~ 제니? 제니니? 치이익~ 왜? 무슨 일이야?

태권소녀. 제니는 곧바로 대답했다.

"좀비들! 100마리도 훨씬 넘는 좀비들이 지금 코스트코 쪽으로 가고 있어요! 아무도 밖으로 나가지 말고, 셔터 단단히 잠가둬야 해요!"

— 치이익~ 진짜? 무슨 일이야? 하여튼 알았어. 내가 지금 뛰어 내려가고 있으니까… 치이익.

잠시의 사이를 두고 태권소녀가 다시 물었다.

— 너는 어디야? 제니야? 너희는… 치익, 괜찮아?

"네, 저랑 보안관 오빠 지금 선로에 피해 있어요. 둘 다 무사해요. 언니, 조심해요."

무전을 끊은 뒤, 보안관의 얼굴을 보던 제니는 갑자기 그의 머리를 끌어안고 눈이며 이마, 코, 볼, 입을 가리지 않고 키스 세례를 퍼부었다.

둘 다 무사하다는 그 간단한 대답을 하마터면 하지 못할 뻔했다는 게 갑자기 너무나 통렬하게 실감되었기 때문이다.

죽음이… 사신의 낫이 옷깃까지만 잘라내고 지나갔다.

"고마워요, 오빠. 이렇게 살아줘서 고마워요."

우와아~

보안관은 지옥 뒤에 곧바로 극락을 맛보느라 정신을 차릴 수가 없었다. 제니의 맨다리를 베고 누워 그녀의 입맞춤을 받고 있다.

그 부드러운 입술이 스치고 지나가는 곳마다 감각이 되살아나고 전율이 돋는다. 게다가 한쪽 볼을… 제니의 커다랗고 탄력 있는 가슴이 꽉 누르고 있다.

그것도 속옷 차림으로!

이건 꿈에서나 가능한 일이었다.

으… 어우! 으…….

온몸에 소름이 돋으며 눈이 반쯤 감긴 보안관은 이 갑작스런 애정 표현을 어떻게 받아들여야 할지 몰라 잠시 망설였다.

그 심장이 멎는 주사를 맞고 난 후에는 피가 도무지 순환되는 것 같지 않다고 생각했었는데, 그렇지 않다는 것도 증명되었다. 바지 속 어딘가로 피가 잔뜩 모여들고 있다.

보안관의 이마에 축복을 담아 입을 맞추는 것으로 제니가 수십 번의 키스를 마무리하고 눈물을 닦을 때, 보안관이 몸을 일으켰다. 그의 커다란 손이 그녀의 볼을 감쌌다.

그러고는 보안관의 입술이 처음으로 제니의 입술을 덮었다. 길고도 진하게, 보안관은 눈을 꾹 감은 채 제니의 부드러운 입술을 느꼈다.

그녀의 고른 치열과, 촉촉하고 수줍어하는 혀와, 잇몸까지도 모두 탐했다.

"하아아~!"

한참 만에 입술을 뗀 보안관은 제니의 눈을 보았다. 조금 놀란 눈치였지만, 거절하려는 기색은 보이지 않는다.

보안관은 다시 그녀의 입술을 덮었다. 그러고는 자유로운 오른손을 뻗어 그녀의 조각 같은 팔과 어깨를, 작은 새의 뼈처럼 가녀린 쇄골을, 그리고 매끄러운 등과 허리를 쓸었다.

쿵쾅! 쿵쾅! 쿵쾅!

심장이 빠르게 뛴다. 조금 전까지 그렇게도 쥐어짜듯 아팠던 통증은 깨끗이 사라졌고, 이제 기쁜 두근거림만이 남았다.

보안관의 오른손은 더 욕심을 부린다. 옆구리를 따라 올라온 그의 손가락이 제니의 브래지어 끈을 쓰다듬고 있다.

비슷한 자리에서 머뭇거리며 주저하던 보안관은 결국 손바닥을 펴서 제니의 가슴을 감쌌다.

찌리릿, 전기가 손바닥을 타고 올라와 뇌까지 흔든다.

"하아~ 하아~ 괜찮아?"

보안관은 입술을 떼고 물었다. 그의 목소리는 흥분 때문에 심하게 갈라져 있다. 제니는 볼이 빨갛게 달아오른 채 보안관을 마주 봤다.

가슴에 올려진 그의 손을 통해서 지금 그가 얼마나 흥분했고, 또 두려워하고 있는지 느껴진다.

이 순간이 오게 되면 이 사람을 부끄럽게 만들지 않을 거라고, 이미 수백 번 마음속으로 다짐했었다. 그리고 언젠가 이런 때가 오리라는 것도 알고 있었다.

제니는 대답 대신 보안관의 뒤통수에 손을 얹고 천천히 자신의 가슴 쪽으로 끌어당겼다.

허락을 받은 보안관의 손은 벌써 브래지어를 풀어내기 위해 분주하게 움직인다.

보안관의 입술이 가슴에 닿을 때, 제니는 가볍게 몸을 떨었다. 의식하지 않으려 하는데도 이 순간, 자꾸만 떠오르는 얼굴이 하나 있다. 그러나 그를 잊고 지금은 이 사람에게 집중해야 한다. 나를 살리기 위해 추호의 머뭇거림도 없이 죽음을 불사했던 사람에게… 아무것도 아까워해서는 안 된다.

보안관의 입술은 제니의 목덜미와 가슴 사이를 바쁘게 오간다. 허리를 훑던 그의 손이 반바지의 단추를 풀었다.

열려 있는 단추와 지퍼 사이에서 그의 손이 또 머뭇거렸다. 제니는 그의 머리를 쓸어주는 것으로 괜찮다는 신호를 보냈다.

보안관은 흥분 때문에 미치는 것 같았다. 심장이 1분에

200번은 뛰는 것 같다. 목 주변의 혈관에 피가 쏠려서 숨이 벅차올 지경이다.

이런 순간이 오다니… 내가… 제니와……

반바지 속에서 라인을 따라 미끄러지던 그의 손이 마침내 결심을 하고 속옷을 끌어내렸다. 벗겨낸 반바지와 속옷을 곁에 내려놓은 보안관은 잠시 입술을 떼고 몸을 일으켰다.

제니의 나신이 바로 눈앞에 있다. 상상 속에서도 제대로 본 적 없었을 만큼 적나라한 나신의 고운 선이… 너무도 희고 아름다워서 눈이 부시다.

상처 입은 무릎과 허벅지의 핏자국조차도 누군가 붉은 꽃잎을 살짝 얹어둔 것처럼 예쁘다.

보안관은 손가락으로 제니의 가느다란 발목부터 종아리와 무릎, 허벅지, 그리고 허리를 천천히 따라 올라갔다.

이 순간을 언제나 꿈꿨었다. 강렬하게 욕망하면서도 동시에 그것이 절대로 실현되지 않으리라는 것을 알고 있는 꿈이었다.

하지만 그 꿈이 지금 현실이 되려 하고 있다. 제니의 턱과 입술을 만지고 그녀의 긴 갈색 머리를 쓰다듬던 보안관은 자신의 셔츠를 벗었다. 그러고는 다시 한 번 제니에게 키스를 하기 위해 몸을 숙였다.

"하아… 왜 그래?"

제니의 시선이 자신이 아닌 다른 것에 향해 있다는 걸 깨달은 보안관이 물었다.

응? 제니는 얼른 고개를 돌리고 그의 얼굴을 쓰다듬는다.

"아무것도 아니에요. 그냥……."

보안관은 조금 전 제니가 바라보던 쪽으로 고개를 돌렸다. 차단벽의 이음매 사이로 좀비들의 머리통과 손이 휙휙 올라왔다가 다시 내려간다.

한두 마리가 아니다. 놈들은 선로 너머 두 사람의 존재를 느끼고 어떻게든 차단벽을 넘기 위해 뛰어오르기는 중이었다.

"신경 쓰지 마요. 그냥 좀비들이에요… 아무것도 몰라요."

혹시라도 보안관이 화를 내 뛰어 내려가기라도 할까 봐 제니는 얼른 그의 얼굴을 자신 쪽으로 돌리고 입을 맞췄다.

그러나 제니가 입술을 떼었을 때, 보안관의 표정은 완전히 바뀌어 있었다.

"하아~ 저 새끼들이 저렇게 하는 걸 빤히 보고 있으면서도… 그냥 나 하는 대로 받아들여 주고 있었던 거야? 내가 대체 뭔 짓을 한 거지……."

보안관은 벗어놓은 자신의 셔츠로 제니를 감싸주며 중얼거렸다. 지금 이 상황이 너무도 부끄럽다. 그의 꿈은 실현된 것이 아니었다. 그저 그 자신이 욕망과 타협하려고 했던 것뿐이다.

보안관의 상상 속에서 제니와 사랑을 나누는 공간은 언제나 이 세상에서 가장 고급스럽고 아름다운 곳이었다. 좀비 구경꾼들이 엿보는 뜨거운 선로 자갈 위가 아니었다.

게다가 그는… 아직 한 번도 제니에게 사귀자고 고백하지 않았다. 아직 고백할 수 없는 상황이다.

그제야 보안관의 눈에 제니의 손에 남겨진 상처들이 보인다. 베이고 긁히고 피멍이 든 그녀의 작은 손······.

그 모든 상처는 전부 그를 구하려다가 입은 것들일 게 빤하다. 보안관은 얼굴을 감싸며 기어 들어가는 목소리로 말했다.

"아⋯ 미안해, 제니야. 이런 짓을 해서······."

"미안해하지 마요. 이리 와요. 괜찮아요."

제니는 보안관의 머리를 꼭 끌어안아 줬다. 굳건하게 살아남아 준 이 사람에게 상을 주고 싶다.

오늘 깨달았다. 안전하고 풍요롭다고 착각하고 있었지만, 그들 모두의 목숨은 언제나 살얼음 위를 걷고 있었다는 걸. 아무리 노력을 해도 죽은 사람을 행복하게 만들 방법은 없다.

"아니야, 안 괜찮아. 너랑 하고 싶어서⋯ 그냥 그 생각뿐이었어. 네 기분 같은 거 생각도 안 하고, 이런 황량한 데서······."

보안관은 제니의 어깨에 얼굴을 묻은 채 힘없이 말했다.

"그럼 해요."

"할 거야!"

보안관은 몸을 일으키고 제니의 눈을 보면서 말했다.

"언젠가 세상이 안전해졌을 때, 너를 찾아가서 사귀자고 하고, 네가 동의해 주면 그때! 정말로 아름다운 침실에서 너랑 사랑을 나눌 거야. 처음은 그렇게 시작하고 싶어."

"왜 그렇게 복잡해요? 만약에 그때 내가 허락하지 않으면 어쩌려고 그래요?"

제니가 어처구니없어 하며 묻자, 그녀의 속옷과 반바지를 집어 들던 보안관이 수줍어하며 대답했다.

"지금 못한 걸 평생 후회하고 살겠지만, 그렇게 하는 게 사랑이라고 믿으니까. 어휴, 아주 작은 상처도 주고 싶지 않았는데… 이게 뭐람……."

제니는 잠시 보안관의 눈을 바라보다가 그의 이마에 입을 맞춰줬다. 여자의 옷을 다 벗긴 후에 제멋대로 그만두는 바보지만, 이 사람은 미워할 수가 없다.

제니가 보안관의 커다란 셔츠를 입고 있을 때, 무전기에서 다급한 유빈의 목소리가 들려왔다.

― 치익, 난데! 너희 지금 선로에 있다고? 치익, 괜찮아? 먹을 건 있어?

"응, 괜찮아."

뒤돌아서 있던 보안관이 무전기를 들고 대답했다. 사실은 그저 괜찮은 정도가 아니라 엄청난 행복을 느끼고 있었지만… 보안관은 차단벽 틈으로 좀비들을 힐끗 살핀 후에 물었다.

"너희, 셔터 단속 잘했어? 지금 길거리에 좀비들 엄청 많아. 젠장, 점점 더 많아지네. 어째서 이렇게 된 거지?"

― 치이익, 응. 혜주가… 치익, 무전 듣고 와서 부랴부랴 잠그고, 앞에 카트도 쌓아뒀지. 치익, 아직 뭐가 문제인지 잘 모르겠어. 좀비들 다 빠질 때까지 너희 당분간 거기에 있어야 돼. 여

기 안전하니까 위험한 일 하지 마. 알았지?

"그래, 그럴게. 무슨 일 있으면 또 연락하자."

무전을 끊은 보안관은 좀비들로 가득 찬 도로를 노려보았다. 하지만 아무리 생각을 해봐도 아침에 멀쩡하게 제 코스를 밟고 지나갔던 좀비들이 왜 갑자기 급선회를 해서 이 난리를 부리는지 이해가 가지 않았다.

"제니야, 어쩌면 오늘 밤 내에 코스트코로 못 돌아갈지도 모르겠어. 쟤들 걸어 다니는 속도가 영 느려 터지네. 술 취한 새끼들처럼 빙글빙글 돌기도 하고."

좀비들의 움직임을 보고 있던 보안관이 말했다. 제니도 비슷한 걱정을 하고 있었다. 일사불란하게 행진을 하던 때와 달리 어딘가 어수선하고 우왕좌왕해 댄다. 방향감각을 잃은 놈들 같다.

"오빠, 나 올려줘 봐요. 밖에 좀 잘 보고 싶어요."

보안관의 손을 밟고 차단벽에 매달린 제니는 상체를 최대한 내밀고 멀리 내다봤다.

도로의 끝자락에서는 아직까지도 더 많은 좀비들이 속속 밀려들어 오는 중이다. 아무리 봐도 이 난데없는 소동은 한두 시간 내에는 끝나지 않을 것 같다.

"자, 이제 오빠 차례! 밟고 올라가서 봐요."

차단벽에서 내려온 제니는 두 손을 모아 내밀고 허리를 숙인다.

저 조그만 손 위에 내 이 커다란 안전화를 올려놓으라고? 게

다가 상처까지 입었으면서?

보안관이 거절하기 위해 손사래부터 치자, 제니는 또 까르르 웃으면서 그의 손바닥을 탁, 쳤다.

하… 하하…….

보안관은 멋쩍게 따라 웃는 시늉을 했다. 조금 전의 일 때문에 어쩌면 한동안은 서먹서먹해질 수밖에 없을 거라 걱정했었는데… 얘는 이렇게 변함없이 장난을 걸어준다. 다행이다…….

"보니까 오늘 저녁 되기 전까지는 좀비들 계속 돌아다닐 것 같아요. 우리 전에 지어놨던 움막 쪽으로 잠시 가 있을까요?"

"움막? 그… 처음 선로에서 자리 잡았던 데 말하는 거야?"

"네. 어차피 더운 건 마찬가지지만… 그래도 거기엔 그늘이 있잖아요. 거기에 우리가 주워 온 물건 아직 남아 있으려나? 오빠도 뭐 좀 입어야죠. 밤 되면 추워질 건데."

보안관은 그렇게 하자고 했다. 옷은 그렇다 치더라도 당장 무기가 배낭 안에 넣고 다니는 작은 망치뿐이라는 게 마음에 걸린다. 자동차 트렁크에 넣어둔 도끼라도 하나 챙겨놔야 마음이 좀 편할 것 같다. 기억이 가물가물하긴 하지만, 여분의 해머가 남겨져 있을 수도 있다.

"가자."

보안관은 배낭을 집어 들고 제니와 함께 다시 선로 위를 걸었다. 아까 이미 한 번 지나갔던 길이지만, 그때와는 분위기가 조금 다르다.

아까는 손을 잡고 걸어가도 아무렇지 않았는데, 지금은 그녀와의 거리를 의식적으로 벌리게 된다.

보안관이 벽 쪽에 붙어서 이따금씩 차단벽 틈으로 시선을 던지는 걸 보고 있던 제니가 그의 곁으로 다가와 맨살인 등을 두드리며 말했다.

"등 쫙 펴요. 죄지은 사람처럼 움츠리지 말아요. 오빠는 나한테 잘못한 거 없어요."

"응? 아니… 그게 말이지, 좀……."

보안관은 멋쩍어하면서 입을 열었다.

"시간이 좀 지나고 생각해 보니까 오늘 내가 어지간히 꼴불견이었다 싶은 거야. 비틀거리면서 너한테 기대서 걷고, 막 토하고… 젠장, 그러고 보니까 내가 토한 입으로 뽀뽀하자고 했던 거네……. 하여간 그런 게 슬슬 하나씩 생각이 나니까 부끄러워서 그렇지."

"그게 무슨 말이에요. 죽다가 살아났으니까 힘들어하는 게 당연한 거지. 그 약이 원래 그런 건가 봐요."

"근데 말이야… 아까 내가 그냥 그 좀비들 다 잡았으면 그딴 거 쓸 일도 없는 거였잖아. 그랬으면 눈 까뒤집고 쓰러지는 꼴도 안 보여줬어도 되는 거고, 너 그렇게 다칠 일도 없었는데……. 그래서 그냥 나한테 좀 화가 나기도 하고, 기가 죽기도 하고 그런 거야. 내 한계는 이 정도구나 싶어서."

"아까 오빠를 둘러쌌던 좀비가 40마리 가까이 됐어요. 그런 상황에서 무사히 빠져나올 수 있는 사람이 어디 있어요? 있죠,

오빠는 엄청 강해요. 그리고 오늘 현명한 선택을 했고요. 오빠
가 우리 두 사람 다 살린 거예요."

제니의 위로를 들은 보안관의 표정이 조금 밝아진다. 생각해
보니 그 말이 맞는 것도 같다. 특히 현명한 선택이라는 말이 마
음에 들었다. 보안관은 머리를 긁적이며 물었다.

"그… 그런 건가?"

"그런 거예요. 그러니까 가슴 쫙 펴요."

"이 정도? 됐어?"

"더 쫙! 나처럼 이렇게!"

제니가 허리를 활처럼 휘며 과장된 표정을 지었다. 두 사람은
마주 보고 웃었다.

차단벽 너머의 도로에는 아직도 좀비들이 배회하며 울부짖어
댄다. 조금 전에 보았을 때보다도 그 수가 훨씬 더 늘어나 있었
다.

3

"뭐지? 아까부터 자꾸 불편하게……."

진우는 발을 들어 밑창을 살폈다. 어딘가 이질감이 들고 걷기
가 불편하다. 답은 금방 나왔다.

"이런 젠장… 왜 너까지 말썽이냐?"

진우가 혀를 찼다. 전투화가 뜯어져 바닥과 갑피 사이로 양말
이 보인다. 너덜거리면서 한 발짝을 내디딜 때마다 조금씩 더

틈이 벌어진 모양이다.

"와, 이건 완전 거지 신발이 됐네. 하긴… 어지간히 험하게 부려 먹기는 했지."

진우는 여기저기 뜯기고 닳아버린 전투화를 가만히 바라보며 중얼거렸다. 이 녀석을 신고 바위를 타고, 돌바닥을 기고, 비탈길을 내달리고, 하루에 몇 십 킬로미터를 걷고 뛰었다. 망가지는 게 당연하다.

쿵, 쿵.

삼식이는 벌어진 틈 사이에 코를 대고 열심히 진우의 발 냄새를 맡는다. 엉덩이 냄새에 이어 이것도 마음에 들었나 보다.

"서울까지 67킬로미터라……."

멀리 보이는 국도의 표지판을 확인하고 나서 진우는 잠시 생각에 잠겼다. 어제 들뜬 마음에 좀 오버 페이스를 했더니 신발이 먼저 퍼져 버렸다.

하긴 그 뙤약볕 속에서 30킬로미터 이상을 걸었으니…….

"가만… 야, 삼식아. 너는 발 괜찮냐? 그러고 보니 아스팔트 엄청 뜨겁게 느껴질 텐데. 손 줘봐, 손!"

진우는 귀찮아하는 삼식이의 앞발을 들고 발바닥을 살펴봤다. 곰 발바닥처럼 커다랗고 푹신한 녀석의 발바닥에도 여기저기 갈라진 부분이 보인다. 흙길을 걷는 것과 아스팔트 위를 걷는 것은 차이가 큰 모양이다.

"아팠겠네. 좀 쉬자. 내가 너를 너무 무리시키고 있나 보다."

삼식이의 머리를 쓸어준 진우는 카트에서 물과 그릇을 꺼냈다.

"자, 마셔."

삼식이 물그릇에 물을 부어 준 진우는 입술을 축이며 주변을 둘러보았다. 빨리 새 신발을 구해야 한다. 국방부에서 지급해 줬던 것보다 품질이 떨어지지 않는 수준의 것으로.

옷은 누더기가 된 이후에도 걸치고 다닐 수 있지만, 신발은 그게 안 된다. 여차할 때 발이라도 걸려 넘어지면 너무 치명적이니까. 게다가 아무리 급해봤자 아무 사이즈나 대충 걸칠 수도 없다.

"에… 어디서 구하냐. 저런 데도 신발 가게는 없어 보이는데."

국도 주변의 인가들을 바라보던 진우는 푸념을 늘어놓으며 지도를 폈다. 별로 내키지는 않지만 가까운 인구 밀집 지역을 찾아 들어가야 할 것 같다.

"양평이네. 이 부근이… 그럼 상가가… 터미널 주변에는 있겠지. 어휴, 왜 이렇게 한참 들어가야 되냐. 여기는 너무 멀어서 안 되겠다."

지도를 짚어 대강의 거리가 10킬로미터 이상이나 된다는 걸 확인한 진우는 양평 터미널로 가는 선택지를 지워 버렸다. 지금 그의 신발이 그렇게까지 버텨줄 것 같지가 않다.

대신에 그는 멀리 보이는 아파트 쪽으로 방향을 틀었다. 대여섯 동 정도밖에는 안 되지만, 그래도 수백 세대다. 저만큼 많은 사람들이 모여 살던 곳이니 설마 신발 가게 하나가 없을까.

드르륵— 드르륵—

카트 바퀴가 경쾌한 소리를 내며 굴러간다. 진우는 열심히 밀다가 잠시 그 위에 올라타기도 하면서 차 한 대가 겨우 지나갈 폭의 내리막길을 따라 걸었다. 바로 옆에 삼식이가 따른다.

"있지, 생각해 보니까 이왕 신발 가게까지 가는 건데 두세 켤레 정도는 챙기는 게 나을 것 같아. 다른 모델로. 어차피 카트에 싣고 가는 거니까. 네 생각은 어떠냐, 삼식아?"

얼— 삼식이는 고민하지 않고 경쾌한 대답을 해준다. 진우는 마치 자신이 개의 언어를 안다는 듯 대화를 이어갔다.

"아니, 멋을 내려는 게 아니라… 혹시 모르니까 하는 말이지. 어떤 신발은 발에 잘 맞아서 신자마자 편하지만, 어떤 거는 영 불편할 수도 있거든. 예전에 안전화 신을 때도 그랬어. 똑같이 발목 올라오고 앞코에 쇠 들어간 신발인데, 발에 안 맞는 거 걸리면 뒤꿈치 다 까지고 난리난다니까. 그러면 곤란하잖아."

그렇게 개와 대화를 나누며 논밭을 지났다. 길가에 피어 있는 해바라기들은 제대로 물을 공급 받지 못해 바짝 말라붙어 있다. 드문드문 인가들이 나타났지만, 굳이 그 안으로 들어가 신발을 찾지는 않았다. 그렇게 시간을 낭비하느니 조금 더 가서 새 신발들 중에 고르는 편이 나을 것 같아서였다.

"야… 삼식아, 여기 좀 긴장된다. 동네가 꽤 크네."

한참을 더 걸어 내려간 후, 면 단위의 마을을 만난 진우가 멈춰 서서 사방을 둘러보며 중얼거렸다. 삼척 시내에서 특임대와 함께 작전을 펼쳤던 때 이후, 그가 만나는 가장 큰 규모의 인구 밀집 지역이다.

들이받고 자빠진 차량들로 난장판이 된 도로만 봐도 한때 이곳에 꽤 많은 사람들이 살고 있었다는 걸 짐작할 수 있다. 당연히 좀비가 된 사람들도 많을 것이다.

"어후~ 길은 또 왜 이렇게 복잡해? 갈림길이 많네."

마을 입구에 선 진우는 세 갈래로 나뉜 도로를 노려보았다. 그동안 계속 산골짜기만 헤매고 다녔더니, 2, 3층짜리 낮은 건물들이 줄지어 서 있는 광경조차 낯설다.

"어느 쪽으로 갈까? 이쪽?"

삼식이는 대답하지 않았다. 진우는 가운데를 가리키며 다시 물었다.

"그럼 여기가 더 나을까?"

그렇게 개에게 자문을 얻어 길을 선택한 진우는 천천히 좌우의 가게들을 살피면서 카트를 밀었다. 음식점, 미장원, 부동산, 인테리어… 가게들은 잔뜩 있는데, 정작 그가 찾는 등산 용품 가게나 신발 가게는 보이지 않는다.

휘이잉—

깨진 창문들 사이로 커튼이 나부꼈다. 낯선 곳이라서 그 정도만으로도 진우는 멈칫하게 된다. 언제 저런 곳에서 좀비들이 뛰어 내려올지 모르기 때문이다.

"어째… 기분이 영 별로다. 그냥 돌아갈까? 이 신발로는 잘 뛰기도 어려울 텐데…….."

진우는 바쁘게 사방으로 고개를 돌리며 혼잣말을 중얼거렸다. 정육점에 쌓인, 부패한 고기의 악취 때문에 저절로 눈살이 찌푸려진다.

몇 번의 교차로를 지났더니 슬슬 방향 감각도 무뎌지고 있다. 그러는 동안에도 여전히 신발 가게는 나타나지 않았다.

이상한 동네다. 어떻게 부동산 중개소만 이렇게 잔뜩 있는 거지? 이 동네 사람들은 신발이나 등산에 그다지 큰 관심이 없었나 보다.

"가자, 삼식아. 아무래도 이 동네 너무 후지다."

감이 영 좋지 않다고 느낀 진우는 카트를 돌렸다. 이 동네의 문제가 아니다. 빽빽하게 들어찬 낮은 건물들과 길거리에 방치된 채 썩어가고 있는 시체의 불길함이 싫은 것이다.

이만큼 시간이 걸리고 불안할 줄 알았다면 차라리 그냥 논밭 옆의 인가들을 뒤지는 편이 나을 뻔했다는, 뒤늦은 후회가 밀려들었다.

그라아아— *끄르르—*

진우가 두 블록을 돌아 나왔을 때, 대각선 방향에서 좀비들의 포효가 들려온다. 건물들에 가려져 정확한 규모는 모르겠지만, 그 우렁찬 소리로 미루어볼 때, 꽤 많은 것 같다.

아, 젠장…….

진우는 카트 미는 속도를 올렸다.

차부닥— 차부닥—

이제는 아예 다 떨어져 나간 신발의 밑창이 덜렁거리며 바닥을 때린다. 그렇게 애를 쓰며 달리던 진우는 삼거리에서 좀비들과 맞닥뜨렸다. 놈들도 골목을 빠져나오는 중이었다. 거리는 약 40미터.

끄롸아아아—

포효의 메아리가 다 끝나기도 전에 좀비들은 전속력으로 진우를 향해 달려들기 시작했다.

"아이, 젠장! 이런 예감은 좀 틀려도 된다고!"

진우는 카트를 옆으로 밀어두고 재빨리 K—2를 잡았다. 헤어 살롱 간판을 밀쳐 넘어뜨리고 뛰어오던, 바짝 마른 좀비가 첫 번째 타깃이 되었다.

탕—

진우의 첫발이 바짝 마른 좀비의 미간을 관통한다. 뒤통수가 날아가 버린 좀비는 그 자리에 쓰러지며 흙먼지를 일으켰다.

탕— 탕— 타앙—

연달아 네 마리째의 좀비를 쓰러뜨린 진우는 뒤를 힐끔 돌아보았다. 삼식이는 자기 친구가 대체 뭐랑 싸우고 있는 건지 전혀 인식하지 못하는 걸로 보인다.

진우의 시선이 후방 건물들을 빠르게 훑었다. 만약 저 골목 코너 너머의 좀비들이 너무 많다면 저 건물들 중 하나로 피신해야 한다.

탕— 탕탕— 탕— 탕탕—

다시 정면으로 고개를 돌린 진우는 달려오는 좀비들을 쓰러뜨렸다. 이제 열 마리. 지금까지는 별 어려운 게 없었다. 대가리를 관통당한 좀비들은 아스팔트 바닥에 얼굴을 갈며 쓰러진다.

탕— 탕탕— 탕—

진우는 천천히 뒷걸음질을 하며 사격을 계속했다. 한적하던 상가 주변은 금세 총성과 좀비 시체들로 가득 덮였다.

"얼마나 더 있는 거냐? 응?"

진우는 바닥난 탄창을 갈아 끼우고, 곧바로 다시 방아쇠를 당겼다. 두 번째 탄창의 실탄이 다섯 발 남았을 때, 코너에서 달려나오던 좀비들의 등장이 뚝 끊겼다.

그래도 진우는 여전히 긴장을 풀지 못하고 K—2를 겨눈 채 전방을 노려보았다.

"뭐, 뭐야… 겨우 이게 다였는데 그렇게 시끄럽게 울어 댔던 거야? 설마… 아니겠지."

도로 위에 널브러진 좀비들의 시체를 보며 진우는 혼잣말을 중얼거렸다. 그가 헤아린 게 맞다면 대략 서른다섯 마리 정도.

"난 또… 엄청 많은 줄 알고 괜히 놀랐었잖아. 젠장, 쓸데없이 가슴 졸인 거 생각하면……. 어휴우~"

아무리 기다려도 더 이상 새로운 좀비가 나타나지 않는다는 것을 확신한 진우는 안도의 한숨을 내쉬고 다시 카트 손잡이를 잡았다. 그러고는 그때까지 얌전히 기다리고 있던 삼식이를 향해 투덜거렸다.

"네가 이쪽이 더 낫다며? 네 말 들었다가 놀랐잖아. 좀비 울음소리는 들리는데 건물에 가려져서 보이지는 않지, 몇 마리나 되는지도 전혀 모르겠지… 길은 복잡하지……."

농담처럼 삼식이를 탓하던 진우가 입을 다물었다. 녀석에게 불평하다 보니 자신의 도심 접근법이 어떤 면에서 허술했던 건지를 뒤늦게 깨달은 것이다.

"그래… 이렇게 길도 잘 모르면서 막무가내로 돌아다니는 게 아니었네. 일단 마을 입구에서 제일 높은 건물로 올라가서 동네 정세 파악부터 하고 골목으로 들어가는 게 훨씬 안전하겠다."

하나 배웠다. 앞으로 서울까지 닿으려면 이것보다 훨씬 더 큰 도시도 몇 개나 지나야 할 텐데, 이런 식으로 무모하게 사전 조사 없이 아무 골목이나 들어가 돌아다니면 안 된다.

"그래도 이렇게 몇 마리 안 되는 놈들하고 만났을 때 배워서 다행이었다고 해야 할까? 그치, 삼식아?"

얼—

삼식이는 또 경쾌하게 짖는다. 진우는 미소를 지으면서도 불안했다. 도심지 같은 곳은 가능하면 지나지 않는 게 낫겠다는 생각도 든다.

"일단 저기에 올라가서 천천히 찾다 보면 신발 가게도 보이겠지."

부근에서 제일 높은 3층짜리 빌라의 옥탑방을 보며 진우가 말했다. 빌라의 우측에는 반쯤 떨어져 나간 현수막이 바람을 타고 너풀거리고 있다.

진우는 무심하게 현수막에 적힌 글자들을 따라 읽었다.

"양평 레저… 웨이크 보드, 바나나 보트… 제트스키……"

빌라의 문을 열고 들어간 진우는 어두컴컴한 계단을 가만히 노려보았다. 두 가지 상반된 생각이 머릿속에서 교차한다.

뭐가 갑자기 확 튀어나오지는 않을까 하는 우려와 조금 전 보았던 양평 레저 광고 현수막의 글씨들이 선사한 이미지. 특히 이미지 쪽이 더 강력한 자극을 주고 있었다.

파란 수면 위에서 하얀 물보라를 일으키며 튀어 오르는 바나나 보트… 수영복을 입은 젊은 남녀들이 즐거워서 미치겠다는 표정을 지으며 거기에 타고 있는 장면이 상상됐다.

자신은 그 이미지 속의 주인공이 되어본 경험이 없다는 게 못내 아쉽기만 하다.

"생각해 보니까 그런 거 한 번도 타본 적 없네. 그냥 하루하루 먹고사는 것만 생각하느라."

카트를 입구에 세워두면서 진우는 혼잣말을 중얼거렸다. 모터 해양 스포츠, 스키와 스노보드, 다 안 해봤다. TV에서 그런 장면들을 심심치 않게 보면서도 왠지 자신의 형편과는 어울리지 않는 것 같아 '나중에, 나중에' 하고 미루기만 했었는데… 이제 와서 생각해 보니 뭔가 억울하다.

"그거 한 번 안 탄다고 해서 떼돈을 모을 수 있는 것도 아니었는데… 젠장."

진우는 탄창이 든 가방을 옆으로 비껴 멘 뒤 핏자국이 말라붙은 계단을 올랐다. 삼식이가 계속 코를 킁킁대고 앞장서 걸으며 첨병 역할을 해준다.

물론 이놈은 좀비에 대한 감지 및 경고는 전혀 못하는 녀석이다. 가뜩이나 여러 가지로 신경이 쓰이는데, 밑창이 갈라진 신발이 몇 번이나 계단 모서리에 부딪쳐서 중심을 흐트러뜨렸다.

"으아… 어쩐지 아까부터 냄새가……."

2층 복도에 엎어져 있는 시체를 본 진우의 인상이 찌푸려졌다. 삼복더위 속에 오래 방치되어 있던 터라 멀쩡한 구석이 별로 없지만, 특히 머리가 심하게 훼손되어 있다.

주변의 핏자국들과 연관 지어 생각해 보면 당시의 그림이 쉽게 추측된다. 이놈에게 물린 채 도망쳤던 사람들도 결국 다 변해서 더 큰 피해를 만드는 데 일조했을 것이다.

"한눈에 훤하게 보일 정도는 아니네……."

옥상의 옥탑방 위까지 기어 올라갔는데도 동네 전체가 온전히 조망되지는 않았다. 그리 큰 규모의 마을이 아니지만, 4층 정도 높이로는 부족한가 보다.

그래도 평지에서 위험을 감수해 가며 몸으로 체득하는 것보다야 이 방식이 훨씬 낫다는 걸 알기에 진우는 사방으로 시선을 돌려가며 막혀 있는 건물들 사이를 열심히 살폈다. K—2 레일에 새로 부착한 고배율 조준경을 눈에 대자 몇 백 미터 앞까지 훤하게 보인다.

하아암—

옥탑방 앞을 지키고 앉은 삼식이가 입이 찢어져라 하품을 한다.

"찾았다. 멀리도 있네. 에… 여기에서 나가면 오른쪽인 건가?"

한참 만에 등산 용품 가게를 겨우 하나 발견한 진우가 방향을 따져 보았다. 새로 개발이 시작되려는 동네였는지, 상가 전체에 부동산과 건축 자재상, 식당, 이렇게 세 업종이 차지하는 비율이 압도적으로 높았다.

집을 짓는 사람과 그걸 팔려는 사람, 그들에게 밥을 팔려는 사람들만 모여 살았던 셈이다. 진우가 마음이 급해서 가게를 찾지 못했던 게 아니었다.

그라아아아—

그 순간, 멀리 마을의 반대쪽 끝에서 좀비들의 울음소리가 들려온다. 또 다른 좀비 무리의 등장이다.

흠, 진우는 총구를 그 방향으로 돌렸다. 건물 사이로 좀비들의 머리통이 지나고 있다.

"이 동네 좀비 많네……. 어디를 그렇게 열심히들 가고 있냐, 이놈들아."

좀비들의 움직임을 따라 총구를 돌리며 진우가 중얼거렸다. 놈들은 건물 밖으로 모습을 드러낸 뒤, 천천히 도로를 따라 이동 중이다.

하나, 둘, 셋… 진우는 놈들의 수를 헤아리며 한 놈, 한 놈의 모습을 살폈다. 총수는 70마리가 넘는다. 그중 군복을 입은 좀비가 다섯 끼어 있었다. 인근에 군부대들이 많으니, 신기할 일은 아니다.

"나를 잡으러 오는 거냐? 허… 이놈들 봐라? 근데 왜 뛰지 않고 걷지?"

좀비들이 일직선으로 행진하는 걸 보며 진우는 고개를 저었다. 지금까지의 경험으로 미루어 딱히 좀비가 총소리에 끌리는 것 같지는 않았는데…….

게다가 이 70마리는 그렇다 쳐도 아까 처리했던 그 35마리는 대체 뭣 때문에 자신을 쫓아왔단 말인가. 그간 좀비에 대해서는 철저히 꿰고 있다 자부했었는데, 이놈들의 행동은 이해가 가지 않는다.

어쨌든 놈들이 몰려오고 있으니 이쪽에서도 대비를 해야 한다. 진우는 자신이 숨은 빌라 건물로부터 50여 미터 떨어진 사거리에 가상의 선을 긋고, 좀비들이 거기를 넘는 순간부터 발포하기로 했다.

우회로가 있는 지점에서 처리를 해야 이동할 때 시체를 피하느라 애를 먹지 않아도 된다.

"여기는 이 정도라지만 앞으로가 더 걱정이네. 당장 양평까지만 가도 여기보다 훨씬 동네가 클 텐데……."

다가오는 좀비들을 눈으로 쫓으면서 진우는 도심을 횡단해야 하는 미래에 대해 생각했다. 시 단위로 올라갈 경우, 밀집된 높은 건물들 때문에 시계는 더 불량해질 터이고, 좀비들의 규모는 몇 배나 커질 것이다.

진우가 그런 걱정들을 하고 있을 때, 좀비들의 선두가 100미터 이내로까지 접근해 왔다. 효율적인 사격을 위해 슬슬 준비를 해야 할 시간이다.

진우는 어떤 좀비부터 먼저 처리할지 방향과 순서를 정했다.

"네가 1번이구나."

맨 앞줄, 가장 우측에 서서 걷는 남자 좀비의 머리를 조준경에 담았다. 갈비뼈가 드러난 여자 좀비가 두 번째다. 70마리가 조금 넘지만, 일단 방아쇠를 당기기 시작하면 금방 끝날 터였다.

뛰어오는 놈들이 아니라 마음도 편하고, 거리도 충분히 확보되어 있다.

진우는 방아쇠울 안에 검지를 넣었다. 그런데 그때였다. 직진하고 있던 좀비들이 갑자기 방향을 바꿨다. 천천히 왼쪽으로 회전하기 시작한 좀비 무리들은 지금까지의 속도를 유지하며 다른 골목 안으로 들어간다.

"응? 뭐야… 나를 목표로 하고 오는 게 아니었어?"

난데없이 좌회전을 하는 좀비 무리들을 보며 진우는 조준경에서 눈을 뗐다. 늘 맹렬하게 일직선으로 돌진해 오는 좀비들만 봐왔던 터라 지금의 상황을 어떻게 이해해야 할지 혼란스럽다.

그가 멍해져 있는 동안에도 놈들은 쉬지 않고 걸으며 두 번째 좌회전을 했다. 이제 좀비 무리는 한 블록 옆으로 이동해 왔던 방향으로 되돌아가고 있다.

…이게 뭐지? 다시 돌아가는 건가?

진우는 호기심 가득한 눈으로 좀비들을 지켜봤다. 지금까지 그 누구보다 많은 좀비들의 머리를 박살 낸 그였지만, 그 거의 대부분이 자신을 향해 밀려오는 좀비를 저지하는 상황에서의 사살이었다.

이렇게 넓은 건물 밀집 지역에서 좀비들의 행동을 지켜본 건 처음이다. 이후 한 시간 동안이나 진우는 놈들이 원을 그리며 동네를 누비고 다니는 꼴을 구경했다.

"이상한 짓을 하네… 빙글빙글… 딱히 목표가 있어서 몰려다니는 것도 아니고……."

진우는 고개를 갸웃거리며 다시 총구를 겨눴다. 지금 당장 자신을 노리고 몰려오는 것은 아니라고 해도, 어쨌든 몇 백 미터 내에서 떠나지 않고 맴도는 놈들이다. 신발을 구하러 이동할 거라면 처리하는 수밖에 없다.

진우는 놈들이 도로의 직선 구간에 들어서자마자 방아쇠를 당겼다.

타앙― 타앙― 타앙― 탕― 탕―

재빨리 총구를 돌려가며 단발로 끊어 쐈다. 머리를 잃은 앞줄의 좀비들이 차례로 허물어진다. 역시나 뒤의 놈들은 별 반응을 하지 않고 계속 직진하는 중이다.

진우는 놈들의 미간에도 총알을 한 방씩 박아 넣고 탄창을 갈았다. 그러고는 다시 방아쇠를 당겼다. 유쾌한 일은 아니지만, 하지 않으면 목숨이 위험해진다.

타앙— 탕— 탕— 탕—

진우는 무표정한 얼굴로 부지런히 타깃을 쓰러뜨렸다. 총소리가 끊임없이 메아리치는 몇 분이 지나고, 진우는 옥상에서의 네 번째 탄창으로 갈아 끼웠다.

멀리 도로 위쪽에는 좀비 시체가 가득 쌓였고, 이제 좀비 무리 중에 살아남아 있는 놈들은 다섯 마리뿐이다. 군복을 입은 다섯 마리.

"후우~"

다섯 마리가 더 가까이 올 때까지 잠시 한숨을 고른 진우는 다시 조준경에 눈을 가져다 댔다.

탕—

날카로운 총성과 함께 하이바를 쓴 좀비의 얼굴이 팍, 터져 나간다. 놈은 맥없이 앞으로 고꾸라졌다.

그라아아—

그 순간, 나머지 좀비들이 갑자기 울부짖으며 진우가 위치한 빌라를 향해 내달려온다.

"이 정도 거리에서는 뭔가 느껴지나 보네."

진우는 당황하는 기색도 없이 총구를 아래쪽으로 내렸다. 이후 여섯 발의 총성이 더 울렸고, 총 다섯 마리의 군복 입은 좀비는 다른 좀비들과 30여 미터 이상의 거리를 두고 모두 도로 위에 쓰러졌다.

마지막 놈이 고개를 숙인 채 달려오는 바람에 녀석에게는 두 발을 쐈다. 어깨를 맞춰 뒤로 자빠뜨리고, 젖혀진 얼굴에 또 한 방.

"삼식아, 이제 내려가자."

사격을 마친 진우는 총열이 식을 때까지 잠시 기다렸다가 옥탑에서 내려왔다. 얌전히 기다리고 있던 삼식이는 기지개를 한 번 쭈욱 켠 뒤, 부르르 몸을 털고 나서 계단 쪽으로 향한다.

"잠깐만. 기다려, 삼식아. 얘네 실탄 좀 수거해야 돼."

카트를 끌고 신발 가게로 가던 도중에 진우는 군복 입은 좀비들 시체 곁에 멈춰 섰다. 그러고는 시체의 전술 조끼에서 남아 있던 예비 탄창을 빼냈다.

처음부터 그렇게 하려고 이 다섯 마리만 다른 놈들보다 더 끌어들여 따로 사살했다. 그렇게 해야 시체 더미를 뒤지지 않고도 놈들의 장비를 획득할 수 있기 때문이다.

지금 넉넉하다고 해서 언제까지나 총알이 많이 남아 있으리라는 보장은 없다. 쟁여놓을 수 있을 때 비축해 두어야 한다. 살이 닿았던 옷이나 신발, 하이바 따위는 건드리고 싶지 않지만, 탄창을 보충하는 건 언제나 환영이다.

다섯 마리의 시체에서 탄창 열두 개를 얻었다. 오늘 예정에 없던 실탄 소모가 100여 발이었으니, 정산해 보면 250발 정도가 플러스된 셈이다.

"매일 이만큼씩 생기면 좋겠다. 기분은 더럽지만……."

전술 조끼의 비워졌던 칸을 채우고 난 뒤, 여분의 탄창을 가방에 넣으며 진우가 중얼거렸다. 그가 좀비 시체들을 뒤집고 주무르는 동안에도 삼식이는 대체 자신의 일행이 뭔 짓을 하고 있는지 전혀 모르겠다는 표정이다.

"야, 삼식아. 이거 봐. 냄새 심하잖아. 왜 만날 안 짖어? 이 악취를 못 느끼겠어?"

목을 잡고 억지로 좀비 근처로 끌고 와서 냄새를 맡게 해도 녀석은 여전히 별 반응을 보이지 않는다.

킁킁, 두어 번 냄새를 맡아보지만, 그걸로 끝이다.

하긴 못하는 것도 있어야지, 너라고 어떻게 모든 걸 다 잘하겠냐⋯⋯.

진우는 고개를 끄덕여 주고는 다시 카트를 밀기 시작했다.

"음⋯⋯."

등산 용품 가게에 카트를 끌고 들어선 진우는 거울에 비친 자기 모습을 보고 새삼 놀랐다.

넓은 전신 거울 속에는 총을 든 거지가 커다란 개와 함께 서 있었다. 여러 개의 보따리를 담은 카트까지 끌고 다니는 중이니 더욱 구색이 맞는다.

손질 없이 제멋대로 자란 수염이며, 땟국물 흐른 자국이 고스란히 보이는 얼굴과 목, 넝마가 된 군복, 살은 쪽 빠진데다가 햇볕에 그을려 궁한 티가 아주 줄줄 흐른다.

그나마 방탄 전술 조끼가 좀 새것이지만, 그 정도 소품으로는 전체적인 이미지에 별 영향을 주기 어렵다. 며칠 전만 해도 이 정도는 아니었던 것 같은데…….

"내가 이 정도였냐, 삼식아?"

조금 슬퍼진 진우가 삼식이를 돌아보았다.

얼—

삼식이는 거울과 진우를 번갈아 보며 좋아한다. 진우는 고개를 저었다.

"아니야, 인마. 이게 멋있는 게 아니라고. 이 바지 무릎에 구멍 난 것 좀 봐. 네 눈엔 괜찮아 보일지 모르지만, 여자들은 엄청 싫어할 거야……."

진우는 수염이 삐죽삐죽 돋아 있는 턱을 긁으며 중얼거렸다. 지금 보니 신발만 필요한 게 아니다.

"이왕 왔으니 싹 다 갈아입지, 뭐. 하긴… 군복 입고 돌아다녀 봐야 좋을 일도 없어. 탈영병 소리나 듣지."

하이바를 벗고 전술 조끼의 벨크로를 풀면서 진우는 매장 내부의 옷과 등산화들을 훑었다. 이왕이면 주머니가 많으면서도 시원하고 편한 옷이어야 한다. 그리고 눈에 덜 띄게 회색인 것으로.

군복 웃옷을 던져 버리려던 진우가 멈칫한다. 지긋지긋하다고 생각했었는데… 이게 또 막상 버리려고 보니까 추억이 많다. 잠시 망설이던 진우는 소금기가 찌든 군복을 접어서 배낭 안에 집어넣었다.

30분 뒤, 매장을 나서는 진우는 깔끔한 새 옷에 새 신발을 신고 있었다. 거름 냄새가 나는 비옷 대신 입을 새 방수 재킷과 여분의 신발 한 켤레도 챙겼다.

거울에 다시 한 번 자신을 비춰 본 진우가 만족한 듯 고개를 끄덕였다. 수염은 여전히 자라 있지만, 이제는 거지가 아니라 탐험가처럼 보인다.

"이것 봐. 이제 인물이 좀 산다. 역시 옷이 날개라더니……."

진우는 새 장갑을 낀 손으로 얼굴을 쓰다듬고 제자리걸음을 해봤다. 새 등산화라 아직 빽빽하지만, 곧 익숙해질 것이다. 카키색 카고 바지도 꽤 마음에 든다.

떠나기 전에 진우는 슈퍼에 들러 생수를 몇 병 카트에 담았다. 물 외에 다른 먹을 것은 며칠 치쯤 가지고 있으니까 욕심내지 않았다.

그런 것에 집착해 봐야 무게만 늘어나고, 시간을 허비하면 결국 지치는 건 그 자신이다.

"삼식아, 오늘은 양평 번화가 직전까지만 가자. 국도에서 높은 건물들 딱 보이면 거기에서 멈추는 거야. 대략 10킬로미터니까 그렇게 무리하는 거 아니야."

머리에 물을 부어 열기를 식힌 뒤, 시간을 확인한 진우가 삼식이에게 말했다. 그 정도면 녀석의 발바닥도 큰 고통 없이 버텨줄 수 있을 것이다.

얼—

녀석이 신뢰와 애정이 가득한 표정을 지으며 나란히 걷는다. 두 친구는 아까 동네를 정찰했던 빌라를 지나서 마을의 진입로 쪽으로 거슬러 올라갔다. 양평 레저 광고 현수막은 그때까지도 계속 펄럭이고 있었다.

웨이크 보드, 바나나 보트, 제트스키, 초보자 환영!

4

그 후로 두 시간이 흘렀다.

한여름의 뙤약볕 아래에서 이글거리는 아스팔트 도로 위를 걷고 있자니 숨이 턱턱 막힌다. 발에 익지 않은 신발은 조금씩 불편해져 오고, 전술 조끼를 덮어쓴 가슴과 등은 땀으로 흠뻑 젖었다.

속도를 내지 않고 천천히 걷고 있다고 생각하는데도 대낮의 트래킹은 힘들다.

"…덥다. 또 좀 쉴까?"

길가 절벽의 나무 그늘에 카트를 세우고 삼식이에게 물을 준 진우는, 하이바를 벗고 손으로 부채질을 해 대며 물병을 기울였다. 그래봐야 더위는 별로 가시지 않는다.

"바람이나 좀 불어라."

진우는 무미건조하게 쭉 뻗어 있는 6번 국도를 보면서 중얼거렸다. 잠시 후, 정말로 그의 바람이 이루어졌다.

그의 오늘 목적지인 양평 쪽으로부터 시원한 미풍이 불어온다. 진우는 눈을 감고 두 팔을 쫙 펼치며 바람을 환영했다. 축축했던 겨드랑이 속까지 개운해지는 기분이다.

"아아~ 정말 시원하다. 흐으읍~ 흐읍… 응?"

크게 숨을 들이켜고 있던 진우가 미간을 찌푸리면서 눈을 떴다.

어쩌… 바람에 실려 날아오는 이 희미한 냄새… 단순한 거름 냄새가 아닌 것 같다.

진우는 계속 의심스런 눈초리로 전방을 주시하면서 코를 실룩거렸다. 악취는 느껴지는데, 보이는 범위 내에는 별 이상이 없다.

"삼식아, 이거 냄새… 아니다. 너한테 물어봤자 소용없는 문제지. 이거는……."

혼잣말을 중얼거린 진우는 바람이 불어오는 방향을 향해 도로 위를 내달렸다. 그가 움직이자 삼식이는 신이 나서 덩달아 뛰어온다.

한참을 뛰어 완만한 오르막의 정점에 오른 진우는 손 그늘을 만들고 눈을 가늘게 떴다. 아지랑이가 피어오르는 도로 저 멀리 뭔가 꼬물거리고 있다.

진우는 조준경의 배율을 끝까지 올려 눈에 가져다 댔다. 그제야 악취의 범인들이 시야에 잡힌다.

좀비들, 엄청난 수의 좀비들이 그를 마주 보며 전진해 오고 있다. 군데군데 서 있는 차량들 사이로 속속 새로운 썩은 얼굴들이 등장하는 중이다.

거리는 600여 미터. 진우는 총구를 이리저리 옮겨가며 놈들의 이동 방향을 살폈다.

"너희들은 여기까지 올 거냐, 아니면 아까 그놈들처럼 중간에 돌아갈 거냐?"

진우는 이를 꾹 깨물며 좀비들을 노려봤다. 뒷일을 생각한다면 차라리 놈들이 지나가 버려주는 쪽이 낫다. 그렇게만 해주면 멀리 피해 있다가 놈들이 휩쓸고 간 다음에 안전하게 이 쭉 뻗은 도로를 따라 전진하면 되니까.

만약 이놈들이 아까 마을에서 봤던 좀비들처럼 양평의 번화가와 자신이 서 있는 이 6번 국도 사이를 빙글빙글 돌고 있는 거라면… 문제가 조금 골 아파진다.

그렇게 진우가 긴장된 상태에서 바라보고 있는 동안 400여 미터 앞까지 전진해 온 좀비들은 교차로를 따라 양평 번화가 쪽으로 내려가 버렸다.

역시…….

진우는 마음속으로 한숨을 내쉬며 고개를 끄덕였다. 쉽게 해결되는 일은 별로 없다.

진우는 컴퓨터 퍼즐 게임을 마주하고 있는 듯한 기분이 들었다. 장애물들의 패턴을 읽고, 전진했다가 멈추기를 반복해야만 클리어할 수 있는 횡 스크롤 게임들.

이제 자신 역시도 좀비 무리들의 이동 방향과 시간을 미리 알고 있다가 그 패턴에 맞춰서 도로가 비어 있는 시간대에 몰래 전진해야 한다.

문제는 이 장애물들은 움직이는 불기둥이나 떨어지는 단두대 따위의 단순한 움직임을 가진 도트가 아니라 엄청나게 빠른 좀비들이라는 데 있었다.

자칫 놈들이 인식할 수 있는 범위 내로 잘못 발을 들이면 놈들은 전속력으로 그를 쫓아올 것이다.

진우는 시계를 보고 좀비들이 시야 밖으로 사라진 시간을 확인했다. 그러고는 다시 좀비들이 등장하기까지 여유 시간이 얼마나 되는지를 확인하기 위해 눈을 부릅뜬 채 그 자리를 지켰다.

휘이잉—

얼마 후, 불어오는 바람이 또다시 악취를 전해 준다. 진우가 조준경에 눈을 바짝 붙인 채 전방을 주시하는 동안, 그가 전혀 신경 쓰지 않는 길가의 절벽 위에서도 수십 개의 다리가 바쁘게 움직이고 있었다.

진우는 자신의 팔뚝에 돋아 오른 소름이 전방의 좀비 떼들 때문이라고만 생각했다.

"응?"

진우가 수상한 낌새를 느끼게 된 것은 절벽 위에서 굴러 떨어진 자잘한 돌들이 도로를 때리며 낸 소리 때문이었다.

진우는 조준경에서 눈을 떼고 고개를 들었다. 허공에 몸을 날린 시꺼먼 그림자들이 햇살을 가리며 떨어져 내리고 있다.

"으아아아!"

진우는 비명을 지르며 총구를 위로 돌리고 방아쇠를 당겼다.

탕— 탕, 탕—!

한 놈의 대갈통이 관통되고, 가슴을 맞은 두 놈은 옆으로 비껴 떨어졌다.

콰작!

아스팔트를 때리며 뼈가 부러지는, 기분 나쁜 소리. 하지만 그것은 동시에 위기를 넘겼음을 알리는 소리이기도 했다.

그런데 그 세 마리가 전부가 아니었다. 절벽 위에서는 더 많은 좀비들이 진우를 노리며 뛰어내리고 있다.

옆으로 한 바퀴 굴러 거리를 확보하며 일어난 진우는 필사적으로 뒷걸음질을 치면서 모드를 3점사로 바꿨다.

투투둑— 투투투— 투둑— 툭, 투투둑—

정신없이 사방을 훑는 동안 탄창이 바닥난다. 진우는 총을 옆으로 비스듬히 틀어 돌리면서 빈 탄창을 날리고, 왼손으로는 전술 조끼에서 새 탄창을 꺼내 끼워 넣었다.

삼척 원자력발전소에 처음 배치되었을 때만 해도 어색한 동작이었지만, 이제는 거의 조건반사처럼 빠르고 정확하다.

"삼식아! 뒤로 빠져! 일로 와!"

진우는 삼식이의 이름을 부르면서 곧바로 다시 발포했다. 뼈가 부러진 채 벌떡 일어나려던 좀비들이 가슴과 머리가 꿰뚫리면서 고꾸라진다.

총성이 들리자 삼식이는 언제나처럼 진우의 곁으로 뛰어와 뒤쪽에서 기다려 줬다.

다행이다. 녀석이 좀비들 사이에 껴서 멋모르고 뛰어다니면 아무래도 신경이 쓰일 테니까.

그라아아아—

좀비들은 발목이 돌아간 상황에서도 맹렬한 기세로 아가리를 쩍 벌린 채 달려든다.

턱, 진우의 등이 중앙분리대에 닿았다. 더 이상 물러날 곳이 없다. 좀비들과의 거리는 불과 차선 하나 반. 아주 작은 허점이라도 보였다간 그대로 끝이다.

공연히 분리대를 넘어가 보려고 뜸을 들인대도 결과는 좋지 않을 게 분명하다. 결국 이 자리를 사수하며 모조리 다 쏴 죽이는 수밖에 없다.

투투둑— 투두둑— 투투둑—

진우는 미친 듯이 눈을 돌려가며 움직이는 모든 것에게 총알을 박아 넣었다.

좀비들의 머리가 터지고, 턱이 날아가고, 갈비뼈와 내장이 튀어나온다. 다리뼈가 부러진 좀비들이 고꾸라지면, 그 사이로 멀쩡한 놈들이 비집고 나와 달려들었다.

물론 그런 놈들의 미간에도 진우가 날린 총알이 박히며 선명한 구멍을 뚫어버렸다.

철컥—

진우는 두 번째 탄창을 갈아 끼웠다. 그사이, 불과 3초도 되지 않는 짧은 화력 공백의 틈에 좀비들은 진우와의 거리를 좁혔다. 순식간에 대여섯 마리의 좀비들이 진우를 에워싸고 접근해 온다.

투투둑— 투투둑— 투투투— 투두둑—

진우는 우에서 좌로 몸을 빙 돌리며 열심히 방아쇠를 당겼다.

뼈가 부러지고 머리가 꿰뚫린 좀비들이 바로 발밑에서 코를 박고 쓰러진다.

그롸아아악—

네 발로 기어서 달려온 좀비가 진우의 발목을 낚아채려 한다. 진우는 새 등산화를 들어 녀석의 턱을 냅다 걷어차 버렸다. 그런 후, 뒤로 밀려난 녀석의 머리와 목에 총알을 박아 넣었다.

놈의 꿈틀거림이 멈췄다는 걸 확인하기도 전에 진우는 곧바로 몸을 틀어 다른 녀석들의 몸과 골반을 향해 난사를 퍼부었다. 그러고는 다시 총구를 위로 올려서 뛰어오른 좀비의 머리를 박살 냈다.

으직!

뒤통수에 주먹만 한 구멍이 생긴 좀비가 중앙분리대를 들이받고 쓰러졌다. 꺾여 버린 놈의 목 위로 뇌수가 뚝뚝 떨어져 내리고 있다.

그롸아아아악—

우측의 사각에서 달려드는 기척!

진우는 얼른 다리를 뺐다. 중심을 잃은 몸이 앞으로 기운다. 레슬링 선수가 태클하듯 진우의 하체를 덮치려던 좀비의 머리와 등짝이 눈에 들어온다.

진우는 중심을 잃고 넘어지는 상황에서도 녀석의 뒤통수를 향해 방아쇠를 당겼다.

투투둑—

좀비의 뒤통수와 목덜미, 등짝에 한 줄로 이어진 총구멍이 뚫렸다. 뇌수와 체액이 튀어나온 좀비의 시체 위로 엎어진 진우는 얼른 몸을 돌려 전방을 겨눴다. 두 마리가 네 발 맹수처럼 달려온다.

투투둑— 투두두—

진우는 여섯 발을 쏘고 나서 다급하게 일어났다.

미끈, 좀비의 체액을 밟은 발이 휘청한다. 덕분에 진우는 좀비 시체의 뒤통수에 얼굴을 박아야 했다.

큭!

오물 때문에 일순 가려진 시야. 진우는 남아 있는 모든 총알을 퍼부어 제압사격을 하며 기어서 뒤로 물러났다. 그가 다시 일어났을 때, 더 이상은 움직이는 좀비가 없었다.

"하아~ 하아~"

그제야 진우는 차오르는 숨을 내쉬며 다시 탄창을 갈아 끼웠다. 지나간 1분여는 그야말로 제대로 호흡할 겨를도 없이, 그저 방아쇠만 당겼던 시간이다.

전부 다 해서 몇 마리가 떨어져 내린 거였는지도 모르겠다. 하여간 불과 몇 미터 앞에는 좀비들의 시체가 만든 작은 언덕이 불룩하게 솟아 있다.

"이리 와. 뒤로 가자, 삼식아."

진우는 삼식이를 이끌고 카트를 세워둔 방향으로 뒷걸음질을 쳤다. 그러는 동안에도 그의 시선은 엉망으로 뒤섞여 있는 좀비 시체 더미를 노려보고 있다.

그르르거리는 울음소리.

아직도 채 죽지 않은 놈들이 있다.

풀썩—

좀비 시체 더미의 한쪽 귀퉁이가 허물어지며 두 놈이 네 발로 기어 나온다.

타탕— 탕—

진우는 놈들이 땅을 내딛기도 전에 머리를 날렸다. 그리고 잠시 후에도 또 한 마리가 바닥을 기다가 대가리가 터진 뒤에야 움직임을 멈췄다.

"하아~ 이 새끼들……."

비로소 이 난감한 교전이 끝을 맺었다. 이제 한숨 돌려도 된다.

진우는 어지럽게 널브러진 놈들의 시체를 노려보면서 자신의 얼굴에 묻어 있는 놈들의 체액을 닦아냈다. 진우의 몸짓을 본 삼식이가 몸을 일으키며 그의 얼굴을 혀로 핥아주려 든다.

"아니야, 아니야. 삼식아, 하지 마. 이거 더러워."

진우는 삼식이의 얼굴을 피했다. 물리지만 않으면 감염되지 않는다는 걸 알고 있지만, 그래도 이걸 먹도록 놔두고 싶지는 않다.

어차피 녀석은 나중에 그 혀로 또 자신의 입 주변을 핥아댈 테니까…….

"너… 넌 괜찮아? 응? 다친 데 없어?"

진우는 삼식이의 몸 여기저기를 만져 보며 물었다. 땅에 맞고 튄 도탄이나 부러진 뼛조각에 부상을 당했을까 봐 걱정이 된다. 자신이 다급하게 움직이다가 밟았을 수도 있다.

헤엑, 헤엑…….

삼식이는 불안함이 가득한 표정으로 오히려 진우의 몸 이곳 저곳에서 냄새를 맡는 중이다. 좀비를 인식하지는 못해도 자신 의 친구가 뭔가 커다란 위기를 겪었다는 것만은 알고 있는 눈치 다.

다행히 녀석은 멀쩡했고, 진우 자신도 부상을 입지 않았다. 다만, 기껏 갈아입은 새 옷은 완전히 먼지와 땀투성이가 되어버 렸다.

이제야 좀 진정이 된 삼식이는 그의 주변을 빙글빙글 돈다. 진우는 고개를 저으며 한숨을 내쉬었다.

"후우~ 미안해. 좀비 경계는 내 담당인데… 저 멀리 있는 놈 들한테 정신이 팔려서 바로 머리 위로 지나가고 있는 걸 몰랐 네. 젠장, 저 앞에서 워낙 정신없이 빙글거리면서 잔뜩 돌아다 니니까……."

진우는 방금 전 좀비들이 떨어져 내린 절벽 위쪽을 노려보았 다.

저런 데는 대체 뭐한다고 돌아다니고 있었던 거지?

그는 고개를 설레설레 저었다.

오늘 하루 종일 대체 몇 마리나 좀비를 죽이고 있는 건지 모 르겠다. 경기도가 아주 요란하게 환영 인사를 해주고 있다.

"아, 맞다."

진우는 다시 총구를 들어 멀리 그가 걸어가야 할 방향을 살폈다. 700여 미터 전방의 도로는 또다시 행진하는 좀비들로 채워져 있다.

"벌써 한 바퀴 돈 건가?"

진우는 고개를 갸웃거렸다. 몇 분 싸우지도 않았는데 그사이에 놈들이 다시 제자리로 돌아왔다는 건 회전 반경이 엄청나게 좁다는 의미다.

직경 100여 미터 안에서 빙글빙글 돈다는 이야긴가…….
팽이 흉내를 내는 게 아니라면 무의미한 것 같은데… 대체 뭐지?

어쨌든 진우는 좀비 무리들을 계속 주시했다. 놈들이 만약 그렇게 작은 원을 그리면서 제자리 순찰 중이라면, 그로서는 별로 나쁠 게 없다. 그 구역만 피해 나가면 되는 거니까.

잠시 후, 직진하던 좀비들이 방향을 바꿔 회전을 시작했다. 그런데 방향이 조금 전과 달랐다.

"어? 아닌데… 아까는 분명 좌회전이었는… 아하!"

상황이 파악된 진우는 총구를 돌려 놈들이 향하는 방향을 살폈다. 이번 회전은 우측, 그러니까 조금 전 양평 번화가 쪽으로 들어가던 놈들과 지금 그가 보고 있는 놈들은 서로 다른 좀비 무리들인 것이다.

지금 700미터 전방의 6번 국도에는 적어도 두 개의 커다란 좀비 떼가 순찰 중이다. 한 무리당 아무리 적게 잡아도 500마리 이상은 된다.

물론 죽이려고 마음을 먹으면 다 쏴 죽일 수는 있다. 그런데 그래봐야 아무런 의미 없는 짓일 뿐이다. 어차피 그에게 있어 저곳은 서울까지 이르는 긴 경로 중에 한 지점에 지나지 않으니까.

"으아~ 이 동네 이상하네. 뭐, 이렇게 순찰 도는 좀비들이 많아? 강원도랑은 또 다른 건가… 아니면 거기도 여기랑 별로 다르지 않은데 내가 도심으로 지나오질 않아서 모르고 있었던 건가."

진우는 난감한 표정으로 한숨을 내쉬었다. 인구 밀집 지역에 가까워지니, 생존에 필요한 룰이 좀 달라진다. 지금까지처럼 잘 쏘고, 달리는 것만으로는 부족한 모양이다.

더 시간을 두고 관찰을 해서 이 세계를 지배하는 질서를 파악해야 한다. 그러지 못하면 도태된다.

이제 겨우 경기도 끝자락일 뿐인데… 서울에 가까워지면 얼마나 더 복잡해질까?

카트로 돌아와 물을 마시고 배를 채우면서 진우는 고민에 빠졌다. 옆에서는 삼식이가 아주 맛있게 자기 몫의 밥을 먹어 치우고 있다. 진우는 삼식이의 등을 쓸어줬다.

"삼식아."

녀석은 곁눈질만 힐끗 하면서 건성으로 얼— 하고 대답한다. 진우는 손바닥을 통해 전해지는 녀석의 뜨끈뜨끈한 체온과 심장박동을 느끼며 미소를 지었다.

"우리 오늘 양평까지 못 가겠어. 저기 통과하려면 규칙을 알아야 하는데… 그 규칙이 너무 복잡해. 몇 킬로미터 안 남았다고 좋아할 게 아니었다, 야."

그늘에 등을 기대고 앉아 푸념을 하는 진우의 눈앞에 아까 보았던 현수막이 다시 떠오른다.

제트스키…….

어쩌면 수수께끼 같은 좀비들의 이동 규칙을 파악하는 것보다 제트스키 타는 법을 독학으로 익히는 게 더 빠를지도 모르겠다는 생각이 들었다. 그건 애초부터 사람 타라고 만들어놓은 거니까.

"물이라……."

진우는 혼잣말을 중얼거렸다. 생각해 보니 그렇게 나쁜 생각 같지도 않다. 어차피 잠실로 가는 길, 한강을 타고 서울로 입성해 그냥 쭈욱— 직진만 하면 되는 거다.

"삼식아, 너 물 좋아해? 나랑 배 타고 갈까?"

얼—

삼식이는 조금의 고민도 없이 쾌활하게 대답했다. 말 나온 김에 진우는 지도를 펼쳐 봤다.

"근데 사실은 제트스키를 타고 못 타고는 오히려 둘째 문제야. 양평 레저가 어디에 붙어 있는 건지도 모르잖아. 저 동네에 현수막이 붙어 있었으니까 근처일 것 같기는 한데, 물가로 가서 훑으며 올라가 보면 찾아지려나? 에… 여기서 한강 쪽으로 내려간다면……."

진우는 지도를 손가락으로 짚어가며 훑었다. 밥을 다 먹은 삼식이도 진지한 표정으로 진우의 손가락을 따라 시선을 돌린다.

현존하는 최강의 대좀비 병기와 그의 네 발 달린 동행이 국도를 따라 여행을 시작한 지 이틀째. 서울까지는 아직 60킬로미터가 남았다.

2장
나비효과

1

젠킨스는 테라와 함께 오후의 산책을 하고 있었다. 그에게 있어 이 시간은 너무도 소중한 기쁨으로 승격되어 있었다.

이국의 미소녀와 나란히 걷는다거나, 그녀가 이따금씩 간식을 보상으로 준다는 1차원적인 이유 때문이 아니다.

그는 자신이 널 키드의 생태를 바로 곁에서 지켜보고 있다는 것에서 매 순간 짜릿한 희열을 느꼈다. 그녀와 나누는 대화 내용 한마디, 한마디마저도 최상급의 데이터들이다.

널 키드에 대한 데이터는 아무리 수집해도 부족하다. 극한의 확률로 존재하는 그들이 항체를 형성하고 난 뒤에 어떤 신체적, 정신적 변화를 겪게 되는지 정확하게 알고 있는 사람은 아무도 없다.

'하지만 나는 다르지. 위대한 타일러 젠킨스는 매일의 자료를 이 뛰어난 머릿속에 모두 저장해 두고 있단 말이야.'

젠킨스는 우월감을 느끼며 생각했다. 허락만 된다면 테라를 투명한 재질로 만들어진 방에 가둬두고, 24시간 내내 곁에서 지켜보고 싶은 마음이다.

식사, 수면, 생리작용… 살아가는 모든 과정들을 한순간도 놓치지 않고 기록해 두고 싶다. 인형 같은 외모를 가진 그녀가 유리로 된 방에서 살아가는 모습을 상상하는 것만으로도 짜릿하다.

"으흐으~!"

자신의 상상에 깊이 도취한 젠킨스는 가볍게 몸을 떨었다. 조금 거리를 두고 함께 걷던 테라가 이상하다는 눈으로 돌아본다.

"괜찮으세요, 젠킨스 씨?"

"음? 으응, 괜찮아. 갑자기 좀 오싹해져서 그런 거니까 걱정하지 않아도 된다네, 테라 양."

젠킨스는 본심을 감추며 웃었다. 테라는 감정을 읽을 수 없는 그녀 특유의 표정으로 돌아갔다. 아주 살짝 올라간 저 입꼬리가 묘한 밸런스를 유지시켜 주기 때문에 미소를 짓는 것처럼도 보이고, 걱정을 하는 것처럼도 보인다.

"그래도 다행이에요."

테라의 말에 젠킨스는 어깨를 으쓱했다.

"응? 뭐가?"

"젠킨스 씨, 요 며칠 동안 걷는 게 많이 늘었어요. 숨차 하는 것도 한결 덜하고, 속도도 올라갔고요. 이런 추세로 조금만 더 운동을 하시면 급성 심장마비에 대해서도 크게 걱정하지 않아도 될 것 같아서요."

아… 그거. 그건 내가 지옥 같은 고통을 이겨내고 경쟁을 하는 과정 속에서 얻은 부수적 효과지……

젠킨스는 흉터남자와의 레이스를 떠올렸다. 그 망할 자식은 이제 너무 빨라져서 이기기 힘든 상태가 되었다. 지능지수를 포기하고 야생의 회복력을 선택한 게 분명하다. 멍청한 짐승.

물론 자신이 질 것 같아졌을 때부터 젠킨스는 더 이상 레이스에 참여하지 않았고, 그래서 아직도 둘 사이의 전적은 젠킨스의 전승으로 남아 있다.

그러니까 흉터남자가 아무리 죽어라 연습을 해도 자신을 이길 수 있는 가능성은 제로다. 자신은 그 레이스에 이제 참여해줄 생각이 없으니까.

무패의 챔피언. 젠킨스는 또 히죽 웃었다.

무패… 얼마나 아름다운 단어인가.

"아, 사람들 정말 관심이 크네요. 여기 정도면 정말 안전하고 편안한 건데도요."

반대편 내야석에 모여 있는 사람들을 보며 테라가 혼잣말을 중얼거린다. 젠킨스도 관심을 보이며 물었다.

"그래, 저 구역 말이야… 나도 궁금했어. 어제부터 영 혼잡하더군. 무슨 말을 하는 건지는 몰라도 사람들이 모여서 웅성거리고… 이 스타디움의 전체적인 분위기도 뭔가 들떠 있어. 대체 무슨 일이 벌어지고 있는 건가, 테라 양? 장내 스피커로 줄기차게 떠들어 대던 것과 무슨 연관이 있나?"

"저기… 저 깔끔하게 양복 입은 사람들 보이시나요? 만남의 벽 왼쪽에 서 있는 사람들이요."

테라가 가리킨 곳에는 남색 양복을 입은 일단의 남녀들이 사람들에 둘러싸여 있다. 정말로 깔끔한 옷차림이어서, 이 쉘터의 수용자들과 한눈에도 구분이 된다.

그들은 옆에 쌓아둔 커다란 박스에서 뭔가를 꺼내 사람들에게 나눠 주며 길게 설명을 하는 중이었다.

"뭘 주는 거지? 먹을 건가? 간식?"

젠킨스가 목을 길게 빼며 물었다. 테라는 고개를 저었다.

"팸플릿이에요. 남부 지방의 민간 수용 시설을 홍보하는 팸플릿. 여기 쉘터가 너무 붐비고 거주 환경이 열악하기 때문에 태양 그룹에서 분산 수용을 해준다고 하네요. 더 쾌적한 주거 환경에 음식까지 보장한다고… 장내 방송은 그걸 알려주는 거고요."

"타이양? 민간 기업이라고? 이런 때에?"

젠킨스는 눈을 똥그랗게 뜨고 물었다. 이 세상에 어떤 자본도 회수가 불투명한 곳에 투자하지 않는다. 그리고 좀비들이 지배하고 있는 지금, 미래는 그 어느 때보다도 예측이 어려워졌다.

그런데 민간 기업이 자신들이 소유한 재화를 사용하겠다고?

웃기시는군…….

젠킨스는 고개를 저었다. 둘 중에 하나다. 뭔가 엄청난 것을 정부로부터 약속 받았거나, 아니면 뭔가 대단히 구린 일을 꾀하고 있거나.

"그런데 테라 양은 왜 가서 설명을 듣지 않는 거지? 쾌적한 주거 환경이 싫은가? 아, 알겠다. 거기로 옮겨가 버리면 이 타일러 젠킨스의 얼굴을 더 이상 볼 수 없을 테니까?"

젠킨스는 일부러 테라를 떠봤다. 물론 그녀가 정말로 이동하겠다고 하면 당연히 가능한 모든 수를 동원해서 말릴 것이다. 소중한 널 키드를 그렇게 포기할 수는 없다. 그녀는 자신의 것이다.

그녀를 차지하는 대가가 자신의 남은 수명 중 절반이라고 해도 젠킨스는 기꺼이 내놓을 준비가 되어 있다. 테라는 무표정한 얼굴로 고개를 젓는다.

"안 가요. 저는 저 회사 안 좋아해요."

브라보~

젠킨스는 마음속으로 만세를 불렀다. 그녀가 타이양을 싫어하게 된 이유는 모르겠지만, 그로서는 그저 감사할 따름이다.

하지만 아직 안심하기는 이르다. 이 또래 소녀들의 마음이란 고양이의 눈보다도 더 변화무쌍한 법이니까.

젠킨스는 저 망할 민간 기업이 언제 유혹의 손짓을 거두고 떠나 버릴 것인지 알고 싶었다.

"그래, 이주는 언제 시작해서 며칠 동안이나 진행한다는 건지 혹시 알고 있나?"

네, 테라가 고개를 끄덕였다.

"오늘 오후 늦게부터 1차 이동이 시작될 거래요. 그래서 다들 저렇게 만남의 벽에 자기 행선지를 써 붙이고 있는 거예요."

✤ ✦ ✤

같은 시각, 문 대위와 오 중령은 여단장인 김 준장을 기다리고 있었다.

"자네, 안색이 왜 그래? 어제 못 잤나?"

오 중령이 문 대위에게 속삭여 물었다.

"건대 쉘터로부터 부사관 사망 사고 보고를 받아서 그걸 걱정하고 있었습니다."

문 대위는 멋쩍은 표정을 지으며 대답했다. 살인 사건이라는 말은 하지 않았다. 김 중사의 보고에 의하면 증인이 많지만, 아직 판단을 내리기에는 미심쩍은 부분이 너무 많다.

이 원사님이… 누군가에게 원한을 사서 목숨을 잃었다는 것이 도무지 이해가 가지 않는다. 게다가 그 범인이 강 소위와 고 하사라니.

"그래? 언제?"

"그제 밤에서 어제 새벽으로 넘어가는 시간에 사고가 났다고 합니다."

음, 오 중령은 대수롭지 않다는 듯 고개를 끄덕였다.

"죽은 사람들한테는 미안한 이야기지만, 그런가 보다 하고 잊어버려. 이것도 엄연한 전쟁인데, 전쟁을 하면서 전사자가 나오지 않기를 바랄 수는 없지. 자네는 그런 일들에 너무 신경을 쓰는 경향이 있어. 전사자 한 명이 나올 때마다 일일이 속상해서 머리 싸매고 그럴 수는 없잖은가. 건대에서는 지금까지 몇 명이나 전사했지?"

"위탁 받은 수감자 사망 사고가 한 번 있었고, 병력 사망은 이번이 처음입니다."

문 대위의 말을 들은 오 중령은 입을 떡 벌렸다. 매일 좀비들의 습격을 격퇴하고 그사이에는 진지 구축 공사를 하는데 이번이 첫 전사라고?

이건 뭐 괴물도 아니고… 지휘를 어떻게 하면 그런 일이 가능한 거지?

단순히 '운이 좋았다' 고 치부하기에는 다른 쉘터들과 너무 비교가 된다. 그 자신만 해도 언제부터인가 더 이상 잠실의 사상자 수를 헤아리지 않고 있었다. 오 중령은 가볍게 한숨을 내쉬면서 자신의 부하 장교를 칭찬했다.

"훌륭해! 첫 사상자라… 그것도 또 나름대로 아프겠구만."

"부끄럽지만, 마음이 영 편치가 않습니다. 제가 책임을 다하지 못하고 자리를 비운 대가를 치르는 건가 하는 기분도 들고요."

문 대위는 진심으로 대답했다. 떠나기 전에 봤던 이 원사의 얼굴이 자꾸 어른거린다. 그의 대대장이 허락만 해준다면 잠시 건대로 복귀해 무슨 일인지 조사해 보고 싶은 마음이다. 하지만 오 중령은 애초부터 그런 가능성을 차단했다.

"에헤이! 쓸데없는 소리! 몇 만의 생명이 걸려 있는 판국에 뭔 소리야? 지금 자네 임무는 만반의 준비를 갖추고 대기하다가 여단장님께서 '야, 뭐 다른 방안이 없냐?' 고 말씀하실 때 척 나서서 청산유수로다가 보고를 올리는 거라고. 그걸 잊지 말아. 알겠어?"

"네, 명심하겠습니다."

문 대위가 고개를 끄덕이자 오 중령은 목소리를 낮추며 말을 이었다.

"기회가 오더라도 딱 한 번 있는 거야. 그러니까 잘해야 돼. 여단장님 성격 알잖아? 응?"

'응?' 이라는 물음 뒤에 생략된 표현을 문 대위는 알고 있다.

'또라이.'

김 준장은 결코 나쁜 사람이 아니지만, 아니, 좋은 사람 편에 훨씬 더 많이 속해 있지만, 가끔 남들과 다른 지점에서 폭발하곤 한다. 그리고 일단 성질이 나면 그 고집을 꺾을 수도 없다.

그 대단한 고집과 강단의 결과물이 바로 이 잠실 쉘터와 수만의 생존자들이다. 굳이 말하자면, '착한 또라이' 랄까.

"야, 너희들 기다리고 있었구나. 오래 기다렸겠다. 쉬어, 편히 쉬어. 더운데 힘들었지? 요새 날씨가 무지하게 덥다고. 올해는 좀 유난스러워. 근 몇 년은 그렇게 더운지 모르고 지나갔었는데… 응, 올해는 덥다고."

잠시 후, 김 준장이 참모들과 함께 방문을 나선다. 문 대위를 비롯한 장교들이 일제히 경례하자 바짝 마른 김 준장은 손을 내저으며 낮은 목소리로 웅얼거렸다.

알아듣기 어려울 정도의 크기로 비슷한 말을 쉼 없이 반복해서 떠든다. 얼핏 들으면 살짝 미친 사람의 넋두리 같지만, 그게 그의 말버릇이다.

"헬기 왔나? 태양 그룹 헬기, 지금쯤 온다고 했었는데."

김 준장이 물었다. 복도에서 대기하고 있던 부하 장교 하나가 나서서 대답했다.

"네. 조금 전 외부 주차장에 도착했습니다. 그런데 여단장님께서 이렇게 직접 환송하지 않으셔도……."

"아니지, 그게 아니야. 지금까지 여기 민간인들 다 내가 책임지고 보호하고 있었던 거잖아. 근데 오늘부로 옮겨 가는 거라고. 그러니까 내가 얼굴을 내미는 게 맞지. 건강하게 잘 지내시라 인사 정도는 하는 게 맞잖아. 그게 보급만 제대로 됐어도 이렇게 외부로 분산 수용하지는 않았을 건데. 하~ 미친 새끼들, 뭐한다고 편 가르기나 하고… 어디서 못된 것만 배워서… 그 지랄 떠느라 보급이 안 오니까 이게 뭐야… 어쨌든 그래. 내가 인사 정도는 하는 게 경우에 맞아. 그렇지, 오 중령?"

김 준장은 오 중령에게 시선을 돌리며 물었다.

"지당하신 말씀입니다!"

오 중령은 깍듯하게 대답을 했다.

음~ 김 준장은 고개를 끄덕이며 날카로운 콧날을 신경질적으로 문질렀다. 뭔가 고민이 있으면 항상 저 버릇을 하며 혼자 넋두리를 한다.

"쯧, 남부 지방이니까 여기보다는 낫겠지? 음, 그래. 아무래도 서울보다는 나을 거라고. 그래도 거기는 시스템이 좀 유지돼서 돌아가는 중이라니까 지내기가 거기가 더 안전할 거야. 남부 지방… 거기가 진짜 안전하기는 한가? 내가 직접 가보면 확실할 텐데, 그럴 여건은 안 되고……. 응, 여건이 안 돼. 뭐, 대기업이 그런 걸로 거짓말하지는 않겠지. 거기서 공장도 돌리고 다 하니까. 여섯 군데인가로 분산 수용을 한다고 하더라고. 여섯 군데가… 어디 어디더라? 일단 부산이 있고… 거제가 있고, 부산, 에… 포항하고, 부산이랑……."

야구장 쪽으로 걸어가는 동안에 김 준장은 계속 콧날을 쓰다듬으며 심각한 표정으로 중얼거린다. 대체 부산을 몇 번이나 더 읊으려는 건지 모르겠다.

하지만 부하 장교들은 다들 가만히 듣고 있었다. 별것 아닌 일을 지적했다가 공연히 성질나게 할 필요는 없으니까.

ㄹ

"으으으~ 어이구."

의무실로 향하는 복도를 걷는 동안에 이미 민구의 귀는 신음 소리로 가득 채워졌다. 민구는 문을 열고 들어섰다. 언제나 그랬듯이 의무실 안에서는 수많은 젊은 군인들이 사경을 헤매는 중이었다.

울부짖고, 앓고, 누군가를 원망하거나 갈망한다. 비어 있는 침대가 거의 보이지 않을 만큼 여전히 붐빈다. 후끈거리는 열기와 알코올 냄새, 그리고 피 묻은 시트……

여기는 잠실 쉘터 전체에서 죽음이 가장 가까운 곳이다.

민구는 입구에 가만히 서서 의사나 의무병을 기다렸다.

잠시 후, 지친 기색이 역력한 의사가 다가와 한 손으로 허리를 짚고 선다. 밤톨과 함께 여기를 찾았던 첫날, 걸을 수 있으면 입원이 안 된다고 말했던 그 의사다.

"이거 받으러 왔습니다."

그가 용건을 물어보기도 전에 민구는 다 쓴 붕대 심과 소독약 통을 내놓았다. 의사가 소독약 통을 보면서 미간을 찌푸린다.

무슨 환자였는지 기억하지 못하는 모양이다. 당연하다. 저렇게 죽어 나가는 사람들이 많은데……

민구는 말없이 지퍼를 내리고 옆구리의 총상을 내보였다. 이렇게 설명해 주는 편이 훨씬 빠르다. 의사는 대번에 고개를 끄덕인다.

"음, 기억난다. 전에 그 양반이시구만. 근데 왜 붕대만 달라고 했어요? 진통제는? 그것도 다 떨어졌을 텐데."

"진통제는 안 먹습니다. 어지러워서."

"허!"

의사는 가벼운 탄성을 지르고는 다시 민구의 상처를 살폈다. 꽤 아물었다고는 해도 여전히 지독한 부상이다.

살덩어리가 날아가고 그걸 또 칼로 지졌다면서 약 없이 버틴다고?

"독한 양반이네. 그럼 여기는 어때요? 전에 비해서 좀 낫습니까?"

의사는 금이 간 민구의 갈비뼈 주변을 살짝 누른다. 까맣게 들어 있던 멍도 꽤나 풀렸다. 민구는 별 표정 변화 없이 고개를 끄덕였다.

그 정도는 그냥 결리는 느낌뿐이다. 누군가 작정을 하고 후려치는 것만 아니라면, 갈비뼈의 고통 때문에 움직이지 못할 일은 없을 것 같다. 물론 완전히 붙으려면 아직도 꽤나 긴 시간이 필요하겠지만……

"앞으로도 운동 꾸준히 하세요. 너무 무리는 하지 마시고."

붕대와 소독약을 건네주며 의사가 말했다. 민구는 그러겠다고 대답한 뒤 의무실을 나섰다.

저 안에서 어린 병사들의 신음을 듣고 있으면… 괴롭다.

"우습구나. 평생 남 비명 지르게 하는 재주로 먹고살아 온 주제에……."

민구는 씁쓸하게 중얼거렸다. 7월 14일에 저질렀던 일의 여파는 너무도 크다. 시간이 갈수록 점점 실감이 되면서 그의 가슴속을 묵직하게 만든다.

의무실을 나와 자신의 돗자리가 깔린 곳까지 야구장을 한 바퀴 빙 돌던 민구는 한 무더기의 인파와 만났다.

꽤나 많은 사람들이 들뜬 표정으로 걸어오고 있다. 행렬의 맨 앞에서는 깔끔한 남색 양복을 입은 젊은 남녀가 손을 흔들면서 지시를 하고 있었다.

"자! 여기 좀 보실게요! 이제부터 두 줄로 서주세요! 조금만 협조해 주시면 더 편안하고 안전하게 이동하실 수 있으세요!"

사람들은 웅성거리며 줄을 만든다. 민구는 그들과 부딪치고 싶지 않아 벽에 기대어 섰다. 아직은 팔꿈치만 세게 스쳐도 숨이 턱턱 막힌다.

'뭐지?'

민구는 낯선 남색 양복들을 빤히 쳐다봤다. 쉘터 수용자들의 더러운 트레이닝복들 사이에서 그들의 깔끔한 양복은 단연 돋보였다.

"줄 다 서셨나요? 거기 어머니, 세 분이 서 계시네요. 뒤로 좀 가주세요. 네에~ 감사합니다. 여러분! 한 번 더 안내해 드릴게요! 지금 야구장 밖으로 나가실 건데요, 나가시면 저희 헬리콥터가 대기하고 있으실 거예요. 그러면 그걸 타시고 인천까지 가셨다가 거기에서 대형 여객선으로 모실 거예요. 총 여행 시간은 여섯 시간 정도가 소요되실 거예요."

남색 양복을 입은 여자가 떠들어 댄다. 말본새가 딱 사기꾼 약장수 같은 느낌이다. 그런데도 사람들은 웃으며 환호한다. 다들 잠실에서의 생활이 어지간히 지겨워져서 뭔가 새로운 자극을 원하고 있는 사람들이었다.

그들의 손에 꼭 쥐어진 팸플릿에는 제법 그럴듯한 조립식주택들이 줄지어 들어선 그림이 그려져 있다. 북적거리고, 덥고, 사생활이 도무지 없는 이곳을 떠나 훨씬 더 나은 곳으로 간다고 믿고 있는 것이다.

"헬리콥터래. 나 한 번도 타본 적 없는데……."

"그러게. 나도 마찬가지야. 후후후, 아들, 너도 좋지?"

중간에 선 여자들이 들뜬 목소리로 대화를 나눈다. 꺅꺅꺅, 귀에 익은 아기 목소리도 한몫 거들었다. 민구의 시선이 자연스레 그쪽으로 향한다.

'저건… 그때의 그 보따리 같은 놈이군.'

테라의 심부름으로 주스를 가져다줬던 꼬마다. 녀석의 엄마는 테라가 이별 선물로 준 게 분명한, 커다란 과자 봉지를 안고 있다.

"쥬쯧! 쥬쯧! 흐으~"

민구를 알아본 꼬마가 아는 체를 하며 몸을 흔든다.

'그런가. 이 녀석도 어디론가 옮겨 가는구나…….'

민구는 고개를 끄덕였다. 하긴 애를 데리고 있으니까 더 나은 환경을 찾고 싶기도 할 거다.

잠시 후, 야구장 외부에서 건장한 남자가 넷 들어왔다. 민구의 눈이 커진다. 본 적이 있는 유니폼이다. 온통 검은색 군복과 장비로 깔 맞춤을 해서 얼핏 보면 군인으로 오해하기 딱 좋은 복장.

예전에 그가 병원 옥상에서 만났던 놈들과 한패다. 구조대랍시고 사람들을 데려가던 생양아치 새끼들.

'이 새끼들이 여길 왜 기웃거리지?'

민구는 검은 군복들을 노려봤다. 남색 양복들이 검은 군복들에게 다가가 귓속말을 주고받는다.

저 개새끼들, 한패였나……. 그럼 이 요란한 짓들이 다 새빨간 거짓말이라고?

민구는 어처구니가 없었다. 옥상에서 총을 맞고 죽어가던 놈이 숨을 헐떡거리며 털어놓았던 이야기를 그는 아직도 또렷하게 기억하고 있다.

"구조 같은 게 아니에요……. 사람들을 데리고 가서 좀비 밥으로 줍니다. 좀비 예방약을 만들기 위한 실험이라서."

그 이야기를 들었을 때, 태양 그룹 같은 양아치들이라면 충분히 그리고도 남을 거라 생각했었다. 철거를 할 때도 용역으로 투입된 만배파보다 그놈들이 더 악질이었다.

'그럼 이 사람들은…….'

민구는 두 줄로 서서 해맑게 웃으며 남색 양복의 말을 경청하고 있는 사람들을 돌아봤다. 이 사람들은 죽으러 가기 위해서 이렇게 길게 줄을 서고 있는 셈이다. 이게 무슨 개 같은 일인가.

"아찌! 아찌! 쥬쯔!"

그때, 그 꼬마가 민구를 불렀다. 녀석은 제가 먹던 주스 팩을 흔들며 헤, 하고 웃는다. 녀석의 볼과 작은 입술을 홀린 듯 바라보던 민구는 아이 엄마 쪽으로 시선을 돌렸다.

그녀는 들뜬 표정으로 옆의 여자와 이야기를 나누고 있었다. 옆의 여자 역시 아이를 데리고 있다.

둘 다 별 대단할 것도 없는 평범한 여자들이다. 그 평범한 여자들이 저렇게 작고 약한 자식들을 지금까지 용케 지켜내 왔다. 그런데 지금 그녀들이 자식과 함께 죽음이 기다리는 곳으로 가려 하고 있다. 얄팍한 거짓말에 속아서…….

"아… 젠장."

민구는 머리를 긁적였다. 자신의 안위와 무관한 타인의 일에 끼어드는 건 그의 스타일이 아니다. 어지간해서는 잔소리 같은 것도 하지 않는다. 말 그대로 남이니까 정 성질에 거슬리면 두드려 패는 편이 차라리 편하다.

하지만… 테라 때문에 저 꼬마 놈과 인연이 생겨 버렸다. 한 번 정도는 위험하다고 말해줘야 할 그놈의 의리…….

"후우~"

줄 서 있는 사람들에게 다가가며 민구는 한숨을 내쉬었다. 아직 이렇게 나설 수 있는 몸 상태가 아닌데… 그 바짝 마른 계집애랑 얽히면 꼭 이렇게 자신답지 않은 짓을 하게 된다.

"아, 뭐야? 왜 밀어요? 사람 서 있잖아요!"

민구가 줄을 밀치며 앞으로 나가자 사람들이 투덜거린다. 민구는 신경 쓰지 않고 전진했다.

"지나갑시다!"

처음엔 불만스런 표정으로 돌아보던 사람들도 그의 얼굴을 보고 나서는 순순히 길을 터줬다.

저 커다란 흉터와 사나운 눈빛.

별로 시비를 벌이고 싶지 않은 인간이다.

행렬의 중간에 도착한 민구는 아이 엄마의 손을 턱 잡았다.

여자는 기겁을 한다.

"헉! 왜 이러세요?"

"가지 마쇼. 이놈들 말한 거 다 거짓말이야. 가면 죽는 거요."

"네에? 뭐야? 이 사람, 왜 이래? 좀 놔줘요!"

여자는 엉덩이를 뒤로 빼고 사정을 한다. 일행들이 물었다.

"누구야? 아는 사람이야?"

"아니, 몰라……."

그러자 여자들이 한목소리로 놔주라고 소리를 질러 댄다. 그러거나 말거나 민구는 꼬마 엄마의 눈만 똑바로 보면서 다시 한번 설득했다.

"따라가면 죽는다고. 생각해 보시오, 저것들이 왜 당신들을 데려다가 공짜로 호의호식시키겠소? 이전에는 모든 걸 돈 받고 팔았었는데 갑자기 천사가 되었나? 그럴 리가 없잖소. 조금만 생각해 보면 수상한 소리라는 걸 알 텐데."

꼬마 엄마의 표정이 미묘하게 바뀌었다. 여전히 두려움에 빠져 있지만, 그래도 뭔가 의심할 여지가 있다고는 생각하는 것 같았다. 그런데 주변의 여자들 중 하나가 민구를 향해 손가락질을 했다.

"나 이 사람 알아! 매일 비틀거리면서 야구장 안을 빙글빙글 돌아다니는 사람이야! 끝까지 걸어갔다가 벽 치고 돌아오고, 또 이쪽 벽 치고 돌고 그러더라고."

"맞아, 나도 봤던 거 같아……. 정상이 아니었구나. 살짝 돌았나 보다."

여자들은 순식간에 민구를 미친놈으로 만들어 버렸다. 민구는 난감해졌다. 이래서야 말발이 먹혀들 리가 없다. 양복 입은 대기업 직원과 트레이닝복을 입은 미친놈, 둘 중 누구의 말을 더 신뢰할지는 빤한 일이다.

'젠장, 이래서 수트를 입고 다녀야 하는 건데…….'

민구가 혀를 차고 있을 때, 남색 양복을 입은 남자가 사람들 사이를 헤집고 다가왔다. 그의 곁에는 검은 군복 하나가 바짝 붙어 있다.

"선생님, 줄을 서서야 해요. 안 그러시면 같이 못 가십니다."

"개수작 그만하고 꺼져! 이 사람들 안 가!"

민구는 놈을 밀어냈다.

허! 남색 양복이 어처구니없다는 듯 웃으며 민구를 되레 밀치려 든다.

"이 아저씨 이상한 분이네… 아야! 아으윽!."

공격을 피한 민구는 놈의 머리카락을 움켜쥐고 뒤로 꺾었다.

"실험이 그렇게 하고 싶으면 네 몸뚱이부터 쓰면 되잖아. 애꿎은 사람들 끌어들이지 말고."

"뭔 소리야! 이 미친 새끼가! 아! 아야야!"

'실험'이라는 말에 발끈하고 본색을 드러내던 남색 양복이 비명을 지른다. 민구는 놈의 머리카락을 쥐고 흔들다가 바닥에 내동댕이쳐 버렸다.

싸움이 일어나자 주변의 사람들은 소란을 떨며 뒤로 물러났다. 손이 자유로워진 꼬마 엄마도 아이를 꼭 껴안고 사람들 틈으로 숨어버렸다. 민구는 그녀를 따라가며 소리쳤다.

"이 새끼들이 당신들을 왜 데려가려는지 압니까? 괴물들 밥으로 던져 주고 실험을 한단 말이오! 약을 만들려고!"

"좀 닥쳐! 이 미친 새끼야! 어디서 정신 나간 소리를!"

검은 군복이 달려든다. 민구는 손바닥으로 녀석의 턱을 올려치고, 곧바로 팔를 돌려 사타구니를 후려갈겼다. 검은 군복은 거품을 물고 바닥에 쓰러졌다. 티는 내지 않았지만, 그 정도의 힘을 쓰는 것만으로도 민구 역시 옆구리가 욱신거린다.

"이 미친 새끼가!"

남아 있는 검은 군복들 중 둘이 곤봉을 빼 들려 하자, 가운데에 서 있던 놈이 둘을 제지하며 나섰다.

"너, 너, 너희들은 빠, 빠져. 저, 저건 내가 처, 처리한다."

민구는 자신을 향해 다가오는 검은 군복을 노려보았다. 걸음걸이만 봐도 제법 실력이 있는 놈이라는 걸 알 수 있었다.

꽤나 빠르겠군. 주먹도 묵직하겠어. 호기롭게 혼자 나설 만해……

민구는 검은 군복의 검게 그을린 얼굴을 보며 생각했다. 그로서는 그다지 반가운 소식이 아니었다.

"왜 이럽니까, 시끄럽게? 무슨 일 났어요?"

소란스러워진 상황을 보고 병사 하나가 다가왔다. 그런데 하필이면 대민 지원 센터에 있던, 그 낙타 닮은 놈이다.

사람들로부터 설명을 듣던 낙타는 이내 민구를 알아보았다.

하긴 그의 커다란 흉터는 어지간해서는 잊기 어려운 특징이기는 하다.

"저 인간은 혼 좀 나야 됩니다. 버릇 좀 고쳐 주세요. 아주 질이 안 좋은 깡패 새끼예요."

낙타는 팔짱을 낀 채 뒤로 물러섰다. 군인의 개입에 잠시 멈칫했던 메이저는 당당히 허락을 받고 나서 다시 민구를 향해 걸음을 뗐다.

민구는 두 팔을 축 늘어뜨린 채 가만히 서 있었다. 그의 눈은 메이저의 전술 조끼에 부착된 대검에 꽂혀 있다.

"뒤, 뒤늦게 거, 거, 겁이 났나 보네. 그, 그러게 왜 마, 마, 말썽을 피, 피워."

메이저는 가식적인 웃음을 지으며 거리를 좁혀온다. 그가 볼 때 이 흉터남자는 그리 대단하지 않은 인간이었다. 힘도 부족하고, 몸의 균형도 어딘가 엉망이다.

제법 주먹이 빠르기는 했지만, 어디까지나 아마추어 레벨의 움직임이다.

메이저의 계획은 간단했다. 먼저 이 미치광이를 슬쩍 위협하는 척해서 놈이 먼저 공격하도록 만든다. 그래서 놈이 덤벼들면 그 공격하는 팔의 관절을 꺾어 제압한다.

그리고 놈에게 지속적으로 고통을 주면서 사람들에게 민간 수용소의 치안이 얼마나 안전할지에 대해 알린다.

물론 그의 성질대로라면 이 미치광이 놈의 얼굴을 곤죽이 될 때까지 두들겨 패도 시원치 않겠지만, 사람들 앞에서 그렇게 난

폭한 모습을 보여줄 수는 없다.

여기에서 쌓인 스트레스는 태양 그룹 본사 내 자신의 방으로 돌아가 계집년들에게 풀면 된다. 때리기 좋도록 수갑으로 묶어 놓은 계집년들.

민구는 왼손을 쓸 생각이었다. 옆구리에 힘이 들어가지 않아 제대로 휘두를 수 없는 오른손보다는, 갈비뼈가 욱신거리더라도 왼손 쪽이 낫다.

"이, 이, 이리 와! 시, 시끄럽게 굴지 말고!"

메이저가 민구의 팔을 향해 손을 뻗었다. 민구는 그 손을 피해 놈의 콧잔등에 왼손 잽을 빠르게 꽂아 넣었다.

팟—

정확하게 들어간 공격이었다. 메이저가 움찔하며 황급히 뒤로 피했지만, 코끝에서 날카로운 통증이 찡, 하고 전해진다. 메이저의 눈이 커진다.

이놈, 조금 전에 쉐도우 실드 요원을 때릴 때 최선을 다한 게 아니었나……

"음?"

이상한 기운을 느낀 메이저가 자신의 코를 쓰다듬는다. 붉은 피가 가죽 장갑 위로 묻어 나왔다.

주르륵, 흘러내린 코피가 입술 위까지 타고 흐르며 비릿한 피 맛을 전한다.

"네가 대장이냐? 근데 어째 영 시원치가 않다?"

주먹을 적중시킨 민구가 비아냥거렸다. 메이저는 대답하지 않았다.

아~ 씨! 이게 대체 무슨 개망신이지? 대원들 보고 있는 앞에서 저렇게 비리비리한 놈에게…….

코피를 훔쳐 낸 메이저의 눈에 살기가 어린다. 그러거나 말거나 민구는 깔보는 듯한 표정으로 말했다.

"창피해하지 마라. 애초에 너 같은 놈이 넘볼 수준이 아니야."

의도적인 도발이었다. 놈이 이성을 잃고 미친 듯이 폭력을 휘두르기를 바랐다. 그래야 따라가려던 사람들이 정나미가 떨어질 테니까.

"하하하! 미, 미, 미쳤구나."

메이저는 민망함을 감추기 위해 호탕하게 웃었다. 그러고는 웃음소리가 그치기도 전에 재빨리 앞으로 튀어나갔다. 조금 전의 잽을 날릴 때에도 이놈의 발은 땅에 그대로 붙어 있었다.

이유는 모르겠지만, 빠른 주먹에 비해 풋워크가 엉망이다. 발을 쓸 줄 모르는 놈을 잡는 건 어렵지 않다.

"아니지!"

민구의 왼손 잽이 가드 사이를 비집고 날아와 메이저의 눈두덩을 때린다. 메이저의 눈앞에서는 불이 번쩍 튀었다.

두 대째. 구경하던 사람들의 술렁임이 커진다. 뒤로 물러난 메이저는 빠득, 이를 갈았다. 폭력적으로 보일 것 같아서 발은 쓰지 않으려 했는데, 이제는 부득이하게 몇 대 차줘야 할 것 같다.

파악―

메이저는 거리를 유지한 채 주먹으로 한 번 페이크를 쓰고 로우킥을 날렸다.

'훗, 내가 그따위 유치한 속임수에 걸릴 사람처럼 보이냐……'

민구는 왼쪽 다리를 들어 올려 가볍게 피하려고 했다. 그런데 총 맞은 오른쪽 옆구리에 힘이 들어가지 않으면서 몸이 비틀댄다.

빠악!

메이저의 로우킥은 살짝 들린 민구의 발목에 적중했다.

"읏!"

타격을 받은 민구의 몸이 중심을 잃고 흔들렸다. 메이저는 그 틈을 놓치지 않고 달려들었다.

뻐억!

메이저의 오른 주먹이 민구의 턱을 때린다. 민구는 재빨리 고개를 틀었지만, 온전히 피하지는 못했다. 미칠 노릇이었다. 이렇게 빤히 다 보이는데 몸이 따라주지 않아서 피하지를 못하다니…….

휘익―

턱이 돌아가는 상황에서도 그 회전의 기세를 실어 민구는 왼 팔꿈치로 놈의 관자놀이를 노렸다. 하지만 허리가 온전히 돌아가 주지를 않는다. 팔꿈치 공격은 녀석의 눈썹을 스치며 무산되었다.

젠장, 한쪽 옆구리의 근육이 없다는 게 어지간히도 많은 제약이 된다.

"자, 자, 잡았다! 가, 가만있어! 파, 파, 파, 팔 부러져!"

비틀거리는 민구의 왼쪽 어깨와 팔을 움켜쥔 메이저가 기쁨의 탄성을 지른다.

그는 관절을 꺾으려 하고, 민구는 버티는 대치 상황. 이쯤에서 메이저가 더 주먹을 쓰지 않고 이 싸움이 봉합되면 당연히 놈이 돋보이는 그림이 된다. 말썽을 부리던 또라이가 사설 경비업체 직원에 의해 제압되는 그림.

그건 곤란하다. 때깔 좋은 옷으로 가리고 있지만, 이 새끼들의 맨얼굴이 실제로는 얼마나 상스러운 양아치인지 사람들도 알아야 한다.

"야, 너희 애들 강서병원 옥상에서 세 명 죽었던 거 알아?"

민구는 어깨가 반대로 꺾이지 않도록 용을 쓰면서 메이저에게만 들리도록 말을 걸었다. 세 명이라는 구체적인 숫자가 메이저의 관심을 끌었다.

놈의 표정이 변하는 걸 확인한 민구는 도발을 계속했다.

"그거… 내가 한 짓이야. 칼로 스윽~! 한 놈씩, 한 놈씩… 아주 천천히 목을 따줬지. 마지막 놈은 존나게 징징 짜더라. 살려 달라고… 윽!"

분노한 메이저가 민구의 옆구리를 무릎으로 찍었다. 금이 간 갈비뼈가 아니라서 다행이지만, 그래도 눈앞이 캄캄해질 만큼 고통스럽다.

후우~ 후우~

민구가 콱 막힌 숨을 억지로 내쉬려 애쓸 때, 메이저는 그의 어깨를 한 번 더 세게 당겼다. 그러고는 고통스러워하는 민구의 귀에 대고 속삭였다.

"개새끼야, 너, 너한테도 또, 또, 똑같이 해줄게. 데려가서 꺼, 꺼, 껍데기를 까, 까주마."

이걸 기다렸다. 놈이 귓속말로 마주 도발하기 위해 바짝 다가오는 순간을……

민구는 놈에게 안기다시피 하며 체중을 실었다. 그와 동시에 재빨리 오른손을 뻗어 아까부터 눈여겨봐 왔던 놈의 대검을 잡아 뺐다.

메이저가 낌새를 알아채고 몸을 뒤로 빼려 했지만, 민구가 칼을 훔치는 게 더 빨랐다.

쉭―!

민구가 내리그은 대검의 날 끝이 메이저의 겨드랑이 부근을 지났다. 하지만 얕다.

젠장, 힘줄 정도는 끊으려고 했는데…….

회심의 일격을 실패한 민구는 혀를 찼다. 역시 지금 몸 상태로 이런 동작들은 무리인 모양이다.

"이, 이, 이런 개새끼가! 가, 가, 감히 누, 누구한테!"

겨드랑이에 실낱같은 상처를 입은 메이저가 분통을 터뜨리며 민구의 등짝을 걷어찬다.

윽! 민구는 휘청거리며 쓰러졌다.

땡그렁—

놓친 대검이 바닥에 뒹군다. 이제 신나게 두들겨 맞을 일만 남았다. 애초부터 그렇게 되고 싶어서 도발했던 것이긴 하지만, 저놈에게도 뭔가 치명적인 피해를 입히지 못한 건 영 아쉽다.

젠장, 그랬어야 본전 생각이 나지 않는 건데……

옆으로 쓰러진 민구는 메이저를 노려보며 두 팔과 무릎으로 옆구리와 갈비뼈를 감쌌다. 채 준비를 끝마치기도 전에 제2타가, 제3타가 날아왔다.

"봐, 봐, 봤지? 이, 이 새끼가 카, 카, 칼 휘두르는 거?"

주변을 가득 메운 구경꾼들에게 메이저가 외쳤다. 자신에게 정당성이 있다는 걸 확인 받고 싶어서였다.

"주, 주, 죽어! 죽어!"

다시 민구 쪽으로 고개를 돌린 메이저는 닥치는 대로 걷어차고 밟았다.

이 별것도 아닌 개새끼 때문에 하마터면 큰 부상을 입을 뻔했다는 게 너무 화가 난다. 비록 찰나이긴 해도 심장이 오싹했다는 것 역시 그를 분노하게 만들었다.

"끅! 윽… 끅!"

민구는 비명을 삼키면서 놈의 발길질을 고스란히 받았다. 갈비뼈가 터지는 것같이 고통스럽다.

그 새끼… 참 모질게도 찬다.

요령 없는 놈이 맞았더라면 벌써 죽었을 것이다.

젠장, 이럴 줄 알았으면 처음에 코 말고 눈알을 노리는 거였는데…….

민구는 찌릿찌릿하게 전신을 울리는 통증을 꾹 참았다.

"이제 그만 때려요! 정신도 온전하지 않은 사람을! 그러다가 죽겠어요. 군인 아저씨! 아저씨도 좀 말려요!"

꼬마의 엄마가 끼어든 것은 민구가 예상하지 못한 일이었다. 그녀는 아이를 다른 여자에게 맡기고 뛰어와 메이저의 팔을 잡았다.

낙타는 말리지 않았다. 자신에게 대들던 깡패 새끼가 초주검이 되도록 밟히는데, 그 좋은 구경을 끊고 싶은 생각은 없다.

"응?"

피와 폭력 때문에 잔뜩 흥분해 있던 메이저는 반사적으로 자신을 방해하는 여자의 머리채를 움켜쥐었다. 평소 자신의 방에서 여자들을 대하던 버릇이 고스란히 튀어나온 것이다.

"아야야! 왜 이래요?"

여자의 비명을 들은 메이저는 숨을 헐떡거리면서 그녀를 내동댕이쳤다. 바닥에 얼굴을 짓찧은 꼬마 엄마의 입술에서 피가 터졌다. 메이저는 눈을 희번덕거리면서 그녀 쪽으로 걸음을 옮겼다.

'이런 젠장…….'

민구는 이를 악물고는 바닥에 떨어진 칼을 향해 기었다. 꼬마 엄마가 끼어들어 다치는 것은 그의 계획 속에 없던 일이다. 이러면 꼬마에게 빚을 갚는 게 아니라 오히려 더 큰 빚을 지게 되는 꼴이 된다.

턱—

민구의 손이 칼에 닿았을 때, 메이저가 고개를 돌렸다. 그런 후, 메이저는 크게 스텝을 밟으며 오른쪽 허벅지를 뒤로 끌어당겼다. 무방비로 노출된 민구의 턱에 싸커킥을 꽂아 넣을 심산이었다.

"야! 이게 뭔 짓이야!"

야구장을 쩌렁쩌렁 울릴 정도의 호령이 모두의 동작을 멈칫하게 만들었다. 메이저와 민구, 그리고 주변의 사람들이 일제히 소리가 들린 쪽을 돌아본다. 거기에는 한 무더기의 장교들과 병사들이 서 있었다.

"뭐하는 짓이냐고, 이 새끼야!"

가운데에 서 있던 바짝 마른 군인이 메이저를 향해 소리친다. 그의 계급장에 달려 있는 별 하나. 이 쉘터의 책임자, 김 준장이다.

가장 들키지 말았어야 할 상대에게 미친 짓의 현장을 들켜 버린 메이저는 돌처럼 굳어버렸다.

"헬기장으로 하도 안 나와서 올라와 봤더니, 이 지랄을 하고 있네! 이런 개새끼가!"

민구와 꼬마 엄마를 한 번씩 쳐다본 김 준장은 메이저에게 바짝 다가와 얼굴에 침을 튕기며 지휘봉으로 배를 쿡쿡, 찔렀다.

"누가! 이 새끼야! 누가! 너희들한테 민간인 구타해도 된대? 그것도 내 쉘터 안에서! 응? 이 새끼야! 대답해 봐! 확 쏴 죽여 버리기 전에!"

목덜미까지 시뻘겋게 달아오른 김 준장은 권총집까지 끌러가며 호랑이처럼 으르렁거렸다. 평소의 웅얼거리던 목소리와는 완전히 다르다. 메이저가 아무 대답도 못하자 김 준장은 참모들에게 소리쳤다.

"야! 이송 계획 취소해! 이 새끼들한테 안 보내! 최고로 모시겠다고 해서 허락을 해줬더니… 내가 끝까지 이분들 지킨다! 한 분도 빠짐없이 내가 지켜! 잠실 벗어나기도 전부터 이 지랄 하는데, 내 눈에 안 보이는 데에서는 오죽하겠냐? 응? 내 눈에 안 보이면 얼마나 개지랄을 떨겠냐고? 저 사람 봐, 저거. 아주 송장 됐어."

김 준장은 바닥에 엎어져 있는 민구를 가리켰다. 여기저기 발바닥 자국이 나 있는 그의 트레이닝복이 모든 상황을 다 말해주는 것 같다.

아까부터 슬그머니 칼을 놓고 있던 민구는 이때다 싶어 끙끙거리며 앓는 척을 했다. 바닥에 얼굴을 묻어 흉터도 숨겼다. 이럴 때 그 커다란 흉터가 보이는 건 여러모로 불리해진다.

"저… 그… 그분이 자꾸 다른 사람들에게 시비를 걸고… 그래서… 질서유지를 위해서 어쩔 수 없이… 이거는 부득이한 일이었습니다……."

남색 양복을 입은 태양 그룹 직원이 벌벌 떨면서 변명을 늘어놓았다. 김 준장은 그를 돌아보며 차갑게 내뱉었다.

"내가 너한테 말해도 된다고 했나?"

"아… 아닙니다. 죄송합니다."

남색양복은 얼른 고개를 숙였다. 김 준장은 그에게 다시 물었다.

"질서유지를 하는 데 저렇게밖에 못한다고? 겨우 생각해 낸 핑계가 그거야? 저… 저 비쩍 마른 남자 하나를 제압하는 데 개 잡듯이 발길질을 했냐고? 대답해 봐!"

"아니… 저 남자분이 의외로 힘이 셉니다. 저희 직원도 두 명이나 부상을 당했고… 게다가 칼까지 빼 들고 덤비는 바람에……."

"칼?"

김 준장의 시선이 바닥에 떨어진 대검으로 향했다. 칼집이 비어 있는 메이저의 전술 조끼를 슥, 훑어본 김 준장이 물었다.

"저 대검이 누구 건데?"

아뿔싸… 말실수를 깨달은 남색양복의 안색이 어두워진다. 그의 표정에서 이미 확신을 얻었지만, 김 준장은 계속 다그쳤다.

"누구 거냐고? 응? 야!"

갑자기 입을 굳게 다문 남색양복 대신 주변의 구경꾼들이 메이저를 지목한다.

"그 칼, 저 검은 옷 입은 사람 거예요."

'역시 그렇지?' 하는 표정을 지은 김 준장은 지휘봉으로 다시 메이저의 배를 쿡쿡, 찔렀다.

"어떤 개새끼가 군부대 내에 들어오는 민간인더러 무장해도 된다고 하디? 응? 야! 대답해 보세요, 민간 보안 업체 직원님아!

응? 대체 무슨 깡으로 여기에 대검을 차고 들어왔냐고. 간이 부었어? 출입하게 해주니까 여기가 우습냐? 아후~ 진짜 너 같은 새끼도 민간인이라서 내가 정말 꾹꾹 참는다! 당장 꺼져! 꼴도 보기 싫으니까 꺼져, 이 새끼들아! 그리고 너희 사장한테 전해! 한 번만 더 음식 지원하면서 분산 수용 같은 개소리 지껄였다가는 탱크로 건물 다 부숴 버릴 거라고! 알았어?"

한참 동안 메이저를 다그치던 김 준장이 손을 휘저었다. 분한 얼굴의 메이저를 비롯한 태양 그룹 직원들이 어깨를 움츠린 채 사람들 사이를 헤치고 계단을 향해 걸어갔다. 총으로 무장한 군인들이 약간의 거리를 두고 따라 걷는다.

소란스러워진 틈을 타서 낙타는 얼른 허리를 굽히고 기어서 도망쳤다.

"어이! 어이! 거기 서! 너희들 다 멈춰!"

메이저 일행이 첫 번째 계단으로 내려섰을 때, 김 준장이 다시 그들을 불러 세웠다.

"너희들은 안 돼, 안 되겠어. 한 번 봐주려고 해도 도저히 구제할 수가 없네, 너희들 하는 꼬라지를 보니까."

이번엔 또 뭘 트집 잡으려고 저러는 거시?

메이저는 불만스러워서 빨라지는 호흡을 꾹 눌러 참으며 김 준장을 돌아봤다. 김 준장은 민구와 꼬마 엄마를 가리켰다. 둘 다 병사들의 부축을 받아 일어서 있었다.

"이분들한테 사과를 하고 가야 될 거 아니야! 사람 새끼라면 그 정도는 알려주지 않아도 해야지, 뭘 잘했다고 모가지를 빳빳

하게 세우고 걸어가? 응? 왜 모가지 굽히지를 않느냐고! 말 안 해주면 그런 기본적인 것도 안 해? 응? 야! 외부 경비대대에 연락해서 이 새끼들 헬리콥터 다 잡아놓으라고 해! 압수야!"

압수? 헬리콥터를?

메이저 일행들뿐만 아니라 참모들과 부하 장교들까지도 어안이 벙벙해졌다.

이게 무슨… 산적도 아니고…….

하지만 토를 다는 장교는 없었다. 그들의 상관이 현재 또라이 모드인 것이 너무도 분명해 보이기 때문이었다.

"그… 그럼 저희는 어떻게……."

남색양복이 공포에 질려 물었다.

혹시 여기에 구금하려는 것인가?

그렇게 한다고 해도 누가 해결해 줄 수 있는 사람이 없다. 법이고 체계고 다 무너진 상황이니까. 애초에 태양 그룹과 다리를 놓았던 참모는 혹시라도 자신에게 불똥이 튈까 봐 고개를 푹 숙이고 있다.

"걸어가든가. 가다가 좀비들 만나면 때려죽이면 되잖아? 당신들, 싸움 잘하더구만. 기운도 펄펄 넘치고."

김 준장이 말했다. 이게 농담인지 진담인지 알 수 없어진 메이저 일행은 우두커니 멈춰 서서 김 준장의 입만 바라보았다.

"다른 헬기 오라고 해서 그걸 타고 가든가 난 그건 몰라. 하여간 저 헬기는 압수야. 이 지랄을 떨고 민간인들을 다치게 한 거에 대한 배상이라고 생각해. 징벌적 배상. 그러니까 헬기 값

만큼 식량 가지고 와서 찾아가. 알았어? 야! 그 새끼들 내 눈 앞에서 빨리 치워! 이분들 치료해 드리고!"

참모가 나서서 민간인들에게 소란과 부상에 대해 사과를 하고 민구와 꼬마 엄마는 의무실로 옮겨졌다.

"후우~"

아직도 분이 가라앉지 않았는지 김 준장은 칼날 같은 콧대를 문지르면서 한숨을 내쉬었다.

"사실 처음부터 이게 불안했다고, 이게. 아무래도 내가 다 끌어안고 있는 게 나은데… 괜히 허락을 했다 싶어서 불안했는데… 아니나 다를까, 저 새끼들이 저 지랄을 하고 있네. 그래, 맞아. 내가 끌어안고 있어야 해. 끌어안아야 하는데… 아~ 그놈의 보급 때문에……. 처음부터 그러려고 이 쉘터를 만든 거잖아. 내가 괜히 저 새끼들을 믿어 가지고… 어휴~"

한참을 웅얼거리던 김 준장이 부하 장교들을 돌아보며 물었다.

"전부 다 안고 갈 수 있는 방안 있어? 저 깡패 같은 새끼들한테 손 벌리지 않고 민간인들 계속 보호할 수 있는 방법!"

다들 입을 다물고 있다. 그런 걸 생각해 본 적도 없는데 갑자기 내놓으란다고 없는 아이디어가 뚝딱 나오지는 않는다.

모두가 별말이 없는 것을 확인하고 나서야 오 중령이 눈치를 보며 입을 열었다.

"여단장님, 제가 복안을 하나 마련해 둔 게 있습니다. 아직은 좀 부족하지만……."

"괜찮아! 없는 것보다 부족한 게 낫지. 내 방으로 와서 보고해! 지금 시간이……."

김 준장은 시간을 확인하고 말을 이었다.

"오 중령, 19시까지 준비 가능하겠어?"

오 중령은 곁눈질로 문 대위의 반응을 살폈다. 문 대위가 작게 고개를 끄덕이는 걸 확인하고 오 중령이 대답했다.

"네, 여단장님. 차질 없이 준비하도록 하겠습니다."

3

19시 정각부터 19시 30분까지, 30분간 이어진 문 대위의 보고를 다 듣고 나서 여단장실 내부는 잠시 술렁임으로 채워졌다.

서울을 버리고 중부 이남의 농경지로 이주해 간다니……

'정말 그래도 되나?' 하는 의문 때문에 다들 자신의 옆자리를 돌아보며 수군거린다. 서울을 버린다…는 개념 자체가 낯선 것이었다.

전통적인 군사전략에서 수도는 반드시 사수하거나 탈환해야 하는 전략적 요충지였다. 전세가 그다지 밀리고 있지도 않은 상황에서 쉽게 내던져 버릴 만큼 만만한 지역이 아니다.

그러나 문 대위의 제안을 듣고 난 지금, 다들 새로운 시각이 열렸다. 그동안에는 자신들이 좀비와의 전쟁을 수행 중인 거라고 굳게 믿고 있었다. 하지만 돌이켜 보면 그들이 하고 있던 것은 전쟁이 아니었다.

아군 중 그 누구도 좀비를 공격하고 있지 않았다. 그저 방어만 하고 있었을 뿐이다. 절대 포기하지도, 먹지도 않는 적들을 상대로 농성을 한다는 것은 무의미하다.

다시 말해 어느 순간 이후부터 그들 모두는 타성에 젖은 채 하루하루를 보내고 있었을 뿐이다. 보급이 끊어지려는 지금에 와서는 그나마도 불가능한 일이 되어버렸다.

"음? 이놈들, 벌써 왔나?"

갑자기 밖이 소란스러워지자 김 준장이 창가 쪽으로 고개를 돌렸다. 서쪽에서 밀려오는 좀비들이 잠실 쉘터의 철책에 달려들 시간이다.

매일 총격을 가하고 있지만 그 수는 어째 점점 더 불어나기만 할 뿐, 줄어들지 않는다. 공격 시간도 조금씩 앞당겨지고 있다.

놈들이 한 번씩 난리를 치고 돌아갈 때마다 아군 병사들이 조금씩 소모되는 것도 문제지만, 더 큰 문제는 바로 공격하는 시간대에 있다.

지금은 그래도 사방에서 몰아치는 좀비들이 각기 다른 때에 몰려오니까 그 방향으로 화력을 집중해서 막아낼 수는 있다.

그런데 만약에… 우연히든, 뭐든, 어떤 이유에서든 네 방향으로 한꺼번에 좀비들이 들이닥친다면… 그것도 예전보다 훨씬 더 규모가 커진 좀비들이 일시에 달려든다면, 그날 잠실의 병력들이 입어야 할 피해 규모는 엄청날 것이다.

"그래, 내가 계속 뭔가 이상하다고 생각하기는 했었는데… 그게 뭔가 했더니 이제 알 것 같아. 애초부터 이놈의 전쟁을 언제까지 한다는 목표가 없었어. '어떤 조건을 만족시키면 우리의 승리다' 하는 것도 없었고… 생각해 보면 체계적인 지휘라는 것 자체가 깡그리 없었다는 말이지. 그래, 그런 것 때문에 이상했던 거야. 서울을 버리고 인구가 적은 곳으로 간다라……. 저 지긋지긋한 좀비 울음소리 듣지 않고, 농사를 지어서 자급자족할 수 있는 곳으로……."

한참 웅얼거리던 김 준장이 코에서 손을 떼며 단언하듯 말했다.

"나는 마음에 든다, 오 중령. 이 계획 자체는 썩 괜찮아."

칭찬을 받은 오 중령은 기쁜 표정을 숨기지 않았다. 그를 내세워 이 작전을 여단장에게 전한 문 대위의 가슴 역시 벅차올랐다.

희생을 치러가며 건대 쉘터를 비운 보람이 있다. 이제 비로소 수만 단위의 사람들이 살아날 수 있는 길이 열릴는지도 모른다.

"그런데 말이야……."

김 준장이 몸을 앞으로 숙이며 말을 이었다.

"문제는 뭔가 하면, 얼핏만 생각해 봐도 이게 엄청나게 큰 사업이라고. 어쩌면 잠실에 쉘터를 구축하는 것보다 더 규모가 클지도 몰라. 그렇지? 엄청나게 큰일이라고. 말처럼 간단한 게 아니야. 응, 간단한 게 아니지."

문 대위는 고개를 끄덕였다. 야구장에 병력을 투입해 좀비 청정 지역이 될 때까지 클리어하고, 주변의 생존자들을 호위해 이동시켰던 것도 물론 대단한 일이었다. 그러나 그래봐야 일정한 구역으로 작전 범위가 한정된 거였다.

반면, 그가 계획하고 있는 일은 민군을 합쳐 적어도 6만 이상의 인원이 250킬로미터를 도보로 이동해야 하는 대장정이다. 그리고 그 긴 여정을 마친다고 해도 정착지를 찾아내서 실제로 정착을 하게 되기까지는 또 긴 시간이 필요하다.

"첫 번째로 드는 의문인데… 자네들은 이거 사전 준비에 어느 정도 규모의 병력이 필요하다고 생각해? 그게 제일 궁금하다고. 병력이 너무 많이 필요하면 허가해 주기가 쉽지 않아. 차출 때문에 생기는 공백이 위험하다고. 응, 지금도 방어하는 데 꽤 힘에 부친단 말이지. 얼마나 필요하려나… 어휴~ 여기서 용산역까지 길을 내려면……."

김 준장의 넋두리가 계속된다. 오 중령이 문 대위의 옆구리를 툭, 쳤다. 여단장의 기분이 좋은 동안 빨리 대답해 주라는 의미이다.

발언 허락을 받은 문 대위는 슬라이드에 떠 있는 지도 화면 옆에 가서 섰다.

"일반적인 방법으로 여기에서 용산역까지 철책을 세워가며 이동로를 확보하기에는 시간과 자원이 부족한 게 현실입니다. 다행히 저희들에게는 한강이라는 특수한 지리적 요건이 있습니다. 그리고 대부분의 쉘터는 한강 주변에 있습니다. 그렇기 때문에 미리 안전을 확보해야 하는 영역은 선로로 오를 때 필요한 한강철교 주변뿐입니다."

"그러면 이동을 어떻게 해? 그냥 거리로 민간인들을 내몰면

자살행위라고. 준비를 미리 해야지."

김 준장의 질문을 들은 문 대위는 지도 화면의 한강 위에 잠실 쉘터부터 용산역까지를 잇는 대각선을 그었다.

"준비가 완료되고 이동이 정식으로 시작되었을 때, 민간인들과 그들을 호위하는 병력은 한강을 통해 이송됩니다. 기존의 유람선을 이용할 수도 있고, 보급용 수송선을 이용해도 무방합니다. 이 방법을 채택하면 노력과 자원을 확실히 절약할 수 있습니다."

"오오, 한강으로… 그건 괜찮네, 괜찮아. 그렇게 하면 다른 쉘터들까지 다 길 터놓느라 생고생을 하지 않아도 되겠어. 철책박고 경비 서는 그게 아주 골 아프다고. 전에 건대니 한양대니 분산 쉘터 만들어놓으라고 해서 길은 터야 하는데, 아주 죽겠더구만."

김 준장은 연신 고개를 끄덕였다. 이후에도 한 시간 이상 회의가 계속되었다. 쉬운 문제는 하나도 없었다.

6만의 인원이 250킬로미터. 그중 대부분은 민간인. 하루에 20킬로미터 전진도 어렵다. 그리고 6만의 인원이 길게 늘어서면 그걸 관리하는 것만도 엄청난 일일 터였다.

그 많은 사람들을 호위해서 보름 이상을 이동하며 물과 음식, 덮고 잘 것, 생리 현상을 해결할 장소들 따위를 준비해 줘야 한다.

그리고 이동 지역 부근에 주둔하고 있는 군 병력과도 미리 연락을 취해서 불필요한 긴장이나 마찰을 사전에 제거할 필요가 있다. 그게 또 보통 까다로운 일이 아니다.

"조금 가까운 데는 안 되나? 경기도나 뭐, 이런… 음, 안 되겠지? 거기도 여기처럼 좀비들 천지일 테니까. 그래, 아주 좀비들 천지일 거야. 그러니까 아무래도 인구가 적은 데로 찾아가는 게 맞아. 음, 가까운 데가 이동하기는 좋겠지만, 방어하기에는 영 안 좋을 거라고……."

장고에 장고를 고민한 끝에 김 준장은 문 대위의 계획을 승인했다.

"오 중령, 자네가 애를 써봐. 병력 차출을 얼마나 할 수 있는지는 더 이야기를 해봐야겠지만, 전폭적인 지지를 해주겠다고 약속은 못해. 응, 여기를 지키는 것도 등한시할 수 없으니까 그쪽으로 완전히 힘을 몰아줄 수는 없다고. 하지만 그래도 어떻게든 활로를 만들어는 봐야지. 다른 사람들도 다 최대한 협력해주라고. 운명 공동체라는 생각을 가지고 말이야. 이젠 비축된 식량이 한 달 치도 안 남았어. 큰 문제 없이 가려면 일주일 이내에 출발해야 돼. 그래도 또 이동하는 도중에 무슨 일이 생길지 몰라."

김 준장이 부하 장교들을 돌아보며 말했다. 모두의 얼굴에 복잡한 감정이 떠오른다. 일주일이라는 구체적인 기한이 거론되자, 막연하게 느껴지던 작전이 한층 실감된 것이다.

또라이에게 발동이 걸린 이상, 안정적으로 한 달을 버티면서 미래를 도모한다는 선택지는 사라져 버렸다. 작전참모가 오 중령과 머리를 맞대고 가용 전차들의 수효와 병력의 규모에 대해 의견을 교환한다.

서울 시내의 모든 쉘터 병력과 수용자들을 다 이끌고 중남부 지역으로 옮기는 대이동의 첫 번째 단계는 그렇게 시작되었다.

⚜ ⚜ ⚜

유빈은 삼식이, 태권소녀와 함께 코스트코 옥상에서 어두워진 거리를 바라보았다. 낮에 밀어닥쳤던 좀비들의 행렬은 저녁 늦게까지도 좀처럼 완전히 사라져 주지를 않고 거리를 배회하며 울부짖어 댄다.

물론 아까 오후에 한창 몰렸을 때처럼 수천이 빽빽하게 몰려 있는 것은 아니지만, 그래도 한눈에 들어오는 것만 백 단위는 훌쩍 넘었다.

"쟤들 계속 돌아다니네. 길을 잃었나? 저러면 곤란한데."

도로 중앙에 버티고 서 있는 좀비들을 보며 유빈이 말했다. 선로는 왼쪽, 코스트코는 오른쪽, 그 가운데에 6차선 도로가 있다. 한마디로 유빈 일행과 보안관 일행은 좀비들의 장벽에 의해 강제로 분리되어 있는 상황이다.

이쪽은 석조 건물 내부에 있는데다가 먹을 것도 풍부하니까 별 위험이 없지만, 선로로 도망간 보안관과 제니는 사정이 다르다.

오늘은 첫날이니까 배낭 속에 든 물과 식량만으로도 버틸 수 있고, 자동차 트렁크에도 여분의 음식이 있을 테지만, 만약 이 상황이 장기화돼서 다 소진하면… 보안관은 위험을 무릅쓰고 낯선 동네로 음식을 찾으러 나서야 한다.

"빠지고 있는 것 같기는 해. 속도가 영 안 나서 그렇지."

태권소녀가 손가락으로 대충 수를 헤아려 보며 중얼거렸다. 노을 때문에 주변의 경치는 온통 붉게 물들어 있다. 이제 한두 시간만 지나면 거리는 어둠에 묻히게 될 거고, 이렇게 육안으로 좀비들의 움직임을 파악하기는 어려워질 것이다.

"근데… 오늘 밤이나 내일 아침에도 또 큰 무리가 이 앞으로 지나가기는 하겠지? 그때는 또 얼마나 남겨놓으려나."

태권소녀의 표정에 근심이 어렸다. 이 좀비들이 오늘 이렇게 갑자기 규칙을 깨고 돌아온 걸 보면, 그들의 이동 경로 어딘가에 큰 변화가 생겼다는 뜻이다.

어떤 이유인지는 몰라도 좀비들은 이제 예전처럼 크게 원을 그리며 돌 수 없다. 그건 놈들이 앞으로 어떻게 움직일지 아무도 예측할 수 없다는 의미이기도 하다.

새로운 패턴이 생겨난다고 해도 그 패턴을 파악하는 데만 꽤 긴 시간이 필요할 것이다.

"여보세요? 여보세요? 보안관? 나야, 삼식이. 들려?"

삼식이는 무전기를 잡고 보안관에게 연락을 취하고 있다. 가끔씩 음성이 뭉개져 들리기는 해도 장난감 무전기치고는 꽤 나 요긴하다. 아마 보안관이 피해 있는 곳이 앞뒤로 뻥 뚫린 선로 위이기 때문에 이 정도의 수신 감도라도 유지되는 모양이다.

— 치이익, 그래, 잘 들려. 왜? 치익.

"하아, 그냥 전화했어. 좀비들 아직 안 빠지고 있다는 거 알려주려고. 넌 지금 어디야?"

— 치익, 더운 거 좀 지나가서 나랑 제니도… 치이익, 이 근처에 와서 보고 있어. 주유소 앞에… 치익, 젠장, 저 좀비 새끼들, 왜 저렇게 기웃거리고 있지? 얼른 안 빠지고? 치이익.

"초조해하지 말라고 해, 삼식아. 아직 시간 충분하니까 안전한 데 있으라고."

유빈이 삼식이에게 말하고, 삼식이는 그걸 그대로 보안관에게 전달해 줬다.

— 치이익, 야! 내가 왜 초조하겠냐? 제니랑… 치익, 같이 있고, 먹을 거 있고, 자동차도 있는데… 생각해 보니까 필요한 건 다 있는 셈이네… 치이익— 그런 걱정 하지 마. 어쨌든 오늘 밤 내로는 못 들어갈 것 같다.

"참, 보안관! 배터리 있어? 이거 무전기 약 다 닳았을 것 같은데……"

— 취익, 아, 배터리 있어. 유빈이가 배낭 안에다가 억지로 다 챙겨 넣어놨잖아. 걱정하지 마. 치익, 걱정하지 말고, 너희도 자라. 치이익— 아침까지는 차에 가 있어야겠다. 이젠 너무 어두워져서 뭐가 잘 안 보인다.

보안관이 호기를 부리며 무전을 끊으려 할 때, 곁에서 제니가 과장되게 밝은 목소리로 잘 자라고 인사를 한다.

"그래, 너도 잘 자."

제니에게 인사를 해준 삼식이가 무전기를 내려놓으며 한숨을 쉬었다. 기분이 이상하다. 좀비 세상이 온 뒤에 여러 일을 겪었지만, 친구와 떨어져서 밤을 보내게 되는 일은 처음이다.

"미안해. 잘 지내고 있었는데… 내가 온 뒤에 자꾸 안 좋은 일만 생기는 것 같아서……."

임수정이 풀죽은 목소리로 중얼거린다. 유빈은 깜짝 놀라 손을 내저었다.

"예? 아니에요, 그런 거. 무슨 그런 말씀을… 그냥 우리가 좀비들에 대해서 훤히 꿰고 있다고 생각해서 방심했던 거죠. 이건 누나랑은 아무 상관 없는 일이에요."

"그래요, 언니. 그런 말 하지 마요. 갑자기 좀비들이 들이닥쳐서 그런 건데……."

태권소녀도 임수정을 달랬다. 하지만 임수정의 마음은 무거웠다. 따지고 보면 보안관이 자동차들을 살펴보려고 나갔던 일역시 잠실에 테라가 살아 있다는 것을 자신이 알려줬기 때문인거나 다름없다.

그냥 모른 채 살아갔더라면 이들은 이 낙원 같은 곳에서 오늘하루도 무사하게, 행복하게 지낼 수 있었을 텐데.

"오늘 왜 좀비들이 갑자기 돌아온 걸까? 전에 봤던 총구멍 난좀비들도 그렇고, 그냥 감으로는 뭔가 건대 쉘터와 관련이 있는것 같은데… 누나는 혹시 뭐 짚이는 거 있어요?"

유빈의 질문에 임수정은 고개를 저었다.

"나 같은 민간인은 그냥 철책 안에서만 생활했으니까 그 밖에서 무슨 일이 일어나는지는 잘 몰라. 아… 한 가지 기억나는 건 있어."

말하던 도중 임수정의 머릿속에 푸른 옷을 입고 공사를 하러 나가던 수감자들이 떠올랐다. 그들은 쉘터 북쪽의 어린이대공원 방향으로 걸어 나갔다가 땀에 절어 돌아오곤 했다.

"그래… 외곽으로 나가서 공사를 한다고 그랬어. 북쪽 외곽이니까, 이쪽과 연관이 있을지도 몰라. 그리로 탱크도 계속 지나다녔고… 혹시 무슨 방벽을 쌓거나 한 건 아닐까?"

"방벽이라… 그렇게 생각하면 말이 되네요. 좀비들이 되돌아왔던 시간대도 대충 맞아떨어지는 것 같고……. 그럼 거기 공사가 끝나서 길이 완전히 막힌 건가?"

유빈은 어둑해진 도로 위, 페인트 묻은 좀비들을 노려보았다. 벽을 쌓아 좀비들을 돌려보낸 군인들을 원망하지 않으려고 노력했다.

사실 그들로서는 가장 효율적인 방법을 택한 것뿐이다. 유빈 역시도 능력만 됐다면 높고 단단한 벽으로 좀비들을 아예 차단했을 테니까.

문제는 이제 이 좀비들의 미래 행동이 전혀 예측 불가능한 영역에 들어서 버렸다는 데 있다. 그게 걱정이다. 힘들게 겨우 한 덩어리로 묶어놓았지만, 앞으로도 이놈들이 계속 함께 다니게 될 것인지도 지금으로서는 장담하기 어렵다.

만약 좀비 무리가 또 잘게 나뉘어서 5분이 멀다 하고 이 앞을 어지럽힌다면… 그걸 정리하기 위해 또 긴 시간을 허비해야 하고, 그동안 보안관과 제니는 계속 고립되어 있어야 한다.

"야, 뭔 수를 좀 내봐. 아, 이런 분위기 답답해. 초상집 같다고. 담배도 못 피우는데… 스트레스 받아! 아우, 썅!"

신입이 찡찡대며 잔소리를 한다. 그래봐야 무슨 뾰족한 수가 확 떠올라 줄 리가 없다. 상대는 거리에 넓게 흩어져 있는 100마리가 넘는 좀비들이다.

태권소녀와 보안관이 아무리 날고 긴대도 둘이서 그만큼을 잡는 건 불가능에 가깝다. 그러다가 한 사람이라도 물리면…….

그러니 뭔가 좀 더 안전한 수를 생각해 내고 싶은 거다.

그렇다고 예전의 복지 센터 때처럼 유인해서 가시방석으로 잡을 수 있는 구조도 아니다. 워낙 넓게 퍼져 있어서 놈들을 가까운 데로 모은다는 것 자체가 큰일이 되었다.

지금 생각나는 유인책이라고는 코스트코 앞에다가 담뱃불을 크게 피우는 정도인데, 그건 너무 위험하다.

눈에 보이지 않는 좀비들이 이 부근에 얼마나 있는지도 모르는데, 그놈들까지 끌어들였다가는 문제만 더 키우는 꼴이 된다.

셔터로 막아두고 있다지만, 수십, 수백 마리가 한꺼번에 몸무게를 실어서 밀면 무너지는 것도 금방일 거고.

"일단 지금은 밤이니까… 내일 아침까지는 기다려 보자. 그 사이에 저놈들이 빠져 주면 좋은데… 쯧."

유빈은 그렇게 대답할 수밖에 없었다. 그래도 혹시 모르는 일이어서 돌아가며 밤새 도로를 감시하기로 했다. 만약 새벽녘에라도 좀비들이 빠지면 보안관을 불러들여야 한다.

"제가 먼저 할게요."

규영이가 첫 번째 감시 역을 자청했다.

"괜찮겠어? 졸리지 않아?"

"아뇨. 나는 할 수 있는 일이 이 정도뿐이니까 도울 수 있을 때 돕고 싶어요. 형이랑 누나들 좀 자요. 좀비 수가 좀 줄어들면 깨울게요. 어차피 밤이 되면 그나마도 잘 안 보이겠지만……."

녀석의 의지가 확실해서 유빈도 두 번 말리지 않았다.

"그래, 알았어. 평소랑 다른 소리가 나거나 하면 그때만 플래시를 켜서 비춰봐. 어차피 전체적으로 도로를 다 밝힐 수는 없으니까."

4

그렇게 밤이 시작되었다. 유빈은 새벽 1시경에 깨서 태권소녀와 교대를 했다. 캄캄한 도로를 노려보고 있어봐도 별로 좋은 소식은 없었다. 좀비들이 포효하는 소리와 그들이 지나면서 자동차를 건드리는 소리 정도만이 암흑 속을 울려 댈 뿐이다.

새벽 4시, 유빈은 마침 깨어난 삼식이와 교대를 했다. 그리고 불안 속에서 겨우 잠이 들었다.

"유빈아, 일어나 봐. 지금 좀비들 꽤 많이 빠졌어. 찬스야, 찬스!"

삼식이가 흔든다.

응?

유빈은 빨갛게 충혈된 눈을 떴다. 시간을 보니 5시 반이 조금 지났다. 눈을 감자마자 깬 것 같은데, 그래도 한 시간이 넘게 잔 모양이다.

"정말? 좀비들이 없다고?"

유빈은 급하게 몸을 일으켰다. 난간에 기대어 보니 어젯밤에 보았던 수효의 절반 이하로 줄어들어 있다. 그래도 50마리는 된다. 실망한 유빈이 얼굴을 긁적였다.

"아직도 너무 많아. 저거 다 못 죽여."

"다 죽이자는 소리가 아니야. 잠깐 유인해 보자는 거야."

삼식이가 보기 드물게 진지한 표정으로 말했다.

"유인? 어떻게?"

잠이 덜 깬 유빈은 계속 얼굴을 비비며 물었다. 삼식이가 유빈의 등 뒤쪽을 가리킨다.

"저걸로."

거기에는 박스에서 꺼내 막 조립을 마친 자전거와 조립 공구를 들고 하품을 하는 신입이 서 있다.

"어… 신입, 안 잤어? 이건 뭐야?"

"삼식이, 저 새끼가 이거 같이 조립하자고 하도 귀찮게 깨워서 어쩔 수 없이 일어났잖아. 아우, 졸려. 제기랄. 아하암~"

신입은 또 입이 찢어져라 하품을 한다. 말은 그렇게 하지만 녀석은 자전거 위에 올라타고 제대로 조립이 된 건지 페달도 밟아보고 브레이크도 걸어보는 중이었다.

철컥, 철컥.

기어가 물리는 소리도 제대로다. 유빈은 삼식이를 돌아봤다.

"자전거로 어떻게 꼬신다는 거야? 설마 밖에 나가서?"

"응, 당연히 밖에 나가야지. 그 수밖에 없잖아. 저거면 좀비들이 아무리 빠르게 뛴다고 해도 충분히 따돌릴 수 있어."

삼식이는 너무도 평온한 표정으로 대답한다. 유빈은 고개를 저었다.

"안 돼, 그건. 너무 위험해. 자칫 삐끗해서 자빠지기라도 하면 그냥 죽는 거야."

"하하하, 자빠질 리가 없잖아. 생각해 봐. 어렸을 때도 아니고, 요즘에 자전거 타다가 자빠진 적 있어? 한 번도 없을걸? 그런데 왜 하필 오늘 자빠진다고 생각해?"

뭐, 그건 틀린 말은 아니지만…….

유빈은 섣불리 그렇게 해보자고 대답할 수가 없었다. 위험하다. 앞쪽이 좀비들에게 둘러싸이기라도 하면 그걸로 끝이다.

아무 안전장치도 없이 또 한 명의 친구를 외부로 내보낸다는 건, 그의 성격상 허락하기 어려운 일이었다.

"봐봐, 유빈아. 지금이 기회야. 지금은 좀비들이 저렇게 드문드문 서 있으니까 자전거로 헤치고 나가보겠다는 생각이라도

할 수 있는 거라고. 더 많이 모이기 시작하면 그나마도 못해
봐."

유빈이 망설이자 삼식이는 더욱 적극적으로 자신의 작전을
밀어붙인다. 그 말 역시 논리적으로는 맞는 말이다. 하지
만……

"나름 계획도 있어. 저기로 들어가서 골목을 돌고, 저쪽으로
돌아 가지고 결국은 그 앞의 모텔 골목 싹 한 바퀴 도는 거야.
기억나지? 우리가 저기에다가 밧줄 많이 쳐놨었잖아. 쫓아오는
좀비들, 아마 절반은 거기에 부딪쳐서 자빠질걸?"

삼식이는 골목의 코스를 가리키며 자신이 그동안 생각했던
것을 일러준다. 유빈은 그래도 안심이 안 됐다. 삼식이 녀석이
잠도 안 자고 나름 열심히 계획을 짰다는 건 알겠는데, 그래도
허술하기 짝이 없다.

"골목으로 들어갔다가 앞뒤가 다 막히면 어떻게 하려고?"

"물론 그 경우도 다 대비가 되어 있지. 모텔 골목 안까지만
들어가면 별로 걱정할 것도 없어. 정 아슬아슬해지면 자전거 버
리고 파라다이스 모텔 안으로 도망가도 되고… 방법은 무지하
게 많아."

삼식이가 열심히 설득을 할수록 유빈은 더 불안해진다.

뭔가 놓치고 있는 것은 없을까? 불과 10분 뒤에 내가 후회하
고 있으면 어쩌지? 미처 깨닫지 못한 끔찍한 실수 같은 건?

부정적인 이미지들로 머릿속이 가득하다.

"유빈아, 너무 무서워하지 마. 네가 걱정하는 일이 전부 다

실제로 일어나는 건 아니야."

망설이는 유빈의 얼굴을 보며 삼식이가 씨익, 웃어준다. 여자들을 홀릴 때의 그 미소다. 유빈은 입술을 깨물었다.

이 녀석의 말이 맞다. 이미 이것보다 훨씬 더 위험한 일을 잔뜩 해왔다.

"그래, 알았어. 일단 보안관부터 깨우자. 아직 차 안에 있을 것 같은데……."

유빈의 말에 삼식이는 무전기를 들어 보인다.

"벌써 아까 깨웠어. 지금쯤 이 근처에 와 있을 거야. 아~ 여보세요? 여보세요? 내 말 들려, 보안관? 어디까지 왔어?"

— 치이익, 나 지금 제니랑 주유소 있는… 치이익, 데에서 기다리고 있어. 야이 씨! 좀비 없다더니, 아직 많잖아! 치이익.

"하하하, 그게 엄청 줄어든 거야. 그리고 이제 조금만 기다리면 그마저도 확 줄어들게 해줄게."

— 치이익, 진짜? 네가 무슨 재주로?

"내가 끝내주는 거 생각해 봤지! 어쨌거나 거기에서 조금만 더 대기하고 있어! 알았지?"

삼식이는 웃음을 거두지 않은 채 무전기를 내려놓았다. 유빈은 고개를 끄덕이며 아래쪽 도로를 살펴봤다. 이왕 하기로 결정했으니까 이제부터는 어떻게 해야 더 '잘' 할 수 있는지 그 궁리를 해야 한다.

"다 좋다고 쳐도 어떻게 나가려고? 셔터는 다 잠가뒀고, 그 앞에다 카트로 막아놓기까지 했는데."

어느새 깬 태권소녀가 눈곱을 떼어내며 물었다. 삼식이는 도로 반대쪽을 가리켰다.

"하하하, 일어났구나. 잘됐다. 내려가는 건 주차장 2층에서 자전거를 줄로 묶어서 먼저 내려놓고, 그다음에 나도 줄 타고 내려갔다가 뛰어내릴게. 애들도 그쪽으로 들어오라고 해. 물론 나도 이따가 그거 타고 올라올 거고."

"그러면 네가 잡고 내려갈 줄은 올가미 형식으로 만들어야겠네. 그래야 끌어 올릴 때 편하지."

유빈이 아이디어를 냈다. 본격적인 참전이다. 일행들이 세부적인 사항들을 점검하는 동안, 삼식이는 새 자전거를 타고 옥상의 자동차들 사이를 돌며 몸에 익혔다.

고급이라고 할 수는 없는 물건이었지만, 어차피 대단한 속도를 요하는 건 아니니까 괜찮다. 좀비들의 달리기보다 빠르기만 하면 된다.

"보안관, 나야. 너 지금 보이는 건물이 뭐야?"

준비를 마치고 모두 2층 주차장으로 내려와서 유빈이 무전을 보냈다. 보안관은 곧바로 답을 한다.

— 치익, 코스트코랑 모텔 보여. 치이익, 바로 맞은편에 와 있어. 와, 근데 여기는 좀 높다. 뛰어내리기에는… 치익— 한 5미터는 되는 것 같은데……

"조금 있다가 삼식이가 자전거를 타고 나가서 좀비들을 끌어들인 다음, 꼬리에 달고 동네를 한 바퀴 돌 거야. 그 틈에 너희는 빨리 이쪽으로 와야 돼."

— 삼식이가? 치익, 그거 괜찮냐? 난 또 무슨 대단한 재주라도 부리는 줄 알았는데… 치익— 그냥 하지 말고 기다리면 안 되냐? 치치익.

"안 돼! 벌써 카운트다운 들어가서 이제 돌리는 건 힘들어! 그리고 기회도 언제 또 올지 몰라! 그러니까 유빈이 말 잘 듣고 따라 해. 알았지, 보안관!"

유빈이 뭐라고 대꾸하기도 전에 삼식이가 끼어들어서 대신 대답을 해버렸다. 잠시 침묵이 흐르던 무전기 저쪽에서 보안관이 말했다.

— 치익, 뭐, 유빈이가 어련히 알아서 걱정했겠지. 알았어. 치이익— 신호 보내. 치익.

"응, 그렇게. 신경 쓰고 있어."

무전을 마치고 유빈은 삼식이를 돌아봤다. 삼식이는 치킨 사러 나가는 사람처럼 지극히 평온한 표정이다.

"코스 기억하고 있지, 삼식아? 저 골목으로 들어가서 빨랫줄 걸어놓은 거 피하면서 달려. 오른쪽 먼저, 그다음엔 왼쪽. 순서 헷갈리지 말고. 그리고 무전기 울려도 대답할 생각 하지 마. 그냥 듣기만 해. 알았지?"

삼식이의 목에 세 번째 무전기를 걸어주면서 유빈은 신신당부를 했다.

"응. 오른쪽, 그다음에 왼쪽, 다시 오른쪽."

삼식이는 쾌활하게 고개를 끄덕이며 유빈의 말을 확인한다. 태권소녀와 유빈이 밧줄에 연결한 자전거를 아래쪽으로 조금씩 늘어뜨렸다.

자전거는 이내 바닥에 닿았다. 아직 근처의 좀비들은 그다지 신경을 쓰지 않는 눈치다.

"자전거 묶은 매듭 두 줄 중에 끝에 까만색으로 칠해둔 줄을 잡아당기면 풀려. 너 진짜 조심해야 돼. 알았지?"

삼식이가 줄을 타고 내려가기 직전에 유빈이 거듭 다짐을 받았다. 삼식이는 엄지손가락을 척 들어 보인다.

"그만 까불고 내려갈 거면 서둘러. 저 새끼, 이쪽 쳐다봤어."

길가를 살피고 있던 태권소녀가 재촉을 한다. 유빈, 태권소녀, 신입, 임수정까지 네 명이 밧줄을 잡고 조금씩 늘어뜨려 삼식이를 아래로 내렸다.

탁.

지상 2미터 정도까지 내려갔을 때, 삼식이는 훌쩍 뛰어 자전거 옆에 섰다. 그러고는 유빈이 일러준 대로 줄에서 자전거를 풀어냈다.

"갔다 올게! 너희도 잘해!"

삼식이는 2층을 향해 가볍게 손을 흔들어주고는 자전거에 올라 도로 쪽으로 내달렸다. 슬슬 관심을 보이는 좀비들이 늘어난다.

"얘들아, 안녕?"

인도의 중앙에 멈춰 선 삼식이는 좀비들을 정면으로 마주 보며 담배를 세 개비나 물고 한꺼번에 불을 붙였다.

후우우~

연기를 내뿜자 거의 신령님 등장 수준의 양이 모락모락 주변으로 퍼져 나간다.

그라아아—

갑작스레 등장한 먹잇감에 좀비들이 흥분하며 포효하기 시작했다. 그런데 먼 곳에 있는 놈들은 아직 돌아봐 주지 않는다. 삼식이도, 보고 있던 유빈 일행도 당황스러운 상황이었다.

"야! 이것 좀 보라고! 왜 갑자기 모르는 척해!"

삼식이는 페달을 밟아 인도 위를 가로지르며 크게 소리를 질렀다. 이만큼 커다란 목표물이 큰소리를 내고 담배 연기까지 친절히 뿜어줬는데 반응이 부족하다. 그렇다면 이쪽에서 한 발짝 먼저 다가가는 수밖에…….

삼식이가 노력한 보람은 있었다. 금세 몇 십 마리나 되는 좀비들이 그의 기척을 알아채고 뛰어오기 시작했다.

삼식이는 아슬아슬한 지점까지 접근했다가 자전거의 방향을 반대로 바꿨다. 이제 아까 봐뒀던 그 골목 쪽으로 도망가기만 하면…….

그때, 대여섯 마리의 좀비들이 인도 위를 가로막는다. 몇 놈은 그가 목표로 삼았던 골목 쪽에 서서 포효하고 있다.

아무래도 유혹하는 데에만 정신이 팔려서 너무 깊이까지 들어와 버린 모양이다.

"어? 안 되는데! 야! 내가 그리로 갈 건데!"

앞을 막아서는 좀비들 때문에 당황한 삼식이가 큰소리를 질렀다. 이층 주차장에서 보고 있던 유빈도 놀라기는 마찬가지다.

"삼식아! 뒤에! 뒤에! 더 빨리 밟아!"

삼식이가 머뭇하는 사이, 그 뒤를 쫓아 달려오던 좀비들이 어느새 바짝 따라붙는다.

목 부근에서 울리는 무전기 소리를 듣고 삼식이는 자세를 낮추며 힘껏 페달을 밟았다. 그러고는 핸들을 틀어 자동차들 사이로 방향을 바꿨다.

그롸아아아아—

앞쪽에서 그를 노리고 달려오던 좀비가 몸을 날리며 팔을 휘두른다.

으앗!

삼식이는 목을 바짝 움츠렸다.

틱, 좀비의 갈퀴 같은 손이 삼식이의 목을 아슬아슬 스치고 무전기 줄을 움켜쥔다. 불과 10센티 정도밖에는 차이가 안 나는 일격이었다.

삼식이는 핸들을 더 왼쪽으로 틀어 재빨리 놈의 옆으로 피해 나갔다. 좀비의 손에 걸려 있던 무전기가 바닥에 떨어진다.

"으아아아!"

차량 사이로 막아서는 좀비들을 피해 삼식이는 몇 번이나 아찔한 곡예를 하며 겨우 인도 위로 올라섰다.

휴우우~

겨우 죽을 고비를 넘긴 직후지만, 안전해지지미자 그는 잠시 속도를 늦춘 채 좀비들이 따라붙을 수 있는 시간을 줬다. 그의 임무는 좀비들을 이끌고 멀리까지 가주는 것이다. 그냥 따돌리는 것이 아니라.

"우와~ 가까이에서 보니까 좀 무서워지네."

뒤돌아보고 있던 삼식이는 수십 마리의 좀비들이 맹렬히 달려오는 것을 확인하고 다시 페달을 밟기 시작했다.

긴장 때문에 몇 번이나 비틀거려야 했지만, 이내 자전거는 안정적인 궤도에 올랐고, 좀비들이 뛰어서 그 뒤를 쫓는다.

"삼식아!"

무전기가 바닥에 떨어졌다는 걸 알면서도 유빈은 애타게 불렀다. 녀석은 지금 애초에 계획했던 도주 코스로부터 너무 멀리 떨어져 버렸다. 그건 삼식이도 잘 안다. 하지만 이제는 돌이킬 방법이 없다.

골목 안으로 들어간 놈들은 그가 꾈 수 있는 범위 밖에 있다. 일단 걸려든 놈들이라도 끌고 가능한 한 멀리 달아나는 게 도와주는 거다.

씨이잉—

그롸아아아아아아—

인도를 따라 달리던 삼식이가 포효하는 좀비들과 함께 시야 밖으로 사라져 버리자 유빈과 태권소녀는 멍해진 얼굴로 서로 마주 봤다.

이 계획, 시작부터 너무 틀어져 버렸다. 게다가… 삼식이를 쫓아가지 않은 좀비들이 아직도 도로 위에 여러 마리 남아 있다. 적어도 열 마리 이상이다.

"애들 오라고 해! 내가 마중 나갈게! 저 정도면 싸워볼 만해!"

태권소녀가 야구 배트를 집어 들면서 유빈에게 외쳤다. 유빈도 따라가려고 하자, 밧줄을 잡은 태권소녀가 고개를 저었다.

"넌 여기 있어! 끌어 올려줄 사람도 있어야지! 이 둘만 가지고는 힘이 모자라서 안 돼!"

유빈은 이러지도 저러지도 못한 채 똥마려운 강아지처럼 발을 동동 굴렀다. 조금이라도 힘이 되고 싶은데, 임수정과 신입만 믿고 내려가기도 불안한 건 사실이다. 결국 그는 남기로 하고 태권소녀에게 간절히 외쳤다.

"부탁할게!"

"걱정 마! 애들 빨리 불러!"

태권소녀는 밧줄을 잡고 중간 정도까지 내려가기도 전에 부웅, 몸을 날려 땅에 내려섰다. 유빈은 보안관과 연결된 무전기를 잡고 외쳤다.

"보안관! 지금 몇 마리 안 남았어! 와야 돼!"

― 치익, 간다!

무전으로 한마디씩 주고받는 그 짧은 순간 동안에 태권소녀는 벌써 두 마리와 마주하고 있었다.

"으얏!"

태권소녀가 배트를 크게 휘두르며 첫 번째 좀비의 머리를 후려쳤다. 그러고는 훌쩍 뛰어 앞으로 나서며 두 번째 좀비의 턱을 걷어찼다. 중심을 잃고 빙그르르 도는 두 번째 좀비의 정수리에 태권소녀의 야구 배트가 꽂힌다.

태앵—!

알루미늄 배트에서 요란한 소리가 난다. 앞으로 고꾸라진 좀비의 뒤통수를 향해 태권소녀는 몇 번이나 연거푸 배트를 휘둘러 댔다. 살이 찢어져 으스러진 뼈가 비칠 때까지 태권소녀는 암팡지게 매질을 했다.

그와아아—

일격에 턱이 부서진 첫 번째 좀비가 목이 반쯤 돌아간 채 달려든다. 태권소녀는 자세를 낮추고 스텝을 밟으며 놈의 무릎을 배트로 갈겼다.

까앙—

경쾌한 타격음과 함께 무릎이 꺾인 좀비가 앞쪽으로 나뒹군다. 다시 일어서려는 놈의 뒤로 쫓아가 들려 있던 뒤통수에 풀스윙을 날리자, 놈은 힘없이 고개를 떨어뜨렸다.

"제니야! 뛰어!"

보안관은 차에서 가져온 야구 배트를 먼저 던져 놓고, 차단벽에 매달렸다가 바닥으로 몸을 날렸다.

쿵—!

100킬로그램에 가까운 몸무게가 3.5미터 높이에서 떨어져 내리자 엄청난 소리가 울린다. 반면에 제니는 보안관의 걱정이 무색할 만큼 가볍게 내려섰다.

"내 뒤로 따라와! 차 위로 올라가서 뛸 거야!"

자동차 위로 기어 올라와서 몸을 날린 좀비의 머리를 호되게 후려치며 보안관이 외쳤다. 관자놀이를 강타당한 놈은 앞차의 후면 창을 박살 내며 나가떨어졌다.

6차선 도로, 불과 20여 미터. 하지만 사방에서 좀비들이 정신없이 달려드는 20미터다.

보안관은 자동차 보닛 위를 뛰어가는 방식을 택했다. 바닥을 기어 다니는 놈들에게 맥없이 물리기는 싫다.

"까불지 마, 이 새끼야!"

배트를 휘두르는 보안관의 눈은 복수심으로 이글이글 불타오르고 있었다. 앞을 가로막는 좀비의 머리통이 와작, 소리를 내며 휙 돌아간다.

이 개새끼들… 내가 너희들 때문에 그 빨간 주사를 맞고 아주 저세상으로 갈 뻔했다, 이 개새끼들아! 얼마나 아팠는지 알아?

보안관은 이를 악물고 모질게 배트를 돌려 댔다. 눈에 보이는 좀비들을 모두 어제 그를 포위했던 놈들로 간주하기로 했다.

원수 같은 새끼들!

그라아아아―

쉴 틈을 주지 않고 앞을 막아서는 또 다른 좀비.

보안관이 놈의 아가리에 300㎜ 안전화 킥을 박아 넣었다.

쇠판이 들어 있는 안전화 앞코가 훑고 지나자, 녀석의 이빨이 사방으로 튀어나간다. 비틀대다가 겨우 다시 몸의 중심을 되찾은 좀비의 관자놀이에 풀스윙한 배트가 꽂힌다.

따앙—!

알루미늄 배트가 확 찌그러질 정도로 강력한 충격이 좀비의 두개골을 이상한 모양으로 찌그러뜨려 버렸다.

"빨리 와!"

세 마리째 좀비를 해치운 태권소녀가 차선 세 개 너머의 보안 관과 제니를 향해 외쳤다.

어느새 골목에 숨어 있던 좀비들까지 슬슬 기어 나와 가세하고 있다. 서두르지 않으면 포위될지도 모른다.

"혜주야! 뒤에!"

유빈의 애타는 목소리. 태권소녀는 고개를 돌렸다. 골목 안 쪽에서 튀어나온 좀비 다섯 마리가 그녀를 노리고 몸을 날린다.

"익!"

태권소녀는 배트를 휘둘러 가장 앞선 놈의 턱을 날렸다. 그런 후, 그 회전하는 에너지를 그대로 실어서 두 번째 놈의 가슴 팍을 후려쳤다. 하지만 세 번째 놈은 아무런 방해도 받지 않고 그녀의 목덜미를 향해 덮쳐 온다. 그리고 뒤에 두 마리나 더 있다.

'아, 안 돼… 뒤로 물러나야……'

태권소녀가 난감해하며 뒤쪽으로 점프를 하려던 순간, 눈가를 스치며 날아오는 무언가가 있었다. 안전 장갑을 낀 보안관의 왼손이다.

턱—

좀비의 아가리를 꽉 틀어잡은 보안관이 팔을 크게 휘둘러 놈을 뒤쪽으로 집어 던져 버렸다. 무지막지한 힘이다.

쿠당탕!

뒤따르던 두 마리가 거기에 얽혀 함께 바닥으로 나동그라졌다. 잠시의 여유를 얻은 보안관이 휘청거리는 태권소녀를 부축해 받으며 씩 웃었다.

"아슬아슬했다, 응?"

보안관의 숨결이 닿자 태권소녀의 볼이 화끈 달아오른다.

젠장, 이 고릴라… 멋있다.

5

보안관은 뒤따라온 제니에게 태권소녀를 맡기고 곧바로 좀비들에게로 달려들었다. 사선으로 휘두른 배트에 한 마리, 반대쪽 사선의 일격에 또 한 마리……

칠이 벗겨진 알루미늄 배트가 새벽의 햇살을 받아 번뜩일 때마다 뼛조각이 튀고, 뇌수가 바닥을 적신다. 망설임도 없고, 인정사정 봐주는 것도 없다. 그저 맹렬하게 배트를 휘두르면서 좀비들의 뼈를 박살 내고 있을 뿐이다.

어제의 무기력한 포위와 패배가 정말 어지간히도 분했었나 보다.

"길 텄어! 가자!"

자빠져 있던 두 마리에게까지도 인정사정없는 몽둥이세례를 퍼부어주고 나서 보안관이 뒤를 돌아보며 손짓을 한다. 제니와 태권소녀는 보안관이 지키고 있는 길목을 따라 뛰었다.

그라아아아—

뒤쪽에서는 아직 남아 있는 좀비들이 울부짖으며 달려온다.

텅— 텅—

소리만 듣고도 대충 그림이 상상된다. 자동차 지붕이며 보닛을 밟고 내달려 오는 것이다.

"잡아! 대충 걸치기만 해! 끌어 올릴게!"

올가미가 달린 줄을 충분히 내려두고 있던 유빈이 외쳤다. 제니와 태권소녀가 잠시 서로에게 양보하느라 머뭇거리자, 유빈이 다시 목청을 돋운다.

"둘 다 잡아! 그 정도는 한 번에 끌어 올릴 수 있어!"

"하지만 그러면 보안관은 혼자 남는……."

태권소녀가 주저하자, 보안관이 다가와 그녀의 허리를 번쩍 안아 든다.

"먼저 가. 벌써 충분히 도와줬어."

말을 마친 보안관은 태권소녀를 올가미에 걸쳤다. 그녀와 제니가 밧줄을 꽉 잡은 것을 확인하자마자 유빈은 줄을 끌어 올렸다. 물론 뒤에서 신입과 임수정도 있는 힘껏 당겼다.

지이익— 지이익—

급한 마음과 달리 두 사람을 매단 밧줄은 너무도 천천히 위쪽으로 올라간다. 아무리 날씬한 여자 둘이라고 해도 합치면 100킬로그램 가까이 되니 당연한 일이다.

아래쪽에서는 보안관이 달려드는 좀비들을 물리치고 있다.

하지만 이제는 그 수가 확연히 줄어들어서 그다지 위험해 보이지는 않았다.

"끄응차!"

유빈은 안간힘을 쓰면서 줄을 잡아당겼고, 이내 제니와 태권소녀는 2층 난간에 팔을 걸쳤다. 둘 다 워낙 운동신경이 좋아서 그 정도까지만 하고 나면 별문제가 없다.

"야, 이거 잡아!"

먼저 기어 올라와 제니를 끌어 올려준 태권소녀는 재빨리 밧줄을 다시 아래로 던졌다. 마침 보안관은 마지막으로 달려들던 좀비의 머리를 날리던 참이었다.

이럴 줄 알았더라면 그렇게 미친 듯이 서두르지 않았어도 될 뻔했다. 일이 이 정도로 수월했던 것은 삼식이가 가능한 멀리 끌고 도망가 준 덕이다.

더 이상 달려오는 좀비들이 없다는 걸 확인한 보안관은 풀쩍 뛰어 올가미를 꽉 움켜쥐었다.

"으아~ 진짜 어제 저 새끼들 때문에 놀란 거 생각하면……."

2층 주차장으로 올라온 보안관은 옷에 묻은 먼지를 털며 좀비들을 향한 원망을 늘어놓았다. 조금 전까지 그렇게 머리를 터트리고 뼈를 부숴놨는데도 아직 분이 다 풀리지 않은 모양이다.

"하아~ 다녀왔습니다."

모두에게 허리를 굽혀 인사한 제니도 그동안 꾹 눌러왔던 불안감을 한숨에 담아 뿜어낸다. 어지간히도 놀라고, 무서웠던 하루다.

태권소녀가 제니의 손과 다리에 생긴 상처를 측은하게 바라본다. 특히 손바닥의 상처가 눈길을 끈다. 유리에 베였던 상처가 조금 전 밧줄을 잡고 올라오느라 다시 찢어져 피가 흐른다.

"애, 고생 많이 했네. 손 좀 봐. 너 약도 안 가지고 있었지?"

"아… 이건 그냥 별거 아니에요. 살짝 긁힌 정도… 보안관 오빠가 엄청 고생했어요."

제니는 부끄러워하며 손을 가렸다. 계속 씩씩거리고 있던 보안관은 그제야 생각이 났는지 임수정에게 꾸벅 머리를 숙였다.

"맞다… 그 약이요, 누나가 주신 빨간 주사약. 그거 덕분에 살았어요. 고맙습니다."

"아후~ 아니야. 나는 나 때문에 이런 사달이 난 것 같아서 오히려 미안해. 고맙기는."

"사실 저는 그 이야기 들으면서도 반쯤은 안 믿었었거든요. 그런데… 정말로 주사를 찌르자마자 여기가 빡— 하고!"

보안관은 자신의 심장을 가리키며 고개를 저었다. 다시 생각해도 끔찍한 경험이었다.

"그거 어때? 심장이 멎을 때 어떤 기분이야? 아파?"

태권소녀가 눈을 찡그리며 물었다.

아프냐고?

그녀의 말을 반문한 보안관이 뭐라고 표현해야 좋을지 잠시 말을 고른다.

"에… 그러니까… 이런 기분이야. 만약에 네가 원수진 놈이 있으면 일단 그거부터 한 방 눠주라고 하고 싶어. 그리고 10분 있다가 그놈 깨어난 뒤에 가만히 구경을 해봐. 이런 게 속이 후련한 복수구나 싶어질 테니까. 그렇게 하고 난 뒤에는 두드려 패는 게 별 의미가 없는 것처럼 느껴질걸?"

"그 정도야?"

"에… 완전 끝내줘. 깨고 나서도 숨이 턱까지 차서 헉, 헉, 이렇게 돼. 이렇게 가냘픈 애한테 부축 받아서 겨우 걸었다니까. 가슴은 또 얼마나 아픈지… 나도 제니 덕분에 겨우 숨 쉬었어……."

자신이 얼마나 아팠었는지 신나게 설명을 하던 보안관은 서둘러 대충 얼버무렸다. 이야기가 길어지면 결국은 제니가 인공호흡을 해줬다는 것까지 말하게 될 테니까, 이쯤에서 접는 게 낫다.

"그래, 어쨌든 다행이다. 이제 삼식이만 돌아오면 되는데……."

유빈이 걱정스런 눈으로 도로 쪽을 내다본다. 보안관이 그 옆에 서서 물었다.

"아, 맞다. 걔 어디까지 간 거냐?"

"몰라… 저리 어디로 나가 버린 거까지만 봤어. 원래 계획은 이 동네 안에서 비잉― 크게 한 바퀴 도는 거였는데… 골목을 좀비들이 막는 바람에 다 틀어졌어."

그렇게 두 사람이 삼식이의 행선지에 대해 이야기를 하고 있을 때, 신입이 보안관의 옷을 가리키며 물었다.

"야, 근데 너희 옷이 왜 그래? 뭔가 바뀌었잖아."

응? 그러고 보니……

모두의 시선이 보안관과 제니의 웃옷으로 향한다. 제니는 보안관의 커다란 셔츠를 걸치고 있고, 보안관은 어디에서 주웠는지 몸에 맞지도 않는 작은 셔츠를 입고 있다. 가슴은 팽팽해서 터질 것 같고, 기장이 짧아 배꼽이 보인다.

그렇게 확연하게 이상한 점을 깨닫지 못할 만큼 다들 정신이 없었다.

"어휴~ 이거 사이즈 95야. 보안관, 너 숨은 쉴 수 있어?"

보안관의 옷 라벨을 들춰보고 사이즈를 확인한 유빈이 물었다. 커다란 몸을 억지로 쑤셔 넣은데다, 격한 싸움까지 한 통에 겨드랑이는 다 터져 있다.

태권소녀는 제니가 왜 보안관의 옷을 걸치고 있는 건지가 더 궁금했다.

"아… 이거요. 제가 보안관 오빠한테 몰려 있는 좀비들 꾀어 내느라고 제 옷에다 담배를 집어넣고 불을 질렀었거든요. 그래서 오빠가 자기 옷을 벗어 준 거예요. 오빠는 택배 트럭에서 빼온 옷 아무거나 집어 입었고요."

어느새 보안관의 옆으로 다가온 규영이가 귓속말로 물었다.

"…봤어요?"

"웅? 뭐, 뭘? 인마!"

보안관은 깜짝 놀라 옆을 돌아보았다. 이 꼬마 변태 녀석은 빨갛게 홍조를 띤 채 조금도 부끄러워하지 않고 낮게 속삭인다.

"알잖아요… 우리가 래시 가드 때문에 못 봤던…….."

"아냐. 난 등 돌리고 있었어."

"거짓말… 말이 안 되잖아요. 이 배신자! 옷을 벗고 있다는 걸 알았으니까 벗어 줬을 거 아니에… 아! 아야야!"

보안관은 규영이의 볼따구니를 꽉 쥐어서 녀석의 음란하고 요망한 입을 봉쇄해 버렸다. 어리다고 해서 오냐오냐 받아주다 가는 큰일 날 놈이다.

보안관은 제니와 태권소녀의 사이에 끼어들어서 서둘러 대화의 주제를 바꿨다.

"아! 지금 우리의 소중한 친구가 아직 못 돌아오고 있는데! 그까짓 옷 바꿔 입은 게 무슨 그렇게 중요한 문제라고… 너희들, 정신이 있냐?"

말이 씨가 된 것일까?

그 후, 한 시간이 지나도록 삼식이는 돌아오지 않았다.

기다림이 길어지고 아침 햇살이 따가워질수록 유빈과 보안관은 불길한 기분이 들었다. 좀비 세상 첫날, 일꾼들을 찾으러 나갔다가 끝내 돌아오지 못했던 작업반장의 기억이 자꾸 오버랩된다.

"몇 시야?"

보안관이 초조하게 물었다. 자신도 시계를 차고 있다는 걸 잊을 만큼 불안해진 모양이다. 유빈은 힘없이 대답했다.

"일곱 시 이십오 분."

"젠장, 답답해서 못 있겠네. 얘는 연락할 수단도 안 가지고 나간 거야?"

"무전기를 차고 있기는 했는데, 바로 저기에서 좀비 때문에 떨어뜨렸어."

유빈이 도로 한 지점을 가리킨다. 그 역시 슬슬 삼식이의 작전을 허락했던 것이 후회되는 중이다. 마음 같아서는 당장에라도 내려가서 찾아보고 싶지만, 어디로 가버렸는지도 모르니 그저 막막하다.

그렇게 다들 지쳐갈 때쯤, 도로의 먼 위쪽에서 삼식이가 모습을 드러냈다. 가장 먼저 발견한 제니가 손바닥으로 난간을 두드리며 소리를 질렀다.

"삼식이 오빠!"

녀석은 숨을 헐떡이며 비틀비틀 자전거를 몰고 있었다. 바로 몇 미터 뒤에서 좀비 두 마리가 꼬리처럼 달라붙어 뛰어오고 있다.

"삼식아! 삼식아! 뒤에!"

모두가 큰소리로 불러 대자 삼식이는 힘겹게 스퍼트를 했다. 그런데 워낙 지쳐 있는 상태라 그렇게 크게 속도는 나지 않는다.

반면에 좀비들은 죽어라 따라오고 있다. 저놈들은 지친다는 게 뭔지도 모르는 모양이다.

"이거 잡아! 뛰어! 아, 아니다! 내려간다!"

밧줄을 아래쪽으로 드리우던 보안관이 그걸 잡고 몸을 날렸다. 무기도 없이 뛰어내린 보안관은 아까 태권소녀가 떨어뜨려 놓은 야구 배트를 집어 들고 삼식이를 향해 달려갔다. 얼굴이 마주칠 때, 삼식이는 희미하게 웃었다.

"수고했어!"

땀으로 범벅이 된 삼식이를 지나치면서 보안관은 격려를 해 줬다. 그러고는 곧바로 배트를 힘껏 돌려 뒤에 붙어 있던 좀비의 대갈통을 후려갈겼다.

까앙―!

경쾌한 타격음. 그리고 곧바로 또 한 방.

열심히 달려오던 좀비들은 순식간에 바닥에 나뒹굴었다.

"어림없어, 이 새끼들아!"

곧바로 다시 일어나려던 좀비들의 머리에 세찬 일격이 쏟아졌다.

쩌적―!

단단한 두개골 뼈가 조각나는 소리가 고요하던 거리를 뒤흔든다. 두 마리 좀비를 해치우는 데는 단 몇 초면 충분했다.

"하아아~ 하아아~ 나… 나 죽을 것 같아… 하아아~"

보안관의 부축을 받아 겨우 주차장으로 올라온 삼식이는 바닥에 큰대자로 뻗어서 가쁜 숨을 몰아쉬었다. 얼마나 열심히 페달을 밟았는지, 노동으로 단련된 허벅지가 계속 부들부들 경련을 일으킨다.

"…왜? 도대체 어디까지 갔다 온 거야? 크게 한 바퀴만 돌고 왔어도 됐잖아. 뭐했어, 한 시간이 넘도록?"

유빈이 녀석의 다리를 들어 근육을 풀어주며 물었다. 삼식이는 떨리는 손으로 먼 사거리 쪽을 가리킨다.

"하아~ 하아~ 처음엔… 하아~ 나도 그러려고 했는데… 저 앞에서 또 좀비들이 잔뜩 기다리고 있지 뭐야… 그래서… 옆으로 틀었지. 그랬더니… 하아~ 거기도 또 있어… 한 시간 내내 계속 쫓겨 다녔어……. 뿌리치면 또 나오고, 뿌리쳤나 그러면 또 앞을 막아서고… 진짜, 말 그대로 전속력으로… 한 시간을… 하아~ 아이구, 내 다리……."

유빈이 아무리 열심히 주물러도 신음 소리는 줄어들 줄을 모른다. 보다 못한 태권소녀가 유빈을 밀어내고 삼식이의 다리를 잡았다.

"그렇게 하니까 안 풀리지. 기다려 봐, 내가 해줄게. 스트레치부터."

응?

삼식이의 얼굴에 두려움이 깃든다. 관절을 딱 움켜쥔 손아귀 힘부터가 다르다. 보안관이 해줬던 이야기가 떠올랐다.

"걔가 막 상처를 후벼 팠다고! 치료해 준다고 하면서! 이거 봐! 딱지 다 떨어진 거!"

그때는 마냥 재미있게만 들었었는데, 이제 자신의 문제로 닥쳐왔다. 삼식이가 이제 다 나았다며 두 손을 내저으려고 할 때, 이미 태권소녀는 손아귀에 힘을 빡 주고 다리근육을 누르고 있었다.

"아, 아니! 나 이제 안 아파… 아! 아! 아파!"

"그래, 알아. 아프지? 쿨 다운하지 않고 운동을 멈춰서 그래. 생각해 보니까 너는 워밍업도 안 했잖아. 좀만 참아."

태권소녀는 요지부동이다. 오히려 힘을 더 준다. 다리를 찢기는 삼식이의 비명 소리도 그에 비례해서 커졌다.

"아! 아! 아니야! 그만! 그만! 혜주야! 누나! 누나! 으아아!"

6

"으아아아! 끄으윽!"

비명 소리에 민구는 잠에서 깼다. 사방에서 울려오는 끙끙 앓는 소리 때문에 밤새도록 뜬눈으로 지새우다가 새벽녘에 겨우 눈을 붙였었는데, 10분도 채 못 잔 것 같다.

민구는 비명이 들려오는 쪽으로 고개를 돌렸다. 무릎 바로 위쪽에서 다리를 절단한 병사가 고통에 몸부림을 치고 있다. 그 바로 옆에도, 그 한 칸 뒤에도 모두들 신체 중 어딘가를 잃은 병사들이다.

'젠장……'

민구는 억지로 몸을 일으켰다. 며칠 만에 누워본 침대였지만, 하나도 편치가 않다. 비명 소리와 신음 소리, 그리고 뭔가를 자르는 섬뜩한 소리⋯⋯.

지옥이다. 마음이 불편하고 또 귀가 불편해서 더 이상은 견디기가 힘들다. 차라리 딱딱한 돗자리 위가 몇 천 배는 더 편안할 것 같다.

"끄응~"

바닥에 내려서서 신발을 신는 것만으로도 저절로 신음이 터져 나온다. 두 팔과 두 다리, 어디 한 군데 멍들지 않은 곳이 없다. 이렇게 아픈데 아무데도 부러지지 않았다는 게 신기할 지경이다.

자신의 침대 난간에 걸려 있던 약봉지를 챙겨 든 민구는 비틀거리며 문 쪽으로 걸어 나갔다.

"어? 어디 가요? 안정을 취해야 하는데⋯⋯."

낯선 의사가 다가와 민구를 잡아 세운다.

끅, 별로 세지도 않은 손아귀 힘이지만 그가 어깨를 움켜쥐는 순간, 민구는 또 눈살을 찌푸리며 이를 악물었다.

후우우~

한숨으로 신음을 대신한 민구는 의사에게 사실대로 털어놓았다.

"나⋯ 나는 여기에 있으면 안정은커녕 오히려 더 아파질 것 같습니다. 나가야겠소."

"안 되는데⋯ 여단장님이 특별 지시한 환자잖아요. 완치시키라고 했단 말입니다."

민구는 땀을 뚝뚝 떨어뜨리며 고개를 끄덕였다.

"다… 나았습니다. 완치돼서 퇴원했다고 해요."

"아니, 그럴 리가 없잖아. 어제 거의 반송장이 돼서 여기로 왔는데 어떻게 하루 만에… 혹시라도 여단장님이 찾았는데 없으면 난리 납니다. 그냥 누워 있어요. 그렇게 돌아다녀도 되는 상태가 아니니까."

의사는 완강하게 만류했다. 하지만 민구의 생각은 그보다 더 단호하다. 민구는 의사의 얼굴을 보며 말했다.

"그런 거 그냥 하는 말입니다. 생각해 봐요. 그 여단장인지 하는 사람이 여기를 마지막으로 방문한 게 언제였는지… 정 곤란하면 그 사람 왔을 때, 산책을 내보냈다고 해요. 그런 다음에 부르면 다시 올 테니. 나는 3루 측 내야석 부근에 있으니까 찾는 건 어렵지 않을 거요."

그 말을 남기고 민구는 의무실 문을 나섰다. 절뚝거리며 걸어가는 동안 차츰 정강이뼈가 시려온다. 녀석의 발길질을 필사적으로 막았던 다리도, 관절이 꺾일 뻔했던 어깨도 지독하게 아프다.

"젠장… 죽여야 할 놈이 또 늘었군. 애새끼들 군대 보낼 때 만났던 그 고릴라, 기동이, 그리고 이번에 이 얼굴 시꺼먼 새끼…… 후우~ 하여간 이 새끼들… 내가 좀 나았을 때 만나기만 해봐라……"

긴 야구장 복도를 따라 절룩이며 걸어가는 동안 민구는 죽여 버리겠다고 마음먹은 놈들의 명단에 메이저를 추가했다. 광기에 사로잡혀서 무자비하게 킥을 해 대던 놈의 시꺼먼 얼굴이 아직도 선하게 기억난다.

"어머! 저 인간이다, 저 인간. 어휴~ 재수 없어. 어제 저 정신병자가 난리 피운 바람에 우리들도 못 갔잖아. 이송 계획도 완전 취소됐다는 것 같던데……."

"그러게. 저런 사람들은 좀 어디 한 군데 가둬두든가 해주면 좋을 텐데 말이야. 우리 같은 사람들은 무섭다고. 계속 피해만 입어야 되고……."

민구를 알아본 여자들이 웅성거린다. 아마도 어제 민간 수용소로 옮겨가기 위해 줄을 서 있던 사람들인가 보다.

훗, 민구는 코웃음을 쳤다.

메이저가 그 난리를 치는 걸 보고 나서도 몇몇 사람들은 민간 수용소에 대한 기대를 접지 못한 모양이다. 이제 그는 이 쉘터 내에서 공식적으로 상종하기 싫은 놈이 되었다.

'마음대로 지껄여라.'

민구는 길고도 긴 야구장을 힘없이 걸어가며 생각했다. 자신 역시 그들과 별로 특별한 감정을 쌓고 싶지 않다고.

"젠장, 또 이렇게 힘들어졌군. 기껏 조금 나아진 것 같았는데……."

외야의 흡연 구역까지 걸어가며 민구는 몇 번이나 멈춰 서서 잠시 숨을 돌려야 했다. 그렇게 통증을 참고 절룩이며 걸어가는 사람에게 야구장 한 바퀴는 꽤나 가혹한 거리였다.

몸을 움직이고 근육을 쓸 때마다 그 얼굴 시꺼먼 놈에게 걷어 차인 허벅지며 정강이가 쑤셔온다. 그나마 금 간 갈비뼈를 보호 한 덕에 숨은 제대로 쉬고 있지만, 대신에 팔다리에는 온통 피 멍이 들었다.

"이게 뭐라고… 이까짓 것 한 대를 피우러 여기까지……."

흡연 구역에 도착한 민구는 인상을 찌푸리며 담뱃갑을 열었 다. 말은 그렇게 했어도 어제부터 참아왔던 터라 빨리 한 대 피 우고 싶다.

반쯤 남아 있던 담배는 어제의 그 난리를 겪으면서 온통 구겨 지고 부러져 있었다. 멀쩡한 건 두 개비뿐이다.

"후우~"

담뱃불을 붙인 민구는 만족한 표정으로 의자 등받이에 몸을 기댔다. 흙먼지에 너덜너덜해진 트레이닝복을 보고 있자니 딱 자신의 처지다.

누가 봐도 별로 대단하게 여겨질 리 없고, 가까이 다가오면 꺼림칙한 존재. 무서워서 피하는 게 아니라 더러운 게 묻을까 봐 피하게 되는, 그런 인간.

천천히 담배를 다 피운 민구는 사물함으로 가서 새 담배를 한 갑 꺼냈다. 이게 있어야 그 외국인 녀석에게 붕대를 갈아달라고 할 수 있다.

지근거리에서 보초를 서는 군인들 덕에 사물함 주변은 대체 적으로 평화롭다. 만약 그 보초병들이 없었다면 그깟 얇은 철판 으로 된 사물함 따위, 도둑 몇 놈들에 의해서 금방 박살이 나버렸을 것이다.

"이야, 이 아저씨 졸라 부자야. 하고 다니는 꼴은 거지인데, 어디서 이렇게 담배를 모아놨어. 사물함 안에도 또 있더라고!"

민구가 사물함을 벗어나 절뚝거리며 걷고 있을 때, 아까 흡연 구역에서부터 뒤따라오던 놈들이 거리를 좁히며 떠들어 댄다. 민구에게 들으라고 하는 소리다.

민구는 뒤를 슬쩍 돌아보고 멈춰 섰다. 아직 미성년자로 보이는 십 대 예닐곱 명이 그의 주변을 에워싼다.

하나같이 바가지 머리처럼 머리를 덥수룩하게 기른 어린애들. 젊은 남자들이 거의 다 군대로 끌려간 이후, 잠실 쉘터의 말썽은 이 또래 녀석들이 담당하고 있다. 이놈들은 아마 어제 자신이 싸울 때, 그 자리에 없었던 모양이다.

"아저씨, 담배 좀 꺼내봐요. 구경이나 좀 합시다. 한 갑 나눠주면 더 좋고."

"그러게. 아저씨, 보아하니까 몸도 영 불편한 거 같은데, 담배 피우지 말아요. 그거 건강에 좆나 안 좋은 거야."

십 대들은 민구를 포위한 채 거리를 좁혀오며 위악적인 목소리로 떠들어 댔다. 부근의 다른 사람들은 시끄러워질 것을 눈치채고 재빨리 자리를 피한다. 민구는 어처구니가 없어서 웃음을 터뜨렸다.

"크크크큭, 아~나, 이거… 큭크큭."

"어라? 씨발, 이 아저씨, 존나 기분 나쁘게 처웃고 자빠졌네.

사람이 말하는데……."

두 놈이 뭔가 뽑는 시늉을 한다. 은박지로 만든 칼집에서 꺼낸 날붙이가 반짝인다. 뭔가 싶어 자세히 보니 작은 문구용 가위를 반으로 나눠서 날을 간 것이다.

무기조차도 학용품이라니… 게다가 친구끼리 사이좋게 나눠 가졌어…….

민구의 웃음이 더 커졌다. 물론 바가지머리의 분노도 더 증폭됐다.

"조용히 해, 사람들 보잖아! 웃지 말고 담배나 꺼내라고, 이 씨발아. 모가지에 빵꾸 난 다음에 줄래?"

"야, 땅꼬마."

민구는 녀석의 말을 끊으며 벽에 등을 대고 섰다.

"너희 본드 불었냐? 사리 판단이 잘 안 돼?"

"뭐래, 이 새끼가? 짜증나게."

치켜뜨는 눈동자를 보니 그런 것도 아니다. 민구는 여전히 웃음기를 거두지 않은 채 물었다.

"어린이는 나라의 미래라니까, 무럭무럭 자라라는 의미에서 오늘 한 번은 특별히 봐준다. 빨리 꺼져! 근데 너희, 이거 보면서 아무 생각이 안 들디?"

민구는 자신의 얼굴을 가로질러 나 있는 흉터 앞에서 검지를 세워 까딱댔다. 자신이 거울로 봐도 어지간히 험상궂던데, 이놈들은 겁도 없나 보다.

"킥킥킥, 이 새끼 뭔 소리 하나 했더니, 그딴 걸로 겁을 주려고 하네. 그게 무슨 무기냐? 그런 거 몇 개 더 만들어줄까? 응?
개새끼야?"

바가지머리 1호가 가위 칼을 민구의 얼굴에 바짝 대며 까분
다.

하여간에 이 또래의 용기라는 건…….

민구는 귀찮다는 표정으로 한숨을 내쉰 뒤, 번개처럼 왼손을
휘둘렀다.

"악!"

팔목을 강타당한 바가지머리 1호가 인상을 쓰며 가위 칼을
놓친다. 민구는 그 가위 칼을 허공에서 잡아챈 뒤, 놈의 머리를
향해 그었다.

사악—

눈 바로 위까지 덮고 있던 놈의 앞머리가 뭉텅 잘려 나간다.
지금까지 가려졌던 여드름투성이 이마가 훤하게 드러났다.

녀석이 기가 질려 바짝 얼어붙어 있는 동안 민구는 팔을 휘둘
러 옆에 붙어 서 있던 두 놈의 앞머리를 더 잘라 버렸다.

사악— 서걱—

암만 몸이 불편하대도 이깟 애송이들쯤이야.

"이 씨발!"

두 번째 가위 칼을 가진 놈이 엉덩이를 뒤로 빼고 칼을 휘둘
러 댔다. 민구는 놈의 날을 빼앗은 가위 칼로 쳐서 튕겨 버렸다.

티잉—

날아간 녀석의 가위 칼이 바닥에 떨어진다. 무기를 놓친 놈의

얼굴은 멍해져 있다. 자신이 어떤 상황인지 잘 모르겠는 모양이다.

민구는 가위 등을 녀석의 옷깃에 걸친 다음 확 잡아당겼다.

쿵!

녀석은 머리를 벽에 찧으며 앞으로 고꾸라졌다.

"흐에에엑!"

나머지 놈들은 얼빠진 비명을 지르며 주춤주춤 뒷걸음질을 한다. 개중 약은 놈은 벌써 뒤돌아 뛰기 시작했다.

"야! 너!"

자빠진 놈의 목덜미를 밟은 민구는 맨 처음 머리카락이 잘린 바가지머리 1호를 불렀다.

"네? 네?"

놈은 부들부들 떨며 대답했다. 공짜로 이발을 해줬더니 존댓말도 꽤 잘 쓰게 됐다. 민구는 자빠진 놈을 가리키며 말했다.

"지금 도망간 새끼 잡아와. 못 잡아오면 이 새끼 머리 자르면서 귀도 잘라 버릴 거야. 음… 2분 준다."

민구는 시계를 보면서 어서 가라는 손짓을 했다. 졸지에 귀가 잘리게 된 녀석도 바가지머리 1호에게 빨리 잡아와 달라며 간절하게 울부짖는다.

잠시 망설이던 1호는 눈이 커다래져서 도망간 놈의 뒤를 쫓아 뛰어가기 시작했다.

"너희는 여기 일렬로 서."

자빠진 놈의 목에서 발을 뗀 민구는 가위 칼을 쥔 채 벽을 가리켰다. 기가 죽어버린 십 대 강탈자들은 울상을 지으며 벽에 나란히 붙어 섰다. 그들 모두 같은 생각을 하고 있었다.

왜지? 분명히 비틀거리면서 걷던 약골이었는데, 왜 이런 상황이 됐지?

이미 머리카락이 잘린 놈들이 받은 충격은 훨씬 더 컸다. 이 헤어스타일은 그야말로 바보 컷. 앞머리가… 2센티미터도 안 남고 쌍둥 잘려 나갔다.

꼴사나운 것은 둘째 치고, 눈앞에서 칼날이 번쩍한 뒤 머리카락만 사라락 떨어져 내렸던 그 순간의 공포가 너무 크다. 가위 한쪽 날로 이런 게 가능하다는 것도 오늘 처음 알았다.

게다가… 이 남자는 아직 오른손을 주머니에서 빼지도 않았다. 남자의 팔목에는 약봉지가 달랑거리며 매달려 있다.

잠시 후, 달아났던 놈이 1호와 함께 돌아왔다. 쭈뼛거리는 두 놈도 마저 벽에 세운 민구는 놈들의 얼굴을 빤히 훑어보며 가위 칼을 흔들었다.

"너희들, 칼을 잘 쓰는가 봐? 이런 걸 들고 다니는 걸 보면."

다들 고개를 푹 숙인 채 '죄송합니다', '잘못했습니다' 만 연발한다. 민구가 다시 말했다.

"죄송할 게 뭐가 있어. 다들 자기 가진 재주로 살아보겠다고 한 건데… 하지만 참고로 이 흉터 만든 새끼한테 내가 어떻게 해줬는지를 알려주지. 걔도 칼을 좀 썼거든. 자기가 조선 최고의 칼잡이니 뭐니 하고 껍죽대던 놈이었는데, 정작 싸울 때는 떼로 덤비더라?"

민구는 조금 전 그에게 칼을 휘둘렀던 바가지머리의 배에 가위 등 쪽을 대고 주욱 긋는 시늉을 했다. 놈은 팔다리를 부르르 떤다. 날이 없으니 베이지는 않지만, 등골까지 서늘해지는 느낌이다.

"갈비뼈 아래서부터 여기, 배꼽에 닿을 때까지 사선으로 갈라줬어. 그랬는데도 쏟아지는 내장을 움켜쥐고 뛰더라고. 물론 몇 미터도 못 가고 자빠졌지만. 사람은 배에 힘이 안 들어가면 제대로 못 서거든. 어때? 편하게 고통 없이 죽은 건가?"

"아… 아니요, 아니요."

"맞는데… 그 정도면 큰 고생 안 하고 간 거야. 근데 그때는 내가 화가 나서 앞뒤 안 따지고 저질러 버렸던 거고, 너희는 달라. 너희들이 만약에 한 번만 더 이런 거 들고 설치는 거 보면 오금부터 끊어버릴 거야, 이 새끼들아. 그리고 매일 뭔가 하나씩 잘라주마."

놈들이 충분히 겁을 먹었다고 확신한 민구는 킥킥, 웃고 나서 그 자리를 떠났다.

사람의 외양이 허술해지니 이제는 별일을 다 겪는다. 무섭고 힘이 드니까 다들 반쯤 돌아서 제 몸에 맞지 않는 옷을 입으려고 하고 있다.

태양 그룹 같은 장사꾼들이 자신들을 지켜줄 거라 믿는 사람들이나, 이따위 학용품을 가지고 강도짓을 할 수 있다고 믿는 저 애새끼들이나, 따지고 보면 크게 다르지 않다. 그저 아무것에나 일단 매달리고만 싶은 모양이다.

"끄으응."

자신의 자리로 돌아온 민구는 돗자리 위에 앉아 트레이닝복 상의를 벗었다. 조금 전, 잠시 몸을 놀린 그 정도도 운동이라고, 다친 팔다리가 더 쑤셔온다. 민구는 약봉지에서 튜브 안에 든 소염제를 꺼내 피멍이 든 팔과 어깨에 발랐다.

"헬로! 네이버!"

옆자리의 젠킨스가 다가와 기웃거리며 중얼거린다.

"싸웠다는 소문은 들었지만, 이 정도일 줄은…… 흐음, 당신은 몸을 훼손하는 데 재주가 있군. 이제 멀쩡한 데가 별로 없어 보여."

물론 민구는 무슨 소리인지 알아듣지 못했다. 하지만 확실하게 알 수 있는 것은 녀석이 어떻게 하면 뭔가를 뜯어낼 수 있을까 궁리하고 있다는 사실이었다.

아니나 다를까, 민구의 등에서 커다란 피멍 자국을 발견한 젠킨스는 퉁퉁한 팔로 소염제와 등을 번갈아 가리키며 약 바르는 시늉을 한다. 그러고는 손가락 하나를 세웠다.

"원 시가렛!"

큭큭큭, 이놈만은 참 한결같군…….

민구는 어처구니가 없어서 웃었다. 지금 그의 몸 상태로는 분명 등까지 팔을 돌리기 어렵다.

아무리 그래도 그렇지, 약 잠깐 발라주는 거랑 붕대 다시 감아주는 게 가격이 같다고?

한참 실소하고 나서 웃음기를 걷어낸 민구가 젠킨스를 돌아보며 말했다.

"꺼져."

1

"삼식아, 너무 앞서가지 마. 뭐가 있는지 모르니까."

진우는 삼식이를 불러들이며 주변을 돌아보았다. 높이 솟은 리조트 건물들의 깨진 창문 사이로 불길한 징조처럼 커튼이 휘날린다.

좀비들로 북적이는 6번 국도에서 벗어나 한강의 지류 쪽으로 남하한 지 이틀째. 시간으로는 아홉 시간 만에 드디어 강가에 지어진 첫 번째 레저 시설을 만났다.

비록 여기가 그가 찾던 양평 레저는 아니지만, 이제 물가에 닿았으니 곧 더 많은 시설들이 속속 나타날 것이다. 뭔가 그와 삼식이를 태우고 강을 거슬러 올라갈 수 있는 도구.

"어우, 냄새……."

매표소를 지나 워터 파크 안으로 들어선 진우는 소매로 코를 가렸다. 지독한 썩은 내가 부근의 대기 전체를 꽉 채우고 있다. 진우는 목에 두르고 있던 얇은 머플러를 끌어 올려 코와 입을 덮었다. 그래도 여전히 숨쉬기는 어렵다.

악취의 근원지는 시체가 둥둥 떠다니는 수영장이었다. 근 한 달 동안 피와 온갖 오물들이 제멋대로 흘러나와 부패된 수영장의 물은 탁한 녹색으로 변해 있었다. 마녀들이 끓여놓은 지옥의 음식이라고 해도 믿어질 비주얼이다.

후드득—

시체 주변에 앉아 있던 새들이 카트 바퀴 소리에 놀라 날아오른다. 달려들려던 삼식이는 '왜 안 쐈어?' 라고 묻는 눈빛을 지으며 진우를 돌아본다. 사냥감을 놓쳐 버린 것이 아쉬운 모양이다.

"됐어, 괜찮아. 야, 먹을 거 아직 있는데 왜 내가 새 깃털을 뽑고 앉아 있어야 되겠냐. 그것도 시체 뜯어먹고 있던 새를. 그런 거 말고 우리는 제트스키 찾아야 돼."

진우는 건성으로 녀석을 달래며 혹시 다른 움직이는 것은 없는지 살폈다. 떠다니는 시체들이나 깨져 있는 유리창의 개수를 보면, 한때 여기에 좀비들이 꽤나 많이 있었다는 걸 짐작할 수 있다. 어쩌면 아직도 그럴는지 모른다.

"으아, 저 안에도 온통 피투성이네."

리조트의 로비를 슬쩍 엿본 진우가 혀를 찬다. 이국적인 풍경을 만들어내려고 장식해 둔 대형 화분의 열대 화초들에도 피가 잔뜩 튀어 있다.

진우는 고개를 설레설레 저으면서도 카트를 세워두고 건물 안으로 들어섰다. 카운터에 비치되어 있는 주변 관광 지도가 필요하다.

자박.

카펫을 밟으며 조용히 한 발, 한 발을 내딛던 진우가 걸음을 멈추고 중앙의 나선형 계단 쪽을 돌아본다.

뭔가 움직였나? 아니면 그저 바람에 커튼이 흔들리는 걸 보고 착각하는 건가?

지금까지 생존하는 데 크게 공헌해 왔던 그의 후각은… 시체들이 떠 있는 수영장을 가로질러 오면서 거의 마비되어 있다. 이 리조트는 그냥 거대한 부패와 악취, 그 자체라고 보면 된다.

"찝찝해. 젠장……."

진우는 미간을 찌푸리면서 카운터를 향해 걸어갔다. 커다란 전지에 프린트해 놓은 약식 관광 지도 그림이 벽면의 절반 정도를 차지하고 있다.

카약, 제트스키, 모터보트, 바나나 보트, 등산, 수영… 그림 속의 만화체 인간들은 모두 즐겁고 행복하다.

"이게 그렇게 재미있다, 이거지? 좋아, 나도 이제 금방 탈 거니까."

제트스키를 탄 캐릭터를 보고 혼잣말을 중얼거린 진우가 접이식 관광 지도를 빼 들려다가 움찔한다. 대리석 카운터 뒤쪽에 피투성이가 된 여직원의 시체가 누워 있다.

좀비가 아니라는 것은 금방 알아차렸지만, 그래도 보기 좋은 광경은 아니다. 특히 저 안구 주변에 들끓는 구더기들은 도무지 적응이 안 된다.

터엉—

몇 층인지 특정하기 어려운 위층에서 문을 두들기는 소리가 난다. 특유의 포효도 희미하게 들린다. 이쯤 되면 확신을 가져도 될 것 같다. 진우는 미간을 찌푸리며 천천히 뒷걸음질을 쳐서 로비를 빠져나왔다.

"여기서 나가자, 삼식아. 코가 썩는다."

진우는 지도를 주머니에 넣고 카트 손잡이를 잡았다. 분명 이 건물들 중 어딘가에 좀비들이 돌아다니고 있다. 하지만 그가 그 놈들을 모두 잡아 죽여야 하는 건 아니다. 그러니 불필요하게 위험과 마주해 가며 실탄을 소모할 필요가 없다.

드르르륵—

카트 바퀴가 시멘트 바닥을 지나며 요란한 소리를 낸다. 진우는 썩은 물이 고인 수영장을 지나 한때는 근사했을 풀 바와 매표소를 빠져나왔다.

그제야 좀 숨쉬기가 편해진다. 진우는 걸음을 서둘렀다.

"푸아이아~"

강변에 나 있는 도로를 따라 100여 미터 이상을 멀어진 뒤에야 진우는 머플러를 끌어내리고 한숨을 내쉬었다. 삼식이도 연달아 몸을 턴다.

"그래도 괜한 고생만 한 건 아니야. 이거 봐, 여기가 우리가 있는 데라고. 이렇게 자세한 건 보통 지도에는 안 나와."

진우는 조금 전 가지고 나온 관광 지도를 펼쳐 들고 삼식이에게 보여줬다. 그래봐야 삼식이는 지도 따위 관심이 없다. 녀석은 심리적 안정을 찾고 싶었는지, 진우의 엉덩이 쪽으로만 자꾸 파고든다.

삼식이가 마음껏 냄새를 맡도록 놔둔 채 진우는 지도를 살펴봤다. 강을 중심으로 그려진 지도에는 그가 조금 전 지나온 리조트와 몇 개의 레저 시설, 그리고 음식점 등이 표시되어 있었다.

다들 그리 멀지 않은 위치에 모여 있다는 것은 확인했다. 다만, 축척이 없는 지도여서 정확한 거리까지는 짐작하기 어려웠다.

"이쪽으로 가면 되나 봐. 강 따라 걸어가기만 하면 되니까 최소한 길을 잃을 염려는 없네."

어제부터 지속적으로 그를 유혹해 오던 양평 레저가 그리 멀지 않다. 거기까지만 가면······.

진우는 제트스키에 올라타서 잠실까지 빠르게 물 위를 질주하는 자신의 모습을 상상하며 히죽 웃었다.

시원하게 물보라가 일고, 두 팔에 강한 진동이 느껴지겠지. 그리고 얼굴에는 바람이 쉴 새 없이 불어올 테고······. 음, 고글이 있어야겠는걸? 아닌가? 선글라스 정도만 있어도 되려나?

진우는 미리부터 준비물을 생각했다.

기분이 좋아진 진우는 힘차게 카트를 밀고 달리다가 그 위에 올라탔다. 힘찬 엔진 소리가 귓가에 들리는 듯했다.

부아아이앙—

한참을 걸어 작은 보 하나를 지나자 드디어 그곳에 양평 레저가 있었다. 그리 넓게 느껴지지 않던 한강의 폭이 갑자기 300미터 이상으로 대폭 확장되기 시작한 지점이다.

멀리 건물들이 보이자마자 진우는 일단 조준경으로 정찰부터 시작했다. 역시나 꼬물거리는 놈들이 있다.

"흐음, 꽤 모여 있네. 여섯, 일곱… 에, 열 마리인가? 아, 저기도 있구나."

진우는 조준경을 통해 150여 미터 전방에 위치한 선착장을 보면서 배회하는 좀비들의 수를 헤아렸다.

모두 열두 마리. 그리 크지 않은 레저 센터의 규모나 위치를 볼 때에는 많은 편이라고 할 수 있다. 뭐한다고 이렇게 외진 곳에 놈들이 모여들어 있는 건지 의아했다.

선착장은 나무로 된 2층 덱과 기둥이 튀어나와 있고, 그 바로 옆에 평상들이 펼쳐진 구조로, 꽤 단출했다.

태풍 때문에 천막지붕이 꽤나 손상된 덱 주변에는 로프로 연결된 몇 가지 레저 용품들이 물에 둥둥 떠 있다. 저 연결 고리가 단단히 묶여 있는 덕분에 태풍이나 많은 비에도 떠내려가지 않은 모양이다.

진우가 여기까지 오는 내내 노래를 불렀던 제트스키도 세 대나 보인다.

땡큐!

"어쨌든 저놈들부터 잡고 가야지?"

진우는 방아쇠에 손가락을 걸었다. 아무 때고 갑자기 뛰어다니는 좀비들이니까 시야가 확보될 때 후딱 잡아버리는 게 편하고 안전하다.

괜히 시간을 끌다가 몇 놈이라도 어두컴컴한 건물 내부로 쑥 들어가 버리면, 또 그걸 쫓느라 등골에서 식은땀을 흘려야 한다.

"선착장에 셋, 평상 있는 데 넷, 건물 앞에 셋, 정원에 하나, 그물침대 옆에 하나⋯⋯."

좀비들의 위치를 다시 한 번 훑은 진우는 방아쇠를 당기며 총구를 역방향으로 빠르게 돌렸다.

탕— 탕탕— 탕, 탕, 탕탕— 탕— 탕탕— 탕, 타앙—

거의 쉴 새 없이 발사된 열두 발의 총알이 열두 마리 좀비의 머리를 꿰뚫었다. 단 한 발도 빗나가지 않았다. 이 정도 거리라면 당연한 일이다.

마지막 총성이 긴 메아리와 함께 돌아올 때, 진우는 이미 총구를 내리며 카트의 손잡이를 잡고 있었다.

"가자, 삼식아. 물놀이할 시간이야. 물놀이 좋아해?"

진우가 뒤를 돌아보며 묻자, 삼식이는 얼— 짧은 대답과 함께 일어나 뭉뚝한 꼬리를 흔든다.

"좋아, 그럼 시합이다! 누가 먼저 가나!"

말을 끝마치기 전에 진우는 카트를 밀고 뛰기 시작했다.

드르르르륵— 드르르륵—

강가의 도로 위에 카트 바퀴 소리와 진우의 발소리가 요란하게 울려 댄다. 삼식이도 신이 나서 모처럼 마음껏 내달렸다.

삼식이는 금방 진우를 앞질러 가서 선착장을 찍고, 다시 진우에게 돌아왔다가 또 앞서 뛴다.

"그래, 알았어. 무지하게 빠르네. 하아~ 하아~ 네가 이겼다."

양평 레저 입구에 도착한 진우는 숨을 몰아쉬며 항복 선언을 했다. 그런 후, 별로 내키지는 않지만 선착장과 평상 위에 쓰러져 있는 좀비 시체들부터 뒤쪽의 주차장 쪽으로 끌어 옮겼다.

앞으로 여기에서 능숙해질 때까지 제트스키 타는 연습을 하게 될 텐데, 번번이 좀비 시체를 피해 다니고 싶지는 않다.

삼식이가 늠름하게 카트를 지키는 동안 낑낑거리며 일곱 구의 좀비 시체를 모두 끌어내고 돌아온 진우는 덱의 끝에 서서 제트스키들을 내려다봤다.

"뭐지? 이거랑 이거는 다르네? 메이커 차이인가?"

두 종류가 있다. 하나는 매우 폭이 좁은데, 나머지 두 개는 발판도 옆으로 나 있고 제법 널찍하다. 모두 다 꽁무니 쪽 체결 고리에 묶어둔 로프로 선착장 덱과 연결되어 있었다.

진우는 나무 계단을 밟고 내려가 제트스키에 좀 더 가까이 다가갔다.

"아… 얘는 의자가 없네. 서서 타는 건가 보다. 그치, 삼식아?"

잠시 물끄러미 바라보고 있자니 차이점들이 눈에 들어온다.

폭이 좁은 놈은 1인용이다. 핸들이 바닥에 딱 달라붙어 있는 꼬라지만 봐도 뭔가 타기가 지랄 맞을 것 같은 느낌이 들었다. 저건 온몸을 물에 흠뻑 적셔가며 타야 하는 건가 보다.

그런 건 사양이다. 총도 탄창도 다 젖으면 어떻게 하라고…… 그리고 무엇보다도 이 좁은 녀석의 크기로는 어떻게 묘기를 부린대도 삼식이를 함께 태울 수가 없다.

"그럼 이거는……."

진우는 좌석과 발판이 있는 두 대 쪽으로 시선을 돌렸다. 확실히 이놈들이 더 덩치가 크다. 어쩌면 그만큼 느리고 민첩성이 떨어질지도 모르지만… 그런 게 무슨 상관인가, 경주에 나가려는 것도 아닌데.

그건 괜찮은데 둘 중에 한 대는 뭐에 맞아서 그런지, 손잡이가 박살 나 있다. 저건 못 쓴다.

"웃차!"

진우는 수면 바로 근처까지 내려가서 멀쩡한 제트스키에 연결된 로프를 잡아당겼다. 시험 삼아 한 번 타볼까 싶어서였다.

일단 시동이라도 성공적으로 걸어보고 나면 마음이 한결 더 편안할 것 같다. 시동을 어떻게 거는 건지는 아직 모르겠지만.

퉁—

충격을 완화시키기 위해 붙여둔 폐타이어에 부딪친 제트스키는 물살의 흐름에 따라 천천히 방향을 돌린다. 진우는 로프를 더 바짝 당겨서 선착장과 제트스키가 나란히 서도록 만들었다.

"아, 아니다. 혹시라도 넘어져서 물에 빠지거나 하면 안 되지……."

등산화를 물에 적시지 않고 제트스키에 올라타기 위해 다리를 쫙 벌린 채 묘기를 부리던 진우가 문제점을 깨닫고 다시 계단 위로 올라섰다.

생명 같은 총을 가슴팍에 멘 채로 물장난을 하려 들었다니… 이건 용납하기 어려운 만용이다. 그리고 지금 그의 복장과 장비로는 일단 물에 빠지면 무조건 고생을 하게 되어 있다.

소총에, 권총에, 예비 탄창, 방탄조끼, 대검과 하이바, 신발까지… 전부 다 무거운 것투성이다. 수영도 그리 잘하지 못하는데 꼬르륵 잠기는 상상만 해도 숨이 차오른다.

"그럼 이걸 벗어놓고 해야 되나……."

K-2의 총 멜빵을 벗어서 덱의 기둥에 걸려던 진우가 멈칫한다.

총을 몸에서 떼어놓는다고? 그것도 바로 손에 닿을 위치가 아니라 나는 제트스키에 올라 있고, 총은 여기에 걸어둔다고? 그래도 될까? 만약에 그럴 때 갑자기 좀비들이 뛰어오면 어떻게 하겠단 거지? 좀비 문제에 있어서는 삼식이도 아무런 도움을 줄 수 없는데…….

"에… 그거 곤란한데……."

멍하니 생각에 잠겨 있던 진우는 다시 총을 메고 덱 위로 올라왔다. 여기까지 걸어오는 동안에는 생각지도 못했던 문제가 발목을 잡는다.

어쨌든 총을 몸에서 떼놓는 건 별로다. 불가피하게 그렇게 해야 한다고 해도 안전에 확신이 든 이후로 미루고 싶다.

이 선착장은 조금 전까지만 해도 열 마리 이상의 좀비들이 돌아다니던 곳이다. 언제 또 다른 놈들이 불쑥 나타난다고 해도 이상하지 않다. 주변 상황이 어떤지, 저 뒤에 서 있는 건물들에는 뭐가 있는지조차 아직 살펴보지 않았다.

"진정해. 급하게 생각하지 말고."

진우는 한시라도 빨리 잠실까지 닿고 싶은 스스로를 달래며 선착장 위로 올라왔다. 여기까지 왔으니 이제 서울 입성은 그리 머지않았다. 괜히 초조해져서 어처구니없는 실수만 저지르지 않으면 된다.

얼─

물가에 서서 기쁜 얼굴로 기다리고 있던 삼식이가 되돌아 나오는 진우를 향해 짖는다. '어이, 친구! 물놀이하자며? 한 번 시원하게 적시지?' 라는 것 같다. 진우는 고개를 저었다.

"아니, 그게… 순서가 좀 바뀐 것 같아서……. 저기 펜션 건물들 보이지? 저거 먼저 싹 점검해 봐야 돼. 혹시 좀비들 숨어 있으면 그것도 잡고… 그리고 저 밖으로 나가면 거기 상황은 어떤지도 좀 알아둬야 하거든. 그러니까 물놀이는 좀 나중에… 너는 놀고 싶으면 좀 들어가서 놀아도 돼."

진우는 삼식이의 머리를 한 번 쓸어주고 펜션 쪽으로 걸어갔다. 2층짜리 건물이 여러 개 늘어서 있는 형태. 앞마당에는 바비큐를 위한 그릴과 넓은 나무 탁자가 비치되어 있다.

진우는 한 발 뒤로 따라온 삼식이와 함께 수십 개의 방을 차

근차근 뒤졌다. 좀비는 나오지 않았지만, 방문을 일일이 열고 좁은 데로 들어가는 게 은근히 고역이다.

"여기는 직원들 숙소였나 보네."

물가에서 가장 멀리 떨어진 펜션에는 살림의 흔적과 함께 먹을 게 좀 남아 있었다. 수색을 마친 진우는 창가에 걸려 있는 셔츠를 잠시 바라보다가 방을 나섰다.

위험 요소도 없지만, 반가운 소식도 나오지 않았다. 하긴… 좀비들이 그렇게 많이 돌아다니고 있었는데, 바로 몇 십 미터 떨어진 데서 생존자가 아직까지 숨어 지낸다는 건 말이 안 되는 소리다.

"어휴~ 더러워. 이건 뭐야… 누가 재떨이에 물을 이렇게 채워놨어? 가뜩이나 냄새가 나는데……."

시꺼먼 물이 채워진 양철통에 잔뜩 떠 있는 담배꽁초들을 보며 인상을 찌푸리던 진우는 이내 그 물이 빗물 때문에 채워진 것임을 깨달았다. 원래는 그냥 담뱃재와 꽁초만 가득한 재떨이였을 것이다.

"그럼 이제 이 위쪽에 뭐가 있나 좀 보자."

진우는 주차장 진입로를 지나 오르막길을 올랐다. 몇 분 걷지 않아 4차선 도로와 만났다. 도로를 사이에 두고 양쪽으로 식당들이 드문드문 서 있다.

응?

길의 모양새가 어딘가 낯익어서 진우는 잠시 멍해졌다. 조금 걸어가다 보니 표지판이 등장해서 확실하게 일러준다.

이 길… 어제까지 그가 걷던 6번 국도다.

"아, 그런가……. 6번 국도가 이쯤에서 한강 쪽으로 내려오는 거구나."

결과적으로는 좀비들의 행렬을 우회해서 다시 국도 부근으로 돌아온 셈이 되었다. 뜨겁게 달궈져서 아지랑이가 피어오르는 도로를 보며 진우는 고개를 끄덕였다.

그렇다면 전에 자신이 보았던, 그 빙글빙글 도는 좀비들의 행렬이 이 부근으로도 지날 수 있다는 뜻이다.

"그래도 여기까지 안 왔으면 좋겠는데… 사실 여기에 뭐 볼 게 있다고……."

걱정스러운 표정으로 생각에 잠겨 있던 진우는 직원 숙소로 내려가서 청테이프를 가지고 다시 국도로 돌아왔다. 그러고는 테이프를 잘라내서 접착 면이 바깥쪽으로 오는 고리를 만들었다.

진우는 그런 식으로 만든 고리 모양의 양면테이프 여러 개를 도로를 가로질러 촘촘히 붙여뒀다. 만약 나중에 돌아왔을 때 이 테이프 라인이 엉망으로 훼손되어 있다면, 그건 좀비들이 지나 갔다는 이야기가 된다.

쿵쿵쿵—

진우가 길 건너 식당에 들어갔다 오는 동안 삼식이는 테이프 고리에 관심을 보이며 한쪽 발로 톡톡, 건드리고 있었다.

"아냐, 아냐. 삼식아, 이런 거 말고 이 소리를 기억해."

진우는 녀석의 발에 달라붙은 테이프를 떼어주고 작은 종을 흔들었다.

딸그랑— 딸그랑—

종은 그리 맑지 않은 소리를 내며 울린다. 지금 막 식당 문 안쪽에서 떼어 온 것인데, 사람의 귀로 야외에서 들으면 조금만 멀리 떨어져 있더라도 놓치기 쉬울 만큼 작고 특징 없는 소리다.

하지만 삼식이는 개니까 다르다. 좀비 냄새는 못 맡아도 놈들 때문에 나는 소음은 감지할 수 있을 거다. 녀석은 귀를 움찔움찔하면서 진우가 흔드는 종소리에 귀를 기울이고 있다.

"기억했어, 이거?"

진우는 다시 한 번 종을 흔들었다. 딸그랑 소리를 들으며 삼식이는 얼— 하고 짧게 짖었다. 확실히 영리한 녀석이다. 진우는 녀석의 머리를 쓸어 칭찬을 해주며 말했다.

"진입로에 이걸 걸어놓을 거야. 이 소리가 들리면 나한테 알려줘. 알았지? 어떻게 한다고?"

진우는 시험 삼아 다시 종을 세게 흔들었다. 딸랑거리는 소리가 나는 것과 동시에 삼식이가 얼— 얼— 짖는다.

젠장! 이 새끼, 왜 이리 예쁜 거지?

진우는 삼식이의 등과 얼굴을 열정적으로 끌어안고 쓸었다.

청테이프를 쭉 뜯어낸 진우는 진입로 양쪽의 나무에 걸쳐 허벅지 높이의 라인을 치고, 그 중앙에 종의 고리를 붙였다.

종 자체도, 연결 고리도 꽤나 묵직해서 웬만한 바람 정도로는 울려 댈 일이 없다. 이걸로 최소한의 알람은 마련됐다.

"좋아, 이제 좀 일을 해보자."

뒤쪽을 든든히 해둔 진우는 만족한 표정을 지으며 다시 선착장으로 돌아왔다. 수색을 하면서 총 문제를 어떻게 해결해야 할는지에 대해서도 아이디어를 얻었다.

진우는 일단 직원 숙소 옆에 기대 세워져 있던 고무보트를 머리에 이고 선착장으로 걸어갔다. 대여섯 명은 족히 탈 만큼 큰 레프팅용 보트여서 무게도 꽤 된다.

그가 낑낑거리며 안간힘을 쓰자 보다 못한 삼식이가 도와주려고 보트 옆면에 끼워진 로프를 문다.

"어… 어… 아니, 아니야. 삼식아, 안 도와줘도 되니까 물지 마. 네 이빨에 걸리면 이거 터질 것 같아."

깜짝 놀란 진우는 기겁을 하고 삼식이를 만류했다. 보트의 재질도 제법 튼튼해 보이기는 하지만, 삼식이의 턱 힘이 그보다 훨씬 더 셀 게 분명하다. 밧줄을 놓은 삼식이는 아쉬운 듯 입맛을 다셨다.

"영차!"

선착장 덱에 고무보트를 내려놓은 진우는 줄을 잡은 채 보트를 밀어 수면으로 미끄러뜨렸다.

첨벙, 보트는 물을 좀 튕긴 뒤, 가볍게 둥둥 떠서 물길을 따라 서울 방향으로 움직인다. 진우는 보트에 연결된 줄을 제트스키의 후면 고리에 걸어 더 떠내려가지 못하도록 고정시켰다.

이제 선착장, 제트스키, 고무보트의 순서로 도로 쪽에서 멀어진다. 만약 도로로부터 좀비들이 몰려오는 비상사태가 벌어진다면, 고무보트 위로 옮겨 타고 거기에서 응사할 계획이다.

로프들이 모두 단단히 체결되어 있다는 걸 확인한 진우는 다시 직원 숙소에서 수영복과 쓰레기봉투 묶음을 가져왔다. 주둥이 부분에 조이는 끈이 달린 100리터짜리 업소용 비닐 봉투다.

"이제 진짜 물에 들어가는 거다."

진우는 총과 장비, 옷을 벗어 두 개로 나눈 대형 비닐봉지에 차곡차곡 담았다. 수영복으로 갈아입은 진우는 K−2와 예비 탄창을 넣은 비닐 봉투의 입구 끈을 조이고, 비닐 자체로 매듭을 만들어 한 번 더 묶었다. 개인화기용 임시 방수 팩이다.

"너도 입을래, 삼식아? 안전을 위해서?"

진우가 선착장 한쪽에서 구명조끼를 꺼내 내밀자 삼식이는 헥헥거리며 잠시 웃는 것 같더니, 풍덩! 물속으로 다이빙을 했다.

촤악— 촤악—

녀석은 아주 자연스럽게 개헤엄을 치며 진우를 힐끔거린다. 녀석이 빠져 죽을까 봐 걱정하지는 않아도 될 듯하다.

"그래, 놀고 있어. 나도 금방 갈게."

삼식이에게 손을 흔들어준 진우는 구명조끼의 상부 고리에 대검집과 권총집을 연결하고, 개인화기 방수 팩의 줄을 대각선으로 비껴 멨다. 이제 물에 들어갈 시간이다.

찰방—

계단을 내려가 맨발을 물속에 담그자 맑은 물소리와 함께 특유의 청량감이 발목까지 서늘하게 만든다. 삼식이 녀석과 만났던 날, 웅덩이에서의 목욕 이후 처음 느껴보는 쾌감에 진우의 입가에도 미소가 지어진다.

"어디……."

진우는 제트스키의 손잡이를 잡으며 좌석 위에 걸터앉았다. 체중의 이동에 따라 조금씩 기우뚱거리기는 하지만, 제트스키는 꽤나 안정적으로 떠 있다. 그는 별 어려움 없이 처음으로 제트스키를 타는 데 성공했다.

"하… 하하… 별거 아니네! 이렇게 한 방에 성공했다!"

정말로 별것도 아닌 성공이지만, 진우는 충분히 기뻤다. 삼식이도 주변을 빙글빙글 돌며 함께 기뻐해 준다.

삼척 남단의 발전소에서 탈출할 때만 해도 자신이 양평의 남한강에 떠 있는 제트스키 좌석에 오를 수 있을 줄은 몰랐다.

하하… 하…….

들떠서 손잡이를 좌우로 움직이는 시늉도 해보고, 오른쪽의 손잡이에 달린 액셀러레이터를 돌려도 보던 진우는 다시 현실로 돌아왔다.

…근데, 이게 대체 어떻게 해야 시동이 걸리는 거지?

막연하다. 한 가지 바라는 바라면 너무 복잡하지 않았으면 좋겠다는 정도……. 진우는 매끈한 제트스키의 바디와 손잡이 주변을 두리번거리고 더듬거리다가 혼잣말을 중얼거렸다.

"이건 키가 없나?"

아무리 찾아봐도 열쇠 꽂는 구멍 같은 게 보이질 않는다. 왼쪽 손잡이 쪽에 초록색 스타트 버튼과 빨강색 스톱 버튼뿐이다.

경험이 없어도 그 두 개가 뭘 의미하는지는 알 것 같다.

초록색을 누르면 시동이 걸리는 거겠지…….

진우는 안 될 거라고 예상하면서도 초록색 버튼을 꽉 쥐어봤다.

"혹시 이거? 여긴가?"

몇 번을 세게 눌러봐도 별 반응이 없자 진우는 새로운 방식을 모색해 봤다. 왼쪽 손잡이 스톱 버튼에 연결된 팔목 고리를 잡고 키를 돌리는 것처럼 비틀어봤다.

이것도 아니다. 시동이 걸리기는커녕 힘을 주어 당기자 쑥 빠진다. 열쇠다운 개성적인 홈이 없다.

"이건 아니야… 이렇게 생겼으면 키 기능을 못한다고."

진우는 연결 고리를 다시 스톱 버튼에 끼워 넣느라 애를 먹었다. 버튼 자체를 당겨서 그 사이에 고리를 채워야 한다는 간단한 요령조차 전혀 모르는 사람에게는 대단한 난관이 된다.

"우와… 이거, 하나도 모르겠는데."

진우는 흘러내리는 식은땀을 닦았다. 뜻대로 안 돼서 좀 열을 냈더니, 수영복과 구명조끼만 입고 있는데도 확확 찐다. 어느새 뒤쪽으로 올라온 삼식이가 진우의 허벅지에 얼굴을 기대며 헥헥거리고 있다.

"삼식아, 나 되게 열 받는 중이야. 이거 이상해."

투덜대며 좌석과 손잡이가 연결된 부분을 쓸던 진우는 결국 당기는 손잡이를 찾아냈다. 그걸 여니 그 안에 주황색 플라스틱으로 덮인 키가 나타났다. 그리고 열쇠 구멍도 함께…….

"큭큭큭, 바로 코앞에 두고서 한참 고생했네……."

진우는 기분 좋게 웃으며 키를 꽂았다.

띵띵─

가벼운 신호음이 들린다.

그린 라이트구나!

뚜껑을 덮은 진우는 야심차게 스타트 버튼을 눌렀다.

키리리리릭─

오오!

엔진이 돌아가는 소리가 들린다. 진우는 기대와 긴장 속에서 손잡이를 꽉 잡았다. 그런데……

푸슈슈슈슉─

기운 없이 돌던 엔진이 다시 꺼진다.

아으, 젠장!

진우는 혀를 찼다.

그냥 좀 술술 풀려도 되잖아!

열쇠를 어디다 꽂는지 그걸 찾는 데만도 이렇게 오래 걸렸는데, 이젠 난생처음 보는 제트스키를 고쳐서 타란다. 그것도 물 위에 떠 있는 놈을……

그 후로 한참 동안 진우는 제트스키를 샅샅이 뒤져서 꽤 많은 걸 찾아냈다. 앞쪽에 자동차 트렁크 같은 물품 보관 장소가 있고, 이중으로 된 그 아래쪽 구석에 배터리가 고정되어 있다는 것도 알았다. 좌석을 들어내면 그 밑에는 엔진이 있고……

그럼 뭘 하냐고, 젠장! 그중에 어떤 게 망가졌는지를 모르는 데!

후우우~ 진우는 성질을 가라앉히기 위해 몇 번이나 크게 숨을 내쉬어야 했다.

마냥 안전하다는 게 확인되기만 해도 그 역시 이렇게 초조해하지 않을 것이다.

하지만 불과 몇 분 거리에 있는 저 6번 국도 위로 언제 수백의 좀비들이 지나갈지 모르는 이 상황에서 계속 시간을 보내야 한다는 게 그를 불안하게 만든다.

손아귀에 쥐었다고 생각한 자유가 아주 견고하고 복잡한 껍질을 덮어쓰고 있어서 온전히 자신의 것이 아니라는 게 화가 났다.

끄으응―

삼식이가 다가와 진우의 팔을 핥는다. 그가 하도 씩씩대고 있으니 불안해졌나 보다.

"아, 괜찮아. 너한테 화난 게 아니야. 그런 표정 하지 마."

삼식이의 눈을 보고 조금 평정심을 찾은 진우는 자신의 이마를 두드렸다.

"좀 진정해라… 너, 더 험하고 힘든 길도 계속 헤쳐 왔잖아. 다 와서 왜 이렇게 흥분해?"

그래그래… 진우는 긍정적인 생각을 하기 위해 의식적으로 고개를 주억거렸다. 불과 몇 킬로미터. 여차하면 그냥 내달려서 가도 된다.

지금 이렇게 신경을 쓰고 시간을 보내는 건 좀 더 편안하고 안전하게 갈 수 있는 최선의 방법을 찾는 작업이다.

"후우~ 좋아. 일단 배터리부터 갈아보자. 사실 그게 제일 수상해. 조금 전에도 시동이 걸리기는 했었어. 엔진이 완전히 돌아가지 않았던 것뿐이지. 배터리 갈아 끼우는 것 정도야, 뭐… 자동차랑 비슷하겠지."

진우는 혼잣말을 하면서 제트스키의 조종간을 가볍게 두드렸다. 여기에서는 이게 아주 소중한 장사 수단이었을 테니까, 분명히 교체용 배터리와 연료 따위도 구비해 놓았을 것이다. 그리고 당연히 연장도 갖춰져 있을 테고.

"근데 이거 바꾸는 데 뭐가 필요한 거지? 드라이버인가?"

진우는 앞면의 물품 보관 트레이를 들어내고, 안쪽을 들여다보기 위해 조종간 위로 몸을 기울였다. 그래도 별로 여의치가 않다.

진우는 로프를 당겨 근처에서 떠다니고 있는 고무보트를 앞쪽으로 옮겨왔다.

"웃차!"

로프를 바짝 당겨 쥐고 제트스키에 고정시킨 진우는 고무보트 쪽으로 옮겨갔다. 이제야 좀 보기가 편하다.

"이걸 젖히고 이거를 푸는 건가? 헷갈리려나? 뭐, 바로 옆에 똑같은 모델이 있으니까 정 기억이 안 나면 그걸 풀어보면 되겠지."

한동안 제트스키의 앞쪽에 고개를 박고 있던 진우는 뭔가 이상해서 고개를 돌렸다. 어디서 자꾸 첨벙거리며 물보라 일으키는 소리가 난다.

"으아앗! 뭐, 뭐야!"

진우는 소스라치게 놀라며 뒤로 물러났다. 좀비가! 좀비가 물속에서 개헤엄을 치며 다가오고 있다. 대체 언제부터 접근하고 있던 건지, 거리도 엄청 가깝다.

"이익!"

진우는 본능처럼 K—2를 잡기 위해 가슴팍으로 손을 가져갔다. 그러고는 0.1초 만에 깨달았다. 자신의 개인화기는 두 겹으로 입구를 봉해놓은 비닐봉지 안에 꽁꽁 싸두었다는 걸. 구명조끼를 더듬거리던 진우의 손에 권총이 걸렸다.

그라아아아—

좀비는 고무보트에 한 손을 턱, 걸치면서 포효했다. 놈이 몸을 끌어 올리기 위해 체중을 싣자 보트가 흔들린다.

하필 지금은 맨발이라서 발로 차버린다는 것도 너무 위험하다. 진우는 중심을 잡으면서 서둘러 권총을 꺼내 녀석의 머리를 겨눴다.

타앙— 타앙—

첫 방에 좀비의 미간이 뚫린 것을 보았지만, 진우는 다시 방아쇠를 당겨 한 발을 더 쐈다. 두 방째 탄환은 놈의 뒤통수를 뚫고 나갔다. 보트에 매달렸던 좀비는 맥없이 고개를 늘어뜨리며 보트로부터 떨어져 나갔다.

"하아~ 젠장! 하아~"

물살에 밀려 선착장 쪽으로 흘러가는 좀비의 시체를 노려보며 진우는 놀란 가슴을 쓸어내렸다. 이렇게 가까이 올 때까지… 전혀 몰랐다.

제트스키에 정신이 팔려 있었기도 하지만, 아예 강 쪽으로는 신경도 쓰지 않고 있었기 때문이다. 설마 한강물을 타고 좀비가 떠내려올 줄이야…….

"하긴… 삼척 원전이 무너지던 날에도 바다에서 왔었는데……."

혹시 떠다니는 좀비가 더 있나 싶어서 진우는 권총을 꽉 쥔 채 주변을 돌아봤다. 폭이 300미터에 이르는 넓고 깊은 강. 이렇게 큰 강이니 뭐가 나온대도 이상할 게 없긴 하다.

하지만 좀비들은 좀… 물속에서 갑자기 뛰쳐나와 발목을 잡고 끌어내리는 좀비라는 건 정말 오싹하다.

"이제 물 쪽에도 신경을 써야겠네……. 이것도 고치고, 물에도 신경 쓰고, 도로 쪽에도 신경 쓰고… 젠장, 해야 할 거 되게 많네."

햇빛이 반사돼서 반짝거리는 수면을 바라보며 진우는 이마의 땀을 훔쳤다. 그러다 갑자기 자신이 앉아 있는 보트에 대해 다시 생각해 보게 되었다.

"아니지… 생각해 보니까 힘들게 제트스키 같은 걸 고치려고 땀 뺄 필요가 뭐가 있어. 여기에 이렇게 훌륭한 보트가 있는데……. 그래, 그냥 노를 저어서 가면 되잖아! 어차피 물길 방향 따라 가면 되는 거 아냐? 별로 멀지도 않은데!"

말을 하다 보니 정말 그럴듯한 발견처럼 여겨졌다. 애초에 6인용 보트. 자신과 삼식이, 그리고 탄창이 든 배낭과 가방, 음식 따위를 모두 싣는다고 해도 충분히 버텨낼 수 있다.

그리고 다행히도 강물은 잠실이 있는 서쪽으로 흐른다. 그러니 그 자신은 그저 가끔 노를 저어서 방향을 조정해 주기만 하면 될 것 같았다. 이렇게 쉬운 방법이 있었는데 그걸 생각 못하고 있었다니!

말이 나온 김에 진우는 얼른 선착장 위로 올라와 직원 숙소를 향해 맨발로 뛰었다. 그리고는 보트와 나란히 세워져 있던 노를 집었다. 노는 길이가 짧고 한쪽 끝으로만 물을 저을 수 있는 모양이다.

"이렇게 하는 건가……. 삽질 하는 거랑 정반대라고 생각하면 되려나?"

진우는 손잡이와 대를 잡고 팔을 돌려보며 중얼거렸다. 아직 해본 적 없는 일이라는 점에서는 제트스키나 이거나 별다를 바 없지만, 그래도 이건 몸을 부지런히 움직이기만 하면 되는 거니까 훨씬 가능성이 높아 보인다.

"좋아, 이걸로 한강 주파다! 여기에서 미적거리고 있을 이유가 없어!"

기세 좋게 외친 진우는 노를 쥐고 보트로 돌아왔다. 제트스키에 바투 묶어놨던 로프를 풀고 있을 때, 삼식이가 훌쩍 뛰어 보트 위로 옮겨 탄다.

"그래, 잘했어! 어차피 같이 가야 하니까 연습 때부터 참여해야지! 일단 지금은 한 100미터 정도만 가보자! 삼식아, 떨어지지 않게 꽉 잡아! 나 엄청 빨리 저을 거다!"

삼식이에게 윙크를 해주고 나서 진우는 힘차게 노를 저었다.

첨벙! 첨벙!

요란한 소리와 함께 물이 높이 튄다.

그러나… 상상했던 것과 달리 보트는 힘차게 나아가지 않는다. 물가로 밀리는 물살보다도 추진력이 약해 점점 선착장 쪽으로 밀려갈 뿐이다.

하아암― 삼식이가 크게 하품을 하며 멀리 떨어진 교량들을 돌아본다.

"이게… 왜 이러지? 이렇게 젓는 게 아닌가?"

당황한 진우는 자세도 바꿔보고, 노를 넣는 방향도 좌우로 조정해 가며 열심히 몸을 움직였다. 자신의 힘이 약하다고는 생각하지 않는데, 노 젓기는 만만치가 않다.

일단 무엇보다도 보트의 크기에 비해 노를 젓는 인원이 너무 부족하다. 보트 바닥이 평평한 점도 스피드를 죽이는 것 같고…….

몇 번이나 물가 쪽으로 밀려나는 바람에 노로 물을 젓는 횟수나, 땅을 밀어내는 횟수나 크게 차이가 없어져 버렸다. 방향 없이 부유하는 보트 위에서 진우는 허탈하게 중얼거렸다.

"…사공이라는 직업이 괜히 있는 게 아니었구나."

한참 땀을 흘리고 나서 뒤를 돌아보니, 이제 겨우 물가에 달라붙은 채 20여 미터나 왔을까. 그렇게 팔이 빠져라 노를 휘저었는데, 그 보람도 없이… 게다가 아직 짐은 하나도 싣지 않은 상태인데…….

진우는 자기 혼자만의 힘으로 노를 저어 잠실까지 보트를 타고 간다는 게 얼마나 허황된 계획인지 절감했다. 죽을 만큼 힘이 들 것도 문제지만, 그보다 안전이 너무 취약하다.

이렇게 느릿느릿 움직이다가 물에 떠내려오는 좀비 떼라도 만나거나, 도로를 걷던 좀비들이 물로 뛰어들어서 보트에 구멍이라도 난다면 그때는…….

"제트스키를 고쳐야겠네."

다시 선착장으로 돌아온 진우는 로프를 묶어 보트를 고정시키며 힘없이 중얼거렸다.

2

"참, 산책로 상황은 어땠어? 거기 이제 차로 지나갈 만해?"

늦은 점심 식사가 끝나갈 때쯤, 삼식이가 물었다. 보안관이 고개를 갸웃거렸다.

"음… 어떨지 모르겠네. 아직 물은 고여 있기는 한데, 그래도 전에 비하면 많이 빠진 거라서 한 번 시도해 볼 만은 해 보였어. 아슬아슬하게 지나갈 수 있든지, 아니면 물에 잠기든지. 반반?"

"거길 왜 지나가야 되는데? 어딜 가려고?"

신입이 의심 가득한 눈초리로 묻는다. 보안관은 잠시 머뭇거리다가 솔직히 일러주기로 했다. 어차피 모두의 앞에서 한 번은 말해야 하는 일이다.

"…잠실."

"뭐어? 잠실엔 왜?"

신입이 물어본 거지만, 태권소녀와 규영의 시선도 보안관을 향해 쏠린다. 보안관은 덤덤하게 대답했다.

"테라를 만나려고."

"너 미친 거 아니냐? 테라는 너 아니어도 잘살고 있다는데, 걔 얼굴 한 번 보려고 그 먼 데까지 목숨 걸고 간다고? 이렇게 편한 데를 놔두고?"

신입은 두 팔을 벌려 그들이 차지하고 있는 코스트코를 가리킨다. 보안관은 반박하지 않았다. 사실 별로 틀린 말은 아니다. 좀비 세상에서 이 정도로 안정적인 삶을 누린다는 게 얼마나 꿈 같은 이야기인가.

테이블 전체에 잠시 무거운 침묵이 흘렀다. 신입이 씩씩거리는 소리가 가장 크게 울려 대고 있다. 자기 때문에 분란이 생겨나는 것 같아 제니는 한 손으로 얼굴을 감싸 쥐었다.

테라의 생존 소식을 전했던 임수정도 속이 편치 않기는 마찬가지다. 한동안 생각에 잠겨 있던 태권소녀가 침묵을 깨며 물었다.

"만나게 되면 어떻게 하려고? 거기에서 계속 있을 거야, 아니면 데리고 나올 거야?"

글쎄?

보안관은 이마를 찌푸리며 되물었다.

"어떻게 하는 게 더 나을지는 아직 잘 모르겠네. 여기 있으면 잘 먹고 내 마음대로 살 수 있어서 좋고, 거기에 있으면 죽을 걱정 안 해서 좋을 거고, 장단점이 있으니까… 근데, 그게 중요한 건가?"

훗, 태권소녀는 쓴웃음을 지으며 고개를 절레절레 흔들었다.

"너 말이야… 무슨 결정을 하기 전에 앞뒤도 좀 따져 보고 그래라. 만날 제니 기분만 생각하지 말고. 별로 크지도 않은 뇌의 99퍼센트가 제니로 채워져 있으면 어떻게 하냐?"

"아니, 무슨 제니 기분만 생각했다고 그래? 왜? 너는 잠실 가는 거 반대야? 억지로 권하지는 않을 거니까 걱정하지 마!"

태권소녀가 자신을 질책한다고 생각하는지 보안관의 언성이 커진다. 태권소녀는 그를 잠시 노려보다가 아예 상대하지 않고 임수정 쪽으로 고개를 돌렸다.

"언니, 잠실 쉘터라는 데 어때요? 한 번 들어가고 나면 몰래 빠져나오기 힘들까요?"

"글쎄… 빠져나온다는 걸 상상도 안 해봐서… 다들 들어가기 급급한데 누가 거기에서 나오려고 하겠어. 밖에 나오면 언제 좀비에게 죽을지 모르는데. 그래도 군이 말하라고 하면… 음, 철책이 있고, 경비 보는 군인들이 있기는 하지만… 무슨 교도소처럼 도망치는 사람들 감시하는 건 아니니까."

"그럼 눈치 보다가 몰래 빠져나오기가 그렇게 어렵지는 않을 거란 말이죠?"

"그렇다고 생각해. 사실 군인들은 그런 문제에 거의 관심 가질 틈도 없을 거야."

임수정과 문답을 마친 태권소녀는 보안관을 돌아보며 다시 입을 열었다.

"봤냐? 이런 게 앞뒤 따져 보는 거다, 이 바보야."

발끈하려는 보안관의 입을 막고, 유빈이 대화에 끼어들었다.

"혜주, 너는 잠실로 갔다가 테라를 데리고 다시 나오려고 그러는 거야? 되게 의외인데? 왜 그렇게 하려는 건지 좀 듣고 싶어."

"뭐… 듣기 좋은 소리 하려고 하면 여러 가지 이유가 있겠지만, 그런 거 말고 제일 솔직하게 말하자면, 테라가 가진 그… 항체라는 걸 나도 좀 갖고 싶어서."

태권소녀는 별로 부끄러워하지도 않고 솔직하게 털어놓았다. 그러고는 곧바로 임수정에게 속삭여 물었다.

"언니, 언니는 이런 거 공부한 사람이잖아요. 테라가 면역자라면 그 애 피 수혈 받았을 때, 나도 면역이 생기는 거죠? 맞죠?"

"좀비에 대해서는 아는 게 전혀 없지만, 그 전염 방식이 일반적인 병균이나 바이러스와 같은 식이라면 항체가 있는 혈청을 주사하는 게 효과가 있을 수 있지."

뭔가 애매한 듯도 했지만, 태권소녀는 일단 자기 주장이 맞다고 이해하기로 했다. 혈청이 뭔지는 몰라도 면역자인 테라만 확보해서 데리고 나오면 그 정도 사소한 문제는 얼마든지 해결할 수 있을 거다.

"테라 피를 수혈 받을 거라는 거라고? 뭘로?"

"그거야 당연히 주사기로 뽑아서, 다시 주사기로 넣는 거지! 근처 병원 아무 데나 가도 주사기 정도는 잔뜩 널려 있을 건데, 그런 거는 걱정거리도 아니야."

보안관의 바보 같은 질문에 태권소녀는 귀찮다는 듯 대답했다. '피를 내놔라!' 라니… 너무 솔직한 그녀의 대답에 유빈과 제니는 잠시 멍해졌다. 그런 낌새를 눈치챈 태권소녀가 제니에게 물었다.

"아니, 내가 그렇게 무리한 걸 요구하는 거 아니잖아? 이쪽은 목숨 걸고 먼 길을 가는 거란 말이야. 그 정도 보상을 바라는 게 뭐가 나빠. 제니야, 대답해 봐. 네가 지금 테라 입장인데 만약에 누가 너한테 와서 '테라를 만나게 해줄 테니까 피를 좀 나눠 줘' 라고 하면 싫다고 하겠어? 나는 그 정도 안 아까울 것 같은데… 죽지 않을 정도라면 다 주겠어. 내 말이 맞지?"

"…맞아요."

기에 눌린 제니가 기어 들어가는 목소리로 대답했다. 태권소녀는 테이블 주위에 앉은 한 사람, 한 사람을 가리키며 말을 이었다.

"속물처럼 들리겠지만, 항체 안 필요한 사람 있어? 보안관! 너만 해도 어제 까딱했으면 죽을 뻔했어. 그것도 제니까지 함께 위험했었지. 나? 삼식이? 오늘 우리 둘 다 좀비 이빨이랑 요 정도 차이로 비껴갔고. 싸움으로 하면 내가 분명히 이기는데, 좀비한테는 살짝 물리기만 해도 그냥 지는 거잖아. 끝이란 말이야. 그런 거 너무 허무하고 또 억울하다고. 지금까지 이렇게 힘들게 싸우고 버텨서 기껏 살아남았는데."

아무도 태권소녀의 말에 반론을 제기하지 못했다. 아니, 사실 너무나 동감이 되는 말이었다. 좀비 이빨에 잠깐 물렸다는 이유만으로 죽어야 하는 사람도, 사랑하는 친구를 잃어야 하는 사람도 다 억울하다.

만약 테라의 피로 그런 악몽을 지울 수만 있다면, 그러면 더이상 매일 밤을 불안에 떨며 보내지 않아도 된다.

"테라 피가 필요하다는 건 나도 알겠어. 근데……."

유빈이 머뭇거리면서 물었다.

"너는 왜 꼭 걔를 데리고 도망 나오겠다고 하는 거야? 그러려면 또 한참을 고생해야지 여기까지 올 수 있는데… 그냥 거기에서 지내면서 몰래 피를 주고받는 수도 있잖아. 그러는 편이 훨씬 더 안전할 것 같은데?"

"그건 안 돼."

태권소녀는 단호하게 고개를 저었다.

"걔를 데리고 도망쳐 주는 건 인간으로서 최소한의 의리야. 너 한 번 생각해 봐. 네가 높은 사람이야. 힘이 있어. 그런데 어느 날 테라가 면역자라는 걸 알게 됐어. 그러면 어떻게 할 것 같아? '아… 쟤는 인류의 희망이구나. 쟤 건강을 아껴가며 연구를 진행해서 모두를 살리고 우리는 걔한테 항상 감사하자' 그럴 것 같아? 아니! 아닐걸? 당연히 아무한테도 안 알려주고 그냥 자기가 독차지할 거야. 그래서 애는 죽든 말든 피를 잔뜩 뽑아 가지

고 자기도 맞고, 자기 가족, 친구, 돈 많이 내는 놈들한테 나눠
주겠지."

"에이, 설마! 인간이 어떻게 그러냐? 나도 사람들 안 믿지만,
그건 좀 오버다."

신입조차 어처구니없다는 듯 손사래를 친다.

"인간이 어떻게 그러냐고? 어린애 같은 소리 하지 마! 황금
알을 낳는 거위의 배를 갈라서 죽인 것도 인간이야!"

태권소녀의 반론이 너무도 유치해서 신입은 눈을 똥그랗게
떴다.

야… 그건 동화잖아. 실제로 일어났던 일이 아니라고. 어린
애 같은 건 너잖아……

신입은 어처구니없다는 듯 웃었다.

"들키지 않으면 되잖아. 안 들키면 된다고. 그러면 높으신 분
이고 나발이고 테라가 면역이 있는지 없는지 어떻게 알아? 하여
간 답답하다니까."

"아니. 아무리 감춰도 사람 마음은 티가 나게 되어 있어. 내
가 이 레깅스만 입고 나오면 네가 아무리 안 보는 척해도 자꾸
네 시선이 향하는 걸 내가 훤히 알고 있는 것처럼. 테라도 마찬
가지야. 자기 딴에는 철저히 감추려고 하지만 숨기는 거 오래
못 가. 어떤 식으로든 알려지게 될 거라고. 그러니까 힘센 놈들
에게 들키기 전에 빨리 데려와야 돼. 그게 걔도 살고 우리도 사
는 유일한 길이야."

"그러니까 테라를 잠실에서 데리고 나오겠다면 혜주는 찬성

인 거지?"

유빈이 정리를 했다. '다리를 봤네', '안 봤네' 하는 문제로 신입과 티격거리고 있던 태권소녀가 고개를 끄덕인다.

"응, 맞아. 걔 거기에 놔두면 결국은 피 다 뽑히고 죽어. 그러면 테라도 불쌍한 거지만… 제니, 쟤는 친구 죽는 거 두 번 봐야 하는 거라고."

말을 하는 동안 규영이 형의 최후가 떠올랐는지, 태권소녀의 목소리가 갈라진다. 그녀가 울음을 터뜨리기 전에 유빈이 얼른 다독거렸다.

"그래그래, 무슨 말인지 다 알아들었어. 그러지 않도록 하자. 규영이는? 너는 잠실에 가는 거 찬성?"

"어, 저도 의견 말해도 돼요? 저는 아무 도움도 안 될 텐데……."

규영이는 의외라는 듯 놀라 쭈뼛거린다.

"너도 계속 열심히 도왔고, 같이 싸웠어. 어젯밤에도 네가 제일 처음 보초를 섰잖아."

"아… 그러면 말할게요. 후우~ 사실… 멀리 간다는 거 무서워요. 저는 다리도 불편하고, 짐이 될지도 몰라요. 논리적으로 보면 그런데요… 성에 갇힌 공주를 구하러 가는 거잖아요. 판타지 같은 이야기라고요. 그렇게 낭만적이고 큰 모험을 해볼 수 있을 거라고 한 번도 기대해 본 적 없었거든요. 그러니까, 형아들이랑 그 현장에 같이 있고 싶어요."

부끄러워하면서도 규영이는 또박또박 잘도 이야기한다. '성에 갇힌 공주'라는 표현이 하도 예뻐서 제니는 규영이의 볼을 쓰다듬어 줬다.

"응, 알았어. 그럼 이제 신입, 너는?"

유빈의 지목을 받은 신입이 주변을 돌아보며 물었다.

"지금 분위기가 다 가자는 거 아니야?"

"정확히 말하면 나, 제니, 보안관, 삼식이, 혜주, 규영이는 간다는 거야. 너랑 수정이 누나가 남았고. 앉아 있는 순서대로 묻는 거니까 뭐……."

"아니, 이 나쁜 개새끼야… 그런 상황에서 이딴 걸 물어보는 게 무슨 의미가 있어. 너희 다 가버리면 나 혼자 여기에 있으라고? 응? 이 넓은 데를 나 혼자서 지키고 있으라는 말이냐고! 복지 센터에서 하루씩 혼자 있던 거랑은 또 달라! 바깥에는 좀비들이 존나게 돌아다니는데… 무서워서 어떻게 혼자 있으라는 거야! 좀 생각을 해봐!"

신입이 핏대를 세운다. 혼자 있기 무섭다는 말을 저렇게 큰소리로 할 수 있다는 것만으로도 녀석의 용기는 어떤 면에서 정말 대단하다. 체면 차리다 죽을 놈은 절대 아니다. 유빈은 고개를 끄덕이며 무덤덤하게 대꾸했다.

"응, 혼자 있으면 무섭기야 하지. 그래서 어느 쪽이야?"

"그냥 너희 중에 반만 가면 안 돼? 반만 가! 그래, 너랑 보안관 둘이 가라. 저 새끼 싸움 잘하고, 너 잔대가리 잘 쓰니까 둘이 같이 있으면 무적이네. 나머지는 여기에서 나랑 같이 기다리고. 그러면 되잖아."

신입은 끝까지 포기하지 않고 버텨봤다. 물론 자신도 그게 말도 안 되는 억지라는 걸 잘 알고는 있다. 태릉에서 상봉까지 오는 데도 이렇게 힘이 들었는데, 여기에서 잠실까지라니……

그쯤 되면 완전히 먼 우주로 가는 모험이나 마찬가지다. 당연히 동원할 수 있는 모든 힘을 다 써도 부족하게 느껴질 거다. 그런 걸 다 아는데도 무서우니까 떼를 쓰게 된다.

"그래, 네 입장 알았어. 여건만 되면 남고 싶다는 거잖아. 누나는요?"

신입이 계속 징징거리자, 유빈은 임수정에게 물었다. 임수정은 태권소녀부터 돌아봤다.

"먼저 이 이야기는 해야 할 것 같아서… 혜주가 항체 이야기했는데, 만약에 테라에게서 얻은 혈청을 주입해도 면역력이 생겨났는지는 항체 검사를 해봐야 확실히 알 수 있거든. 그런데… 지금 우리 능력이나 장비 가지고는 그런 실험 못해. 그러니까 테라를 구한다고 해서 100퍼센트 면역이 보장되는 게 아니고, 물리기 전까지는 자신이 어떤 상태인지 모르고 살아가게 될 거야."

"아, 저는 그 정도면 충분해요. 아무 보험 없을 때에 비하면 50대 50의 확률은 엄청 높은 거예요. 최선을 다했는데도 안 되면 그때는 어쩔 수 없죠."

태권소녀는 쿨하게 이 수혈 계획의 한계를 인정했다. 임수정은 시선을 모두에게 돌리고 말을 이었다.

"테라가 제니와 만나는 것도 보고 싶고, 혜주의 항체 수혈 이야기도 솔직히 나 역시 솔깃해. 나도 좀비들한테 몇 번이나 물리기 직전까지 내몰렸었으니까……. 그리고 거기에 더해서 나는 건대 쉘터에서 일어났던 일을 잠실의 고위 장교에게 알리고 싶어. 정신 나간 장교랑 조폭이 붙어서 어떻게 사람을 죽이고 또 누명을 씌웠는지."

"으음… 그렇게 되면 누나한테 증인을 서달라거나 하지 않을까요? 계속 군인들에게 붙잡혀 있고 그러면 곤란한데. 틈이 나자마자 몰래 재빨리 빠져나와야 할 테니까요."

유빈의 걱정을 들은 임수정이 피식 웃었다. 제니의 말이 맞다. 어쩜 이렇게 걱정을 잘하는지.

"만약에 그렇게 되면 나를 기다리지 말고 그냥 빠져나와. 너희들이 정말 따뜻하게 받아주기는 했지만, 사실 나는 여기에 아무 연고도 없는 타인이잖아. 지금까지 해준 것만으로도 더할 수 없이 고마워."

유빈은 듣고만 있었다. 임수정이 피 흘린 동료를 위해 정의의 실현을 원하고 있다는 것도 알겠고, 그렇다고 그녀를 버려두고 올 생각은 없으니 뭔가 적절한 방법을 찾아야 할 것이다.

물론 그건 지금 당장 이 자리에서 생각해 내야 하는 일은 아니다.

"누나가 여기를 불편하게 여기는 게 아니라면 같이 돌아올 거예요. 같이 갔다가 아무도 다치지 않고 테라와 함께 여기로."

유빈이 말했다. 대세가 확정된 것을 깨달은 신입은 고개를 푹숙이며 한숨을 내쉬었다.

"후우~ 간다, 나도 간다고! 내가 가기는 하는데⋯ 유빈이, 너 이 새끼야, 계획 잘 짜. 네 선택에 이 많은 사람들 목숨이 달려 있다는 거 똑똑히 기억하라고. 어휴~ 내 팔자야. 짜증난다, 진짜."

회의가 끝날 때까지 잠자코 듣고 있던 삼식이가 일어나서 기지개를 켜며 담배에 불을 붙였다.

"흐아암, 그럼 이제 가는 일만 남았네. 유빈아, 우리 차 가지고 가?"

"응. 차는 한 대 더 필요해. 두 대면 더 좋고."

"그래? 우리 다 합쳐도 여덟 명뿐인데⋯ 돌아올 때 테라를 태운대도 아홉 명. 두 대면 충분하지 않아?"

"여차하면 옮겨 탈 차가 있어야 하니까 빈자리가 있어야 돼. 또⋯ 테라가 누군가 다른 사람을 꼭 데려가겠다고 고집을 피울지도 모르고. 그동안에 친해진 사람이 있을 수 있잖아. 우리처럼 말이야."

유빈은 제니와 신입, 혜주, 규영이, 그리고 임수정을 가리켰다.

흐음, 다들 납득하는 표정이다. 지금이야 생사고락을 같이하는 사이지만, 불과 한 달 전만 해도 여기 있는 사람들 중 반 이상은 얼굴 한 번 본 적 없었다.

삼식이는 담배 연기를 내뿜으며 말했다.

"차는 뭐⋯ 동부간선도로에 잔뜩 서 있으니까 그중에서 열쇠 꽂혀 있는 것만 골라도 될 거고, 배터리는 여기에서 가지고 가면 되는데… 거기 있는 펜스 뜯어내는 게 일이겠네. 아우, 나 아직도 다리 아픈데…….”

“응, 시간이 좀 걸릴 거야. 오늘 준비할 물건 챙겨서 선로 위에 옮겨두고 당장 내일부터 작업해야지. 큰 문제 없으면 모레 오전에는 출발하고 싶어. 비 오면 또 귀찮아지니까.”

유빈은 테이블 위에 남아 있는 음식들을 바라보며 대답했다. 이렇게 편안한 생활을 버리고 위험한 모험 속으로… 물론 그만한 가치가 있는 일이지만, 마음은 무겁다.

오늘 회의를 하는 동안 일행들 중 아무도 정말로 거기까지 갈 수 있느냐고 묻거나 의심하지 않았다. 계획을 짜는 것도, 그 계획을 의심하는 것도 온전히 그의 몫이다. 그 믿음이 유빈을 더욱 불안하고 두렵게 한다.

⚝ ♥ ⚝

“왜 이렇게 안 와? 응? 무슨 일이지?”

건대 쉘터의 박 소위는 초조하게 중얼거리며 계속 하늘을 주시했다. 그가 기다리고 있는 것은 태양 그룹의 헬기. 분명히 오늘 14시까지는 실탄을 가져다주겠다고 약속을 했는데, 해가 다 저물어갈 때까지도 감감무소식이다.

젠장…….

박 소위는 마음속으로 욕설을 퍼부었다. 그 등신 같은 이 원사가 제대로 관리를 하지 않아서 이게 무슨 생고생이란 말인가.

그 너구리 같은 인간이 뭔가를 숨기고 있었던 게 분명하다. 실탄이 없으면 아무것도 못하는데…….

그는 이마의 땀을 훔치며 이미 죽고 없는 이 원사에게 모든 원망을 쏟아부었다. 그렇게 하는 편이 마음 편하다.

지금 건대 쉘터가 겪고 있는 실탄 부족 문제가 실은 자신이 무리하게 공사를 강행하면서 발생한 문제라는 걸 인정하고 싶지 않았다.

방벽을 쌓은 덕에 북쪽에서의 좀비 접근은 차단할 수 있었지만, 그 외 세 방향에서는 매일 변함없이 좀비 무리들이 다가와 한 번씩 소란을 피우고 다시 돌아간다.

이런 추세가 계속된다면 며칠 못 가 그들 모두는 빈총을 들고 좀비들을 맞아야 할 형편이다. 그 생각만 하면 피가 마르는 것 같다.

근접해 오는 좀비들에게 무차별적인 사격을 가하도록 명령하기 전에 재고 파악부터 해야 했다. 후회해 봐야 이미 늦은 일이지만…….

투투투투투—

그런 상황이었기에 멀리서 프로펠러 소리가 들려오기 시작했을 때, 박 소위는 엎드려 감사 인사라도 드리고 싶었다. 국군의 보급이 끊긴 지금, 태양 그룹의 지원은 그가 바랄 수 있는 유일한 활로이자 구원이었다.

"어이구, 왜 이렇게 늦으셨습니까? 저는 무슨 사고라도 당하신 줄 알고 걱정했습니다."

넓은 주차장 중앙에 화물을 내려놓고 헬기가 착륙하자 박 소위는 다급하게 달려가 태양 그룹 직원들을 맞았다. 그런데 낯익은 얼굴이 보이질 않았다.

"아… 저기… 그분은 안 오셨네요? 그… 말 조금 더듬으시는 분… 얼굴 까맣고 몸 다부지게 생긴……."

"아, 예. 저희 팀장님이요. 그분은 오늘 다른 업무가 있으셔서 그쪽으로 파견 나가셨습니다. 저하고 말씀하시면 됩니다. 제가 대신 왔으니까요."

쉐도우 실드 대원이 웃으며 대답했다. 메이저에게 다른 업무가 있다는 말은 거짓은 아니었다. 당장 잠실 쉘터에서 민간인들을 빼 오지 못하게 된 덕에 그 할당량을 채우려고 미친 듯이 사람 사냥을 하러 다니는 중이니까.

오 박사는 총을 쏴서 부상을 입혀도 좋으니 무조건 잡아오라는 소리까지 했다. 어차피 좀비 실험을 할 때까지만 숨이 붙어 있으면 된다고 하면서.

실탄 지원 약속을 해줬던 당사자가 오지 않았다는 소식에 박 소위는 당혹감을 감추지 못했다. 그는 이미 내려진 짐들을 돌아보며 조심스레 물었다.

"저… 그러면 저희 지원해 주시기로 한 물품은 어떻게… 실탄을 가져다주기로 했는데, 5.56밀리 나토탄 2만 발……."

"아, 그거요."

쉐도우 실드 대원은 미안하다는 표정을 지으며 미간을 찌푸린다.

"그게… 좀 마찰이 있네요. 혹시 소문 들으셨는지 모르겠는데요, 어제 저희 팀장님이 잠실에서 아주 곤욕을 치르셨거든요. 여단장님께서 뭔가 단단히 오해를 하시는 바람에 저희 헬기도 한 대 압류하셨어요. 민간인 이송도 안 되고… 그런 상황에서 실탄 지원은 좀 그렇다고 위에서 허가를 안 해주네요. 요새 실탄 귀한 거는 잘 아시죠? 저기 내려놓은 건 식량입니다. 인도적으로 저거라도 지원을 해드려야 할 것 같아서요."

식량? 아니, 식량이 다 뭔 소용이야? 물론 먹는 것도 중요하지만, 당장 실탄이 없으면 다 죽으라는 건데…….

박 소위는 하늘이 무너지는 것 같은 얼굴로 쉐도우 실드 대원에게 간청했다.

"저기 보이는 저 박스, 헬기 안에 있는 거 말입니다. 저거, 실탄 아닙니까? 저희 지원해 주시기로 한 물건 같은데……."

"어휴~ 정말 죄송해요. 근데 뭐, 저 같은 말단이 뭘 마음대로 할 수 있겠습니까? 위에서 시키는 대로 해야지. 이거에 사인이나 해주세요. 저도 오늘 바빠서 오래 못 있습니다. 잠실에서 말썽 났다는 걸 더 위쪽 라인에서 눈치채지 못하게 하려면 아무 쉘터라도 다니면서 지원자 받아서 수용소 가기로 했던 인원 채워야 하거든요."

쉐도우 실드 대원이 서류를 내민다. 물론 박 소위의 눈에는 한 글자도 들어오지 않았다. 이 사람을 붙잡아서 어떻게든 저 헬기 안에 들어 있는 실탄 박스를 여기 놓고 가도록 해야 한다.

저건 비록 약속했던 양의 1/4도 안 되어 보이지만, 이 가뭄에 오천 발만 여유 실탄이 생겨도 발을 쭉 뻗고 잠이 들 수 있을 것이다.

"수용소 인원이 그렇게 중요합니까? 저는… 그게 잘 이해가 안 가는데……."

박 소위가 관심을 보이며 물었다.

걸려들었구나!

쉐도우 실드 대원은 마음속으로 빙고를 외쳤다. 이 건대 쉘터의 박 소위라는 놈이 어지간히 제정신이 아닌 것 같다고 메이저가 말해주기는 했지만, 이렇게까지 쉬울 줄이야…….

쉐도우 실드 대원은 연습했던 대로 거짓말을 하기 시작했다.

"아니, 그게 뭐냐면… 이런 겁니다. 수용소를 대단위로 짓는다는 게 한두 푼이 드는 일이 아니잖아요. 게다가 요즘 같은 비상시국에… 그런 규모의 사업을 벌일 정도면 회사에서도 엄청위에서 결정을 하고 예산을 집행한 거거든요. 사회적 책임을 다한다는 의미에서 말이죠. 그런데 그게 예상했던 만큼 반응이 안나오면 누군가는 책임을 져야 돼요. 그러니까 이게 보고가 되기전에 실적을 맞추려고 저희 같은 아랫놈들만 죽어나는 거죠. 에이, 다 아시잖아요."

박 소위는 눈만 껌뻑거리고 있었다. 들어봐도 뭔 소리인지 명확하지가 않다. 어쩌면 그의 마음이 워낙 다급해서 제대로 머리가 돌지 않는 것인지도 모르겠다.

어쨌거나 분명한 건, 이 까만 옷 입은 직원들이 수용소에 넣을 사람들을 똥 빠지게 찾고 있다는 것과 이놈들의 헬기 안에는 실탄이 들어 있다는 사실이다. 그건 확실하다.

"저기……."

주변을 둘러본 박 소위는 쉐도우 실드 대원에게 다가가 목소리를 낮춰 물었다.

"그 수용소라는 데에 들어가는 무슨 자격이나 그런 게 있습니까? 그러니까… 전과가 없어야 한다거나 하는……."

"아니요. 그런 거 있겠습니까? 인도적 차원에서 하는 사업인데, 그렇게 차별을 할 리가 없죠. 근데… 그건 왜 물어보세요?"

"그러면 뭔가 서로 도울 방법이 있을 것 같아서요. 그… 저희한테 지금 위탁 수용되어 있는 죄수들이 한 서른… 서른 몇 명 됩니다."

박 소위는 끝자리를 제대로 대지 못했다. 요 며칠 새 죽은 놈들이 좀 있어서 총 몇 명인지를 정확하게 모르겠다. 쉐도우 실드 대원은 미심쩍다는 눈초리로 박 소위를 보며 물었다.

"서른 몇 명이 있다고요? 그래서요?"

"걔들을 드리겠습니다. 데려가셔서 수용소에 보내세요. 나쁜 새끼들이지만, 그래도 머릿수 셀 때에는 평범한 사람들이랑 똑같습니다. 그 대신에 저 실탄… 여기 놓고 가세요. 서로 도웁시다."

"예에? 아휴~ 그런 건……."

"아뇨. 인도적인 차원이라면 쟤들은 정말 꼭 데려가셔야 합니다. 어차피 여기에서 죽을 때까지 노역만 해야 할 신세니까요. 민간 수용소에서 편안하게 살 수 있게 해준다면 좋아서 죽을걸요? 만약에 죄수복을 입은 게 걸리신다면 저희가 대충 사복으로 갈아입혀서 보내겠습니다."

박 소위는 아무 소리나 지껄여 댔다. 어차피 먹을 것도 부족한 상황, 벽을 다 쌓았으니 저까짓 죄수 놈들 짐만 된다. 보낼거면 김 중사가 외부로 징발을 나간 지금, 빨리 처리해 버려야 귀찮지 않다.

잠실로부터 태양 그룹에 절대로 민간인을 보내지 말라는 명령이 내려왔지만, 자신이 생각할 때 저 죄수들은 민간인이 아니니까⋯⋯. 그리고 사실 명령은 개뿔! 보급도 이뤄지지 않는 당나라 부대 주제에.

"음⋯ 어쩌지? 이렇게 해도 되나? 실탄이 워낙 귀해서⋯⋯."

혼잣말로 고민하는 척하던 쉐도우 실드 대원이 결국 고개를 끄덕인다.

"에라, 모르겠다! 그렇게 합시다. 저 진짜 엄청 혼날지도 몰라요. 근데 실적 못 채워서 깨지나 실탄 주고 왔다고 깨지나 마찬가지니까, 박 소위님이라도 사서야죠."

"어휴! 고맙습니다! 고맙습니다!"

박 소위가 연거푸 감사를 표하자, 쉐도우 실드 대원은 쑥스럽게 웃으며 말했다.

"근데⋯ 한 가지 걸리는 게⋯ 그 죄수들, 다 남자일 거 아닙니까?"

"예, 그렇죠."

"아~ 그게 좀 그러네요. 여자가 몇 명이라도 끼어 있으면 좀

보기도 자연스럽고 좋을 텐데……. 남자들만 잔뜩 데리고 오면 이게 뭔가 급조했다는 인상을 줄까 봐, 그게 걱정이에요."

메이저에게 선물하기 위해 여자를 요구하며 쉐도우 실드 대원은 슬쩍 박 소위의 눈치를 봤다. 엄청나게 고민하던 박 소위는 결국 고개를 저었다.

"여자는 다 민간인들이라서 곤란해요. 그냥 저 죄수들로 어떻게 좀 해보세요."

"네에~ 쩝! 뭐, 그럽시다. 박 소위님도 명령 받는 분이신데."

쉐도우 실드 대원은 별로 뻗대지 않고 물러섰다. 하지만 이 박 소위 놈이 곧 민간인이고 뭐고 가리지 않고 모두 갖다 바치게 될 거라고 확신할 수 있었다.

놈은 실탄에 사람을 넘길 만큼 다급하다. 그리고 실탄 5천 발은 금방 바닥이 날 것이다. 그때쯤 다시 한 번 찾아오면…….

쉐도우 실드 대원은 코웃음을 쳤다. 민간인들로 만선을 이룬 헬리콥터를 몰고 돌아갈 날도 머지않았다. 이렇게 멍청한 놈들만 있으면 굳이 힘들게 하늘을 돌며 인간 사냥을 하지 않아도 될 텐데.

3

밤 10시가 막 지났을 때, 태양 그룹 본사 건물의 제3소회의실에서는 오 박사와 메이저가 마주 앉아 있었다. 하루 종일 정신없이 돌아다닌 메이저의 행색은 형편없었다.

땀에 찌든 군복과 땟국이 흐르는 초췌한 얼굴, 거기에 어제 두드려 맞은 코와 눈두덩이 아직도 부어 있어서 꼴은 더 우습기만 하다.

지금의 메이저에게서 전투 기계처럼 날카로워 보이던 평소의 모습을 찾아보기란 쉽지 않았다.

"고생 많이 했나 보네. 맥주 한잔하겠나?"

오 박사가 물 대신 캔 맥주를 권한다. 메이저는 서늘한 맥주 캔을 쥔 채 오 박사의 얼굴을 쳐다보았다.

안경 밑 오 박사의 눈에도 다크 서클이 깊게 드리워져 있다. 그 역시 요즘 밤잠을 자지 못할 만큼 속을 끓이는 중이다.

사람이… 사람이 더 필요하다. 실험 대상으로도 쓰고, 파멸의 마녀에게 바치기도 해야 한다. 마녀 년이 주문한 할당량을 못 채우면 당장 보급이 끊길 것이고, 그러면 이렇게 시원한 사무실이나 차가운 맥주와도 이별이다.

건물 외부에 태양광발전 패널을 잔뜩 늘어놓았지만, 그것만으로는 필요한 최소 전력에도 미치지 못한다.

왜 이렇게 마녀 년이 함부로 설치고 다니지? 비록 좀비가 되었기는 하지만 여기에 작은 회장이 있는데…….

오 박사는 그게 불안했다. 어쩌면 황 회장마저 이제는 작은 회장을 포기해 버렸는지도 모르겠다는 걱정이 들기 시작했다.

"몇 명 데려왔어? 자네랑 2호기랑 합쳐서?"

맥주를 몇 모금 들이켠 후에 오 박사가 물었다. 메이저는 숫자가 기입된 종이를 오 박사 쪽으로 민다.

"자네가 열두 명, 2호기가 서른한 명… 총 마흔세 명이네? 마흔셋…… 2호기가 데려온 서른한 명은 죄다 남자들뿐이고. 이 중에 더 먼저 써야 되는 것들 있어? 숨이 끊어져 간다거나 출혈이 심하다거나…… 어제 그년들처럼 너무 아슬아슬할 때까지 잡고 있지 말고 좀 일찍 꺼내봐. 걔들은 제세동기로 살려낸 다음에 밥으로 줬어. 몇 분만 늦었어도 송장 될 뻔했다고. 아무 짝에도 쓸모없는 송장."

오 박사가 그년들이라고 부르는 여자 둘은 메이저의 방에 갇혀 있던 피해자들이다.

어제 웬 거지새끼 때문에 김 준장에게 개망신을 당하고 돌아온 메이저는 자신의 방에 있던 여자들을 닥치는 대로 두들겨 패서 피를 토해갈 때쯤에야 오 박사 쪽으로 넘겨줬다.

지적을 받은 메이저는 인상을 찌푸리며 종이를 가리켰다.

"거, 거, 거기에 써났는데… 무, 무, 무릎이 날아간 놈이 하나 있어. 지금 의, 의료팀이 데, 데리고 있고. 서, 서라고 하는데 뛰, 뛰어서 도, 도, 도망가더라고. 쏴버렸지."

"그래, 그런 건 잘했어. 그럼 당장 이 새끼 먼저 써야겠네. 내일 아침까지는 살아 있으려나?"

오 박사는 테이블 위에 놓여 있던 담배를 집어 들고 불을 붙였다.

위이이잉—

천장에 빌트인되어 있는 공기정화기가 담배 연기를 정화하기 위해 빠르게 돌아간다. 오 박사는 길게 담배 연기를 내뿜으면서 감정을 추스르기 위해 애썼다.

젠장…….

한참 동안 침묵을 지키고 있던 오 박사가 메이저를 보며 말했다.

"열심히 했다는 건 아는데, 이걸로는 턱없이 부족해. 헬리콥터 연료조차도 아까운 게 요즘 우리 사정이야. 실탄 오천 발에 죄수 서른한 놈을 팔아먹는 군인 새끼들만 거지가 아니고, 우리도 거지 되기 직전이야."

"대, 대, 대신에 이, 이제 자, 잡아온 새끼들 자, 잘 먹이지 않아도 되, 되, 되니까 여, 연료는 거기서 빠, 빠지잖아."

메이저가 항변했다. 처음에 민간인들을 데려왔을 때에는 최대한 그들이 안심할 수 있도록 속여가며 개별적으로 하나씩 끌고 가서 좀비 밥을 만들었었다. 그렇게 해야 실험 재료들이 더 양호한 신체 상태를 유지할 수 있다고 믿었기 때문이다.

방목해서 기른 소의 고기가 더 맛있을 거라고 기대하는 것과 비슷한 심리였다.

하지만 이제 그들은 더 이상 잡아온 사람들 때문에 자원을 낭비하지 않기로 했다. 어차피 좀비 아가리에 처넣을 놈들인데 그럴 필요 없다는 것이 표면적인 이유였지만, 따지고 보면 결국 자원이 부족해진 것이다.

"뭐… 그 새끼들 먹이고 재우는 데 들었던 돈은 확실히 절약되고 있기는 하지. 그건 자네 말이 맞아."

오 박사는 고개를 끄덕이며 다시 담배를 입에 물었다. 얼마 전까지만 해도 충분히 끊을 수 있다고 생각했었는데… 요즘은 속이 터지는 것 같아서 거의 종일 담배를 물고 있어야 한다. 그 래도 여전히 답답하다.

그놈의 항체… 면역자……

오 박사는 미간을 찌푸렸다.

딱 한 놈! 딱 한 놈만 더 살아 있는 면역자를 구할 수 있다 면… 그렇게만 된다면 아주 쉽게 백신을 만들 수 있을 것 같은 데… 그 한 놈을 만나기가 이렇게 어렵다니.

"어쨌든, 사람 더 구해 와줘. 부탁 좀 할게. 우리 이제 공동 운명체야. 며칠 내에 제대로 결과 못 내면, 우리 정말 골 아파 져. 남부 지방 내려가서 마녀, 그 쌍년 뒤치다꺼리할 생각하면 벌써부터 피가 거꾸로 솟는 것 같아. 아… 내일은 좀 더 일찍 나 가고, 3호기도 마저 사용해 버려. 헬리콥터 여기에 세워두면 뭐 하겠어. 한 놈이라도 더 잡아오는 게 우선이지."

오 박사는 편두통이 이는 옆머리를 누르며 말했다. 한 대를 잠실 쉘터에 빼앗겼으니 이제는 세 대가 그들이 가진 전부다. 그 모든 기체의 베슬에 인간들을 가득 담아 오면 150명 이상이 될 텐데……

"그, 그러지. 너, 너무 거, 거, 걱정하지 마. 아직 사, 살아 있 는 놈 마, 많다고."

메이저는 고개를 끄덕인 뒤 방을 나섰다.

으으으, 성질을 이기지 못한 메이저가 머리를 벅벅 긁으며 짐승 같은 신음 소리를 냈다. 성질이 나서 죽겠다. 어제 사람들을 다 데리고 오지 못한 것도 화가 나고, 그 칼자국 난 새끼를 죽이지 못한 것도 분하고, 김 준장이라는 새끼가 바락바락 소리를 지르던 것도 열 받고, 오늘 실적이 너무 저조한 것도 짜증스럽다.

"후우~ 스, 스트레스를 푸, 풀어야 돼."

메이저는 흐르는 땀을 닦으며 두 층 아래로 내려갔다. 오늘 아침에도 계집애들 없이 하루를 시작한 터라 그의 욕구는 폭발하기 직전이었다. 남자들을 가둬둔 방을 지나친 메이저는 여자들을 감금해 놓은 방문 앞에 섰다.

띠리릭—

전자자물쇠가 풀리고 문이 열리자 안쪽에서 여자들의 비명 소리가 들려온다. 메이저는 3단봉을 빼 들고 방 안으로 들어섰다.

집기를 모두 치워둔 넓은 실험실 안에는 어제오늘 잡아온 여자들이 덜덜 떨며 한구석으로 몰려서 있다.

요즘 잡아온 인간들은 남녀노소를 가리지 않고 발가벗겨서 성별에 따라 각각 한 방씩 몰아 넣어둔다. 창문도 없고, 달아날 수도 없는 죽음의 방이다.

어차피 며칠 내로 다 소모될 것이기 때문에 숙식, 의복, 샤워 따위를 제공해 가며 목숨을 보전시키는 게 무의미해졌다. 그리고 신기하게도 그런 대접을 받으면서도 자살을 택하는 경우는 아직 없었다.

혹시 그런 시도가 있다고 해도 CCTV로 다 보고 있으니 미연에 방지할 수 있지만.

"으으으~ 으으으~"

메이저가 3단봉을 빙글빙글 돌리며 들어서자 여자들은 모두 겁에 질려 신음을 내뱉으며 서로에게 더 바짝 붙어 선다. 눈에 띄기 싫어 어떻게든 안쪽으로 파고들어 가려는 사람들도 있다.

이거야말로 메이저가 아주 좋아하는 광경이다. 공포에 질려 울부짖지도 못하는 년들.

"후후후후, 더, 더러운 년들."

흥분한 메이저의 눈에 핏발이 선다. 그 본인조차도 자신이 이 정도로 심한 변태인 줄은 몰랐다. 하지만 좀비 세상 이후 전혀 모르는 여자들의 생사여탈권을 쥐게 되자 그의 가학성은 무서운 속도로 자라났다.

처음에는 뺨을 후려치는 정도로 만족스러웠지만, 이제는 뼈 부러지는 소리가 들려야 비로소 좀 논 것 같다.

"너! 이, 이리 나와!"

잠시 여자들을 살펴보던 메이저가 3단봉으로 뒤쪽의 여자 한 명을 지목했다. 단발머리의 모양이 어제 잠실 쉘터에서 자신에게 대들던 그 죽일 년과 닮은 여자다.

"히이익~!"

지목당한 여자가 부들부들 떨며 비명을 지를 때, 옆의 다른 여자들은 비켜서며 그녀가 나갈 길을 터준다. 메이저로서는 이게 또 재미있는 부분이었다.

잡혀온 것들은 남녀 가릴 것 없이 모두, 자신이 지목당하기 전까지 지독히도 순종적이다. 지금도 이렇게 길을 내서 무언의 협조를 해주고 있지 않은가.

"나, 나, 나오라고 해, 했잖아."

메이저는 무리 속으로 들어가 단발머리 여자의 머리카락을 그러쥐었다.

까아악!

여자가 비명을 지른다. 메이저는 인정사정없이 그녀의 머리칼을 잡아당겼다. 그러고는 바닥에 쓰러진 여자의 허벅지에 호된 발길질을 날렸다.

"까으으흐윽!"

단발머리가 고통과 공포에 질려 울부짖도록 내버려 두고 메이저는 두 번째 희생자를 골랐다. 이번에는 덩치가 좀 큰 여자를 하나 지목했다.

"이, 이, 일어나."

모두 세 명의 여자를 고른 메이저는 흐느끼고 있는 여자들을 향해 명령했다. 그리고 말이 다 끝나기도 전에 첫 번째 여자의 얼굴을 모질게 후려쳤다.

쫘악!

여자의 볼에는 금세 피멍이 든다. 지난 이틀 동안의 경험을 통해서 맞는 여자들도, 그걸 지켜보는 여자들도 잘 알고 있었다. 아무도 돕기 위해 나서는 사람은 없다는 것을.

"이, 일어나라고!"

자신이 지목 받지 않았다는 것에 안도한 여자들을 내버려 두고 메이저는 세 명의 여자와 함께 엘리베이터에 올랐다. 이미 엘리베이터에 타고 있던 연구원이 둘 있었지만, 그들은 시선을 벽 쪽으로 돌리며 외면했다.

흑, 흑… 나체의 여자 셋이 흐느끼는 동안 엘리베이터는 메이저의 숙소가 있는 층에 도착했다.

"자, 자, 잘 왔다. 펴, 편히들 앉아."

방음 처리가 된 자신의 방에 여자들을 밀어 넣고서 메이저는 세면대로 가 웃옷을 벗고 얼굴을 씻었다. 이렇게 즐거운 일을 더러운 먼지땀투성이인 채로 하고 싶지는 않다.

윽, 어제 그 칼자국 난 새끼한테 베인 겨드랑이에 물이 닿자 옅은 통증이 느껴졌다.

개새끼… 그것도 잡아와서 죽였어야 했는데…….

메이저의 얼굴에 분노가 스쳐 간다.

"뭐, 뭐야? 펴, 편하게 있으라고 했는데."

수건으로 겨드랑이의 물기를 닦으며 돌아선 메이저는 방구석에 모여 서서 부들거리는 여자들을 보며 비열한 웃음을 지었다.

여자들은 서로에게 바짝 달라붙어 치부를 가리며 계속 울고 있다. 물론 그래봐야 고통은 나눠질 수 없는 법이다.

쫙!

메이저가 휘두른 가죽 허리띠가 등짝을 휘갈기자, 덩치 큰 여자가 오열하며 그 자리에 허물어졌다. 나머지 둘은 비명을 지르며 옆으로 물러난다.

메이저는 수갑을 꺼내 덩치 큰 여자의 한쪽 팔을 침대 기둥과 연결했다. 바닥의 카펫에도, 침대 위에도, 심지어 천장에까지도 점점이 붉은 핏자국이 튀어 있다. 수많은 희생자들이 죽어가며 남긴 흔적들이다.

"살려주세요… 살려주세요… 이렇게 빕니다. 선생님, 제발……."

눈물범벅이 된 단발머리여자가 무릎을 꿇고 두 손을 싹싹 빈다. 그 옆의 여자도 곧바로 같은 자세를 취하며 살려 달라고 울부짖는다.

크아아~!

메이저는 만족한 표정으로 숨을 크게 들이쉬었다. 그는 이런 식의 시작이 좋다. 절대자가 되었다는 우월감이 그의 중추를 자극해 도파민 분비를 활성화한다.

"나, 나, 나는 너희 안 죽여."

세 번째 여자의 턱을 쥐고 고개를 들도록 한 메이저가 그녀의 눈을 보며 말했다. 안 죽이겠다는 말에서 뭔가 희망을 느낀 여자의 표정이 잠시 밝아진다. 메이저는 빙글거리며 뒤의 말을 이었다.

"그, 근데 이, 이, 이놈이 문제야. 이게 자, 자꾸 죽이더라고."

메이저는 그녀의 눈앞에 불끈 쥔 주먹을 흔들어 보이고는 곧바로 따귀를 올려붙였다. 여자의 입술이 터지며 입안 가득 피가 고인다.

"자, 자, 잘 버텨봐. 이년처럼."

비명 소리가 그치자 메이저는 벽에 붙여뒀던 폴라로이드 사진을 떼어 와 내보였다.

아래쪽 빈칸에 E9104596이라고 적혀 있는 사진에는 경순의 모습이 찍혀 있다. 그녀의 얼굴은 찢기고, 붓고, 피멍이 들어 처참하게 망가진 상태였다.

"이, 이게 이, 이, 일주일째 어, 얼굴이야. 대, 대단하지? 나중에는 지, 지, 진짜 전력으로 때, 때렸는데도 안 죽고 버, 버, 버티더라고. 마, 마지막으로 이 사진 찌, 찍고 시, 식당으로 보냈지."

메이저는 그리운 추억이라도 회상하는 듯 빙그레 웃으며 고개를 절레절레 흔들었다. 사진을 보고 난 뒤, 여자들의 울음소리는 더욱 커졌다. 침과 피, 눈물, 콧물이 한데 뒤섞여 바닥에 뚝뚝 떨어진다. 메이저는 경순의 사진을 다시 소중하게 벽에 붙였다.

"너, 너희도 하, 한 번 잘 버, 버, 버, 버텨봐. 일주일이 기, 기, 기록이니까… 그거 한 번 깨, 깨보라고."

쫙―!

말이 끝나기가 무섭게 메이저는 손바닥을 쫙 뻗어 두 여자의 얼굴을 후려쳤다. 어차피 죽을 년들, 아껴줄 이유가 없다.

쫘악― 쫙―

살과 살이 호되게 맞부딪치는 소리가 찢어지는 비명 소리와 함께 방 안 가득 채워졌다.

4

"헉! 뭐지?"

진우는 화들짝 놀라 몸을 돌렸다. 하이바에 테이프로 고정시켜 둔 플래시가 검은 강물을 비춘다. 수면에는 조금 전 생겨난 것이 분명한 파문이 일고 있다.

"하아~ 하아~"

권총을 꺼낸 진우는 숨을 헐떡이며 그 주변을 주시했다. 그렇게 한동안 더 같은 지점을 노려보다가 좀비가 아니라는 결론을 내린 진우는 권총을 다시 케이스에 넣고 안도의 한숨을 내쉬었다.

이놈의 물고기들이 가끔씩 수면 위로 뛰어오르기라도 하면 저렇게 첨벙, 하는 소리가 나서 사람의 간을 떨어뜨린다.

헥— 헥— 헥—

곁에 있는 삼식이는 진우의 이런 바보 같은 모습을 보면서 즐거워한다. 아마 무슨 놀이를 하고 있다고 생각하는 모양이다. 겁먹는 멍청이 놀이.

"그러게. 네 말이 맞다. 내일 밝을 때 마저 하면 되는 걸 왜 이 시간까지 붙잡고 앉아서 이 고생을 하는 건지… 나도 나를 잘 모르겠어."

진우는 삼식이의 머리를 쓸어주고 다시 제트스키 쪽으로 돌아앉았다. 몇 시간이나 진땀을 흘린 끝에 겨우 배터리 케이스

뜯는 법을 제대로 숙지해서 교체가 눈앞이다. 진우는 하이바의 플래시 불빛에 의존해 다시 드라이버를 잡았다.

사방은 완전한 어둠 속에 잠겨 있고, 풀벌레 우는 소리만 귓가를 울린다. 여름밤 물가의 축축하고 무거운 공기가 분위기를 한층 더 을씨년스럽게 만들어주었다. 그리고 저 캄캄한 검은 물……

으아, 그건 정말이지 오싹한 배경이다. 낮에 보았던 것 같은, 떠다니던 좀비가 암흑 속에서 그를 덮쳐 올까 봐 늘 뒤가 찜찜하다.

"와, 다 했다! 이제 배터리 바꿨고! 연료도 다 채웠어!"

잠시 더 좁은 틈 속에 손을 넣은 채 비지땀을 흘리던 진우는 만족한 표정을 지으면서 외쳤다.

이중으로 된 보관함 케이스를 닫고 조종 핸들 앞에 앉은 진우는 긴장된 표정으로 키를 집어넣었다.

띵— 띵—

아까와 똑같은 두 번의 알람 소리. 그리고 이내 계기판에 전원이 들어온다. 진우는 떨리는 마음으로 스타트 버튼을 눌렀다.

부르르르릉—

아주 부드러운 엔진 소리.

풍풍풍풍—

제트스키 후면, 물속에 잠겨 있던 배출구에서 물줄기가 기운차게 뿜어져 나온다.

"됐다! 됐어! 삼식아! 됐다고! 응? 봤냐? 봤어? 움직인다! 움직여! 와하하하!"

진우는 두 주먹을 불끈 쥐고 미친 사람처럼 환호성을 질러 댔다.

세상에! 이제 이걸 몰고 저 뻥 뚫린 강 위로 내달리기만 하면, 잠실이든 한강이든 다 갈 수 있다!

오른쪽 손잡이에 달려 있는 액셀러레이터를 확 잡아 돌려보고 싶은 충동을 억지로 눌렀다. 어떻게 작동시키는 건지도 모르는 기계를 이 깜깜한 물속으로 몰고 내달릴 수는 없는 노릇이다.

대신에 그는 좌석을 타고 엉덩이로 전해지는 엔진의 울림을 즐기며 한동안 그 자리에 앉아 있었다.

"으아… 이 진동, 이 느낌이 이렇게 기분 좋은 건지 몰랐어. 그렇지, 삼식아?"

진우는 손잡이를 잡고 황홀한 표정을 지었다. 이렇게 강력한 이동 수단이 내 것이 되었다니… 왠지 어울리지 않는다. 굵은 금목걸이라도 하나 구해 와서 군번줄 대신 걸치고 타야 될 것 같은 기분이다.

"근데, 여기는 이 정도 가지고 무슨 장사가 됐나? 달랑 제트스키 세 대에 고무보트밖에 없구만… 이걸로 얼마나 벌어? 그리고 웨이크보드나 바나나 보트 같은 건 뭘로 끌고? 모터보트 같은 게 있어야 하는 거 아닌… 아!"

멍하니 혼잣말을 하던 진우는 당시의 상황이 어땠을지를 깨달았다. 육지에서 좀비들이 몰려올 때, 모터보트나 제트스키를 타고 있던 사람들은 그걸 타고 곧바로 달아났을 것이다. 어쩌면 그들은 지옥의 첫날을 무사히 넘기고 생존했을지도 모르겠다.

"그렇구나. 돈이 있으면 살아남을 수 있는 확률도 더 높아지는 거구나."

진우는 혼잣말을 중얼거리며 제트스키의 엔진을 껐다. 그런 후, 키를 뺐다. 훔쳐갈 사람이 주변에 있을 것 같지는 않지만, 그래도 조심해서 큰 손해를 볼 일은 없으니까.

"이제 가서 자자, 삼식아. 내일 아침 일찍 일어나서 곧바로 연습하는 거야!"

진우는 삼식이를 이끌고 펜션 2층의 구석방으로 올라갔다. 긴급 상황이 벌어졌을 때, 그 방이 강 쪽으로 도망가기에 가장 용이한 위치다.

"으아~! 침대다!"

탄창이 든 가방과 배낭, K—2를 침대 구석에 내려놓은 진우는 하이바와 구명조끼를 벗고 침대에 몸을 던졌다.

밤공기는 조금 차가웠지만, 그 덕에 낮 동안 햇볕에 그을린 피부가 진정된다. 진우는 이불의 바스락거리는 감촉을 기분 좋게 느끼면서 수영 팬티만 입은 채 잠속으로 빠져 들어갔다.

한 시간쯤 지났을까, 진우의 발치에서 잠들어 있던 삼식이의 귀가, 그리고 코가 씰룩거린다. 삼식이는 벌떡 일어나 진입로 방향을 보며 낮게 짖었다.

얼—!

얼—! 얼—!

삼식이가 세 번째 짖을 때에야 진우도 깨어났다. 녀석이 워낙 낮게 짖었던 탓이다.

"응? 뭐야? 왜 그래, 삼식아? 뭐가 있어?"

잠이 덜 깬 상태에서도 진우는 버릇처럼 빠르게 K—2를 집어 들며 물었다. 삼식이는 여전히 진입로 방향을 향해 서 있다.

"진짜 뭔가 있나 보네……."

진우는 하이바를 쓰고 가방과 배낭을 들며 도망칠 준비를 했다. 어떤 위협이 다가오고 있는지 모르니 일단 거리를 벌려두고 살펴야 한다.

깜깜한 어둠 속에서 전술 조끼를 찾다가 침대 모서리에 부딪친 진우가 하이바의 플래시를 켜자, 삼식이가 앞발로 그의 손을 막는다. 끄라고 하는 것 같다.

불을 켜지 말라고? 왜?

진우는 놀라서 녀석의 표정을 보았다.

이 상황은… 예전에 산속에서 이 녀석이 덤불로 분장한 저격수들을 미리 감지했던 때와 비슷하다. 화약 냄새를 맡고 도망쳐 숨어 있게 했던 그때와…….

"군인이라고? 설마?"

진우는 플래시를 끄고 삼식이를 돌아봤다. 녀석은 그제야 만족했는지 문 쪽으로 걸어가 밖으로 나갈 준비를 하고 있다.

"이런 데까지 군인이 올 리가 없잖아……."

혼잣말을 중얼거리면서도 진우는 녀석과 함께 펜션 계단을 타고 아래로 내려왔다.

군인이라니… 지겹다. 이젠 정말로 안 된다. 바로 오늘 제트스키를 얻었는데 또 끌려가야 한다면…….

진우는 계속 도리질을 하며 뛰었다. 둘이 선착장 부근에 도착했을 때, 진입로 쪽에서 인위적인 불빛이 반짝였다.

'안 돼, 너무 빨라. 조금만 좀 있다가 오라고!'

하지만 짐을 모두 챙겨 떠나기에는 이미 너무 늦었다. 진우는 분한 마음에 이를 악물고 나무숲 사이에 몸을 숨겼다.

불빛은 잠시 방향을 잃고 헤매는 것처럼 배회하다가, 주차장 안쪽으로 다가오며 커졌다. 플래시였다. 그리고 여러 개다.

찌르륵― 찌르륵―

풀벌레 우는 소리 사이로 사람의 웅얼거림이 섞여 들려온다. 진우는 불빛이 반짝이는 방향을 노려보며 간절히 빌었다.

가까이 오지 마… 제발 가까이 오지 말고 그쯤에서 돌아가…….

하지만 그의 바람은 언제나처럼 이루어지지 않았다. 웅얼거림 정도로만 인식되던 목소리가 어느새 대화를 어렴풋이 짐작할 수 있을 정도로까지 가까워졌다.

"…잖아, 이 등신 새끼야. 존나 멍청한 새끼."

"지랄하네. 분명히 내가 아까 여기에서 불빛이 번쩍거리는 걸 봤다고."

"까고 앉아 있네. 어디서 도깨비불을 봤나 보지. 큭큭큭."

"닥쳐, 개새끼야! 그러면 우리 구역에 모르는 게 왔다 갔다

하는데도 그냥 가만히 있을래? 그러다가 뒤통수 까여야 그때 후회하려고?"

"야, 좀 조용히들 좀 해! 씨발, 불빛을 찾아 나온 거냐, 아니면 도망가라고 알려주러 온 거냐?"

"어… 근데 여기 전에 와봤을 때 좀비 있는 것 같던데……."

여러 개의 목소리가 정신없이 울린다. 진우는 침을 꼴딱꼴딱 삼키면서 가까워져 오는 불빛들을 노려보았다.

대화 내용이… 너무 무질서하고 계급이 느껴지지 않는다.

그렇다면… 혹시 민간인? 생존자가… 있다고?

'윽!'

그 순간, 불빛이 그가 숨은 위치 쪽을 훑는다. 진우는 깜짝 놀라 고개를 숙였다. 켜져 있는 플래시는 모두 다섯 개. 사람은 여섯 명이다. 다들 사복을 입고 있는데, 이상하게도 개인화기로 무장을 했다.

"없어! 없어! 이 새끼가 잘못 본 거야. 내가 말했잖아!"

땅딸한 녀석이 펜션 주변으로 플래시를 빙 돌려 비추며 떠든다. 그 옆의 놈은 좀 더 적극적으로 뭔가를 찾기 위해 애를 쓰고 있다.

"혹시 모르잖아. 저번처럼 계집애들이 한 무더기 쑥 튀어나와서 살려 달라고 할 수도 있어."

"야! 그때가 언제야, 이 새끼야! 바랄 걸 바라라. 계집애들끼리 지금까지 살아남았다고?"

두 놈이 떠들어 대는 동안 나머지는 분산해서 수색을 계속한다. 다들 어설프지만, 그래도 신중하게 움직이고 있다. 지금까지 살아남았으니 어느 정도의 능력은 있는 놈들이 맞다.

'어쩌지……'

놈들이 점점 가까워져 오는 걸 보면서 진우는 입술을 깨물었다. 저 정도를 제압하는 건 쉬운 일이다. 그리고 하려면 놈들이 한 시야에 들어오는 지금 해버리는 편이 낫다. 더 가까이 오도록 내버려 둬봐야 별로 좋을 게 없다.

하지만 아무 감정도 없는 놈들을 다짜고짜 죽인다는 건… 그리 마음 편한 일이 아니다. 물론 그는 이미 꽤 많은 사람을 죽이기는 했지만, 그래도 여전히 꺼려진다. 가능하다면 피하고 싶다.

게다가 이 녀석들 역시 그 자신처럼 힘겹게 생존해 왔을 게 분명하다. 그렇게 발버둥 치던 놈들의 생명을 여기에서 끊어버리고 싶지 않았다. 그러니 이쯤에서 대충 포기하고 돌아가 주는 게 서로를 위해 가장 좋은 일이다.

그러나… 그렇게 생각하고 있으면서도 진우는 자신의 K—2 모드를 연사로 바꿔두고 있었다.

"야! 이것 좀 봐!"

선착장 주변에서 누군가 동료들을 부른다. 놈들이 모이고, 진우의 시선도 그쪽으로 쏠렸다. 녀석들은 진우가 끌고 온 카트를 에워싸고 있었다.

"뭘 보라는 거야? 기껏 불러서 왔더니 좆도 없구만. 뭐, 이 등신아. 이 카트? 너 이런 거 처음 보냐?"

땅딸한 놈이 카트를 발로 찬다. 처음 그들을 불러 모은 녀석이 고개를 젓는다.

"카트 안에 들어 있는 걸 좀 보라고, 이 새끼야!"

"들어 있는 게 뭐? 뭔데? 이거? 이거, 그냥 먹을 거네. 좆도 거지 메뉴. 어휴~ 궁상 쩌네. 건빵이랑 멸치가 뭐냐……."

땅딸한 놈은 보따리들을 뒤적거리며 투덜거린다. 이번엔 다른 녀석이 끼어들었다.

"저 새끼 말은 그게 아니잖아, 이 등신아. 이 카트든 음식이든 간에 여기에 안 어울리는 물건이라는 얘기지. 그리고 이 보따리는 절대로 여기 한 달 이상 방치되어 있던 게 아니야. 먼지가 덮여 있지를 않잖아. 불빛 봤다는 말이 진짜인가 본데? 여기 누가 왔었나 봐. 야, 잘 찾아봐."

후우~ 진우는 한숨을 내쉬었다. 이제 조용히 넘어가기는 텄다. 그는 벌떡 일어나 놈들에게 총을 겨누며 외쳤다.

"움직이지 마!"

조용하던 밤하늘에 진우의 목소리가 커다랗게 울렸다. 놈들은 소스라치게 놀라 돌아서며 총을 고쳐 쥐려 한다. 진우는 다급하게 왼손을 흔들며 놈들에게 멈추라는 신호를 보냈다.

"아냐! 아냐! 멈춰! 움직이지 마! 총에서 손 떼! 나, 너희 안 죽이고 싶어! 그러니까 까불지 말고 그대로 서 있어! 그럼 해치지 않는다! 움직이지 말라고!"

여섯 명 모두 숨을 죽이고 서 있다. 갑자기 숲속에서 불쑥 튀어나온 남자를 무엇이라 간주해야 하는지 그 계산을 하고 있는 모양이다.

수영복 반바지에 맨발 차림이지만, 방탄 전술 조끼에 하이바를 갖추고 요란한 광학 장비가 달린 K—2를 들고 서 있는 남자. 아마 진우가 그들의 입장이었어도 혼란스러웠을 것이다.

"진정해! 그리고 도발하지 마. 나는 벌써 조준 마쳤고, 너희는 아니야. 그러니까 행여 기회가 있을 거라는 생각 따위 하지 말라고! 너희들만 이상한 짓 안 하면 나는 너희 안 해쳐! 이건 진심이야! 자⋯ 다들 총 내려놔."

진우는 최대한 진심을 담아서, 그리고 위엄 있게 말했다. 하지만 놈들에게는 그 마음이 제대로 전달되지 않은 모양이다.

여섯 놈은 쭈뼛거리기만 할 뿐, 좀처럼 총을 내리려 들지 않는다. 진우는 가장 우측에 서 있는 녀석의 행동이 거슬렸다. 놈은 자꾸 방아쇠울 안에 손가락을 넣으려고 하는 중이었다.

"야! 너! 반바지! 까불지 말라고, 이 새끼야! 총 내려놔! 너부터! 순서대로 한 놈씩!"

날선 목소리로 경고를 받은 뒤에야 녀석은 슬그머니 손가락을 뺐다. 그러나 아직도 총을 내려놓지는 않고 있다.

하긴⋯ 자신들에게 총을 겨누고 있는 상대가 누구인지도 모르면서 섣불리 무장을 포기하기란 쉬운 일이 아니다. 사실 현명한 방법도 아니고.

그런 마음을 알기에 진우의 입도 바짝바짝 말랐다. 죽이는 건 쉽다. 하지만 못할 짓이기도 하다. 그는 어떻게든 이 녀석들을 무장해제시켜 묶어두고 싶었다.

어차피 하룻밤만 그렇게 해두면 된다. 내일 자신이 제트스키를 타고 떠날 때 풀어주면 아무도 다치지 않고 일이 마무리될 수 있다.

"젠장, 저 아저씨 말 듣자… 총 내려놔……."

놈들 중 리더로 보이는 녀석이 천천히 허리를 굽히며 총을 바닥에 댄다. 그때, 진우는 녀석의 표정과 시선에서 묘한 위화감을 느꼈다.

'이 새끼… 나를 보고 있지 않았어… 대체 내 등 뒤에 뭐가 있기에…….'

진우가 위치를 바꿔야겠다고 느낀 순간, 뒤쪽에서 사납게 으르렁대는 소리와 커다란 총성이 거의 동시에 울렸다.

크와아앙! 으르르!

타앙—! 타앙—!

진우는 자기도 모르게 목을 움츠렸다. 그가 움찔하는 사이에 앞쪽의 여섯 놈이 잽싸게 총을 고쳐 쥐고 그를 향해 겨눈다. 그러지 말라고 말려볼 틈도 없었다. 진우는 머뭇거리지 않고 방아쇠를 당겼다.

탕— 탕탕탕탕— 탕탕— 탕탕탕— 탕탕— 탕탕탕—

커다란 메아리와 함께 화약 연기가 자욱하게 피어올랐다. 뭔가 시도해 보려던 여섯 명의 무장한 남자는 머리와 가슴에서 피를 쏟으며 바닥에 나동그라졌다.

삼식이!

진우는 곧바로 뒤돌아섰다.

등 뒤에서 울려온 총성!

분명 놈들 일행이 쏜 거다. 그가 전혀 모르고 있던 한패가.

자세를 낮춘 채 기척이 느껴지는 방향으로 다가가자 어둠 속에서 뭔가가 꿈틀거린다. 삼식이다. 삼식이는 일곱 번째 남자의 목덜미를 꽉 문 채로 머리를 사납게 흔들어 대는 중이었다.

우드득, 꽈득—

살점과 핏줄이 끊겨 나가는 소리!

남자의 목과 삼식이의 주둥이는 온통 피로 물들어 있었다. 남자는 어떻게든 벗어나 보기 위해서 마지막 남은 힘을 다해 팔다리를 버둥거린다.

으르르르!

삼식이가 잇몸을 드러내며 남자의 목을 더 깊이 깨물었다.

찌이익, 핏줄기가 높이 솟아오른다. 그리고 그것으로 끝이었다. 허공에서 허우적대던 남자의 손이 힘없이 툭, 떨어진다. 경련을 일으키며 부들거리던 두 다리의 움직임도 결국 멈췄다.

"삼식아……."

진우는 녀석의 이름을 불렀다.

헤엑— 헤엑—

삼식이는 아직도 흥분이 다 가라앉지 않았는지 가슴을 벌떡거리며 진우를 뒤돌아본다. 혀를 널름거려 입가에 묻은 피를 핥던 녀석이 진우의 곁으로 다가와 킁킁거리며 냄새를 맡았다.

진우가 멀쩡하다는 걸 확인한 삼식이는 뭉뚝한 꼬리를 바쁘게 씰룩거리며 기쁨을 표시했다.

"하아~ 너는 괜찮아? 응? 총소리 났는데……."

진우는 삼식이의 몸을 더듬어보고 나서 꼭 끌어안았다. 이 고마운 녀석에게 또 한 번 큰 빚을 졌다. 이 녀석이 알아채지 못했다면 뒤에서 쏜 총알에 맞아 맥없이 죽을 뻔했다.

진우는 삼식이의 머리를 쓸어주면서 계속 같은 말을 중얼거렸다.

"고마워… 고마워……."

삼식이도 열심히 진우의 얼굴을 핥아준다. 녀석의 혀에서 풍기는 비릿한 피 냄새를 맡으며 진우는 주변의 어둠을 빤히 노려보았다.

혹시라도 저놈들의 또 다른 일행이 있지는 않을까 하는 걱정이 들어서였다. 하지만 더 이상 움직이는 것은 보이지 않았다.

"후우우~"

잠시 시간이 흐르고 난 뒤, 진우는 삼식이가 죽인 남자의 시체 앞에 서서 목이 반쯤 잘려 나간 모습을 물끄러미 내려다봤다.

나이는 이십 대 중후반. 고통 때문에 일그러져 있기는 하지만, 대체적으로 평범한 인상의 남자였다. 딱히 악해 보이지도, 딱히 선해 보이지도 않는, 그런 얼굴. 피를 잔뜩 뒤집어쓰고 있지만, 그리 험악하지 않다.

예전 같았으면 이런 사람이 심야 버스 옆자리에 앉아 있다고 해도 진우는 별걱정 없이 의자 등받이에 머리를 기댄 채 잠을 청했을 것이다. 아마 이 사람도 마찬가지였을 거고.

그런데 지금은… 서로가 서로를 믿지 못했기 때문에 순식간에 일곱 명의 목숨이 사라져 버렸다. 그 자신 역시도 죽을 뻔했다.

방아쇠를 당기는 순간이 1초만 늦었더라도 지금 바닥에 쓰러져 차갑게 식어가고 있는 것은 저들이 아니라 그 자신이었을 것이다.

진우는 자신이 방아쇠를 당기던 그 순간을 선명하게 기억하고 있다. 순식간의 일이지만, 마치 슬로우 비디오를 보는 것처럼 모든 장면이 느리게 느껴지기도 했다.

덕분에 가슴이 총탄에 뚫리는 순간에 사람의 표정이 어떻게 일그러지는지, 뒤통수가 터져 나갈 때 목이 어떻게 젖혀지고 피 안개는 얼마나 퍼지는지 따위를 하나도 빠짐없이 지켜봤다.

"세상에… 이게… 이게 뭐지? 왜 이런 짓을 해야 하는 거지?"

진우는 얼굴을 감싸 쥐고 한숨을 내쉬었다. 딱히 잘못한 것도 없는 사람 일곱 명을 그저 우연히 한 장소에서 마주쳤다는 이유만으로 죽여야 했다니… 이건 뭔가 불합리하다.

만일 자신이 내일 여기에 도착했더라면… 혹은 제트스키에 대해 잘 알고 있어서 오늘처럼 시간을 허비하지 않고 바로 출발했더라면… 아무도 죽을 필요 없었다.

"후우~ 정말이지, 이게 얼마나 허무한 거냐…… 이 사람들도 정말 죽어라 싸우고 서로 의지해 가면서 지금까지 사이좋게 살아남았을 텐데."

아무리 생각하지 않으려 노력해도 너무 기분이 더럽다. 진우는 쓰디쓴 입맛을 지우고 싶어서 연신 마른침을 삼켰다.

물론 삼식이는 그렇지 않았다. 녀석은 진우가 멀쩡하다는 것이 기뻐 계속 그의 주위에서 몸을 기댄다.

"M−16이네. 어디에서 이렇게 오래된 걸 구했지? 예비군은 아직도 이런 걸 쓰나? 아니면 경찰서를 턴 건가?"

진우는 남자의 옆에 떨어져 있던 총을 주워 들었다. 어지간히 낡아 있어서 과연 제대로 발사는 될까 의심스러울 지경이다.

어쨌든 여기에 이대로 남겨둬 봐야 별로 좋을 게 없다. 누가 쏘더라도 총알은 똑같은 위력으로 박힌다. 그러니까 위험 요소는 미리미리 제거해 두는 편이 낫다.

"방에 갖다 둬야겠다."

일곱 번째 남자의 M−16을 어깨에 건 뒤, 진우는 나머지 시체들이 있는 곳으로 걸어갔다. 그가 뚫어놓은 구멍에서 콸콸 흘러나온 피 때문에 시체들 주변 바닥은 흠뻑 젖어 있었다.

진우는 소총들을 집어 대충 피를 털고 카트 안에 담았다. 탄창도 다 챙기고 싶었지만, 그건 내일 아침으로 미뤘다. 지금 플래시를 켠 채 그 짓을 하고 있다가는 표적이 되기 딱 좋다.

"응? 이게 뭐야?"

리더 녀석의 시체에서 소총을 빼던 진우는, 녀석의 벌어진 옷깃 사이를 유심히 들여다봤다. 목걸이인데, 어딘가 이상하다.

대체 뭐가 이렇게 주렁주렁 달려 있는 거지?

본능적으로 꺼림칙한 물건이라는 걸 깨달았지만, 진우는 녀석의 셔츠 단추를 잡아 뜯었다.

"이놈… 봐라?"

진우는 이미 차갑게 식은 리더 놈의 얼굴을 빤히 노려보았다. 목걸이에 주렁주렁 꿰어져 있는 것은, 어이없게도 사람의 손가락이다.

모두 여덟 개. 어떤 가공을 했는지는 모르겠으나, 꽤나 생생한 상태로 보존되어 있다. 그리고 전부 엄지손가락이었다. 매니큐어가 칠해진 것도 두 개나 된다.

"이… 이런 미친 새끼가… 무슨 식인종도 아니고… 이런 지랄을 왜 하는 거지?"

혐오감이 밀려들어 진우는 이마를 찌푸렸다. 조금 전 무의미한 살인에 대해 괴로워하던 때에 느낀 것과는 다른 종류의 혐오감이었다.

그 목걸이를 보고 나니 아까 이놈들이 떠들어 대던 말들이 훨씬 의미심장하게 느껴진다.

우리 구역, 저번에 구했던 여자들……

"혹시 이놈들 일당이 더 있는 걸까?"

숲속에서 꺼내 온 가방을 카트에 담으며 진우는 멀리 어둠에 덮여 있는 국도 방향을 바라봤다. 만약 일당이 또 있다면 이쪽으로 돌아오지 않는 녀석들을 찾아 나설 수도 있다.

그런데 문제는 그게 몇 명인지를 모른다는 점이다. 아예 없을 수도 있고, 수십 명일 수도 있다.

"젠장, 잠은 다 잤네."

자신의 짐과 놈들의 총까지 모두 2층으로 올려둔 뒤, 진우는 창문에 기대앉았다. 그러고는 이따금씩 고개를 들어 창밖을 살폈다.

삼식이가 경고를 해준다고는 하지만, 대비를 해야 한다. 누군가의 목걸이에 장식되기 위해 손가락이 잘리고 싶은 마음은 추호도 없으니까. 그의 발치에 엎드린 삼식이는 꾸벅꾸벅 졸고 있다.

몇 시간 뒤, 모두에게 아침이 찾아왔다.

가장 먼저 하루를 시작한 것은 상봉 코스트코의 보안관 일행이었다. 그들은 훤하게 동이 터오는 오전 네 시 반에 일어나 연장과 짐을 가지고 산책로를 향해 이동했다.

그로부터 한 시간 뒤인 오전 다섯 시 반에는 삼각지의 태양그룹 본사에서 그날의 첫 헬기가 떠올랐다. 물론 인간 사냥을 위한 출격이었다.

그물 베슬을 길게 늘어뜨린 헬기는 기수를 북서쪽으로 잡고 경기 지역을 향해 날아갔다.

바로 그 시각, 양평에서는 밤을 꼬박 지새운 진우가 무거워진 눈꺼풀을 이기지 못해 잠에 빠져들었다.

드릉— 드릉—

진우의 코 고는 소리에 깨어난 삼식이가 다시 눈을 감는다.

강가에 자욱하게 피어오른 아침 안개가 유난히 무더울 하루를 예고하고 있었다.

5

지독한 싸움이었다. 손가락이 잘려 나갈 것 같은 위기도 여러 번 겪었다. 하지만 결국 승리했다.

악마 같은 새끼들을 모두 잡아 죽인 뒤에 감옥의 문을 열었을 때, 거기에는 눈부시게 아름다운 두 여자가 있었다. 테라, 그리고 제니.

"나와도 돼. 이제 안전해."

진우는 만신창이가 된 몸으로 따뜻한 미소를 지으며 손을 내밀었다. 핑크 펀치 두 명은 홀린 듯 그를 바라본다.

"…정말이요?"

둘이 동시에 묻는다. 언제나 듣던 그 목소리, 그 느낌. 테라는 수줍어했고, 제니는 도발적이다. 진우는 고개를 끄덕였다.

"우와! 고맙습니다, 오빠!"

제니와 테라가 진우의 목을 얼싸안고 팔짝팔짝 뛴다. 그녀들의 머리카락이 얼굴을 스칠 때마다 온몸에 전류가 지릿지릿 흐르는 것 같다.

으으응~ 너무나 황홀해져서 진우는 자기도 모르게 한숨을 내쉬었다.

"나쁜 놈들 엄청 많았는데, 어떻게 이기신 거예요?"

"아, 그야 뭐……."

진우는 가슴에 달려 있는 특등사수 휘장을 내보이며 말했다.

"내가 제일 잘 쏘니까."

까아― 그녀들은 가벼운 비명을 지르며 환하게 웃는다. 테라가 볼을 붉히며 말했다.

"오빠, 멋있어요."

"응? 응? 진짜? 내가 멋있다고?"

진우는 당황해하면서 제니를 돌아봤다. 제니도 고개를 끄덕인다.

"네, 저도 반한걸요. 후후후… 그럼 이제 결정할 시간이네요……."

바라보기만 해도 녹아버릴 것 같은 미소를 지으며 제니가 진우의 볼을 쓸어준다.

응? 결정? 무슨 소리야?

진우는 얼빠진 얼굴로 두 사람을 번갈아 보았다.

"…누구를 선택할 건지요."

테라가 쑥스러워하면서 고개를 모로 튼다.

정말? 정말 내가 고르면 되는 거라고?

진우는 바짝 말라오는 입술을 핥았다.

이럴 수가! 나는 그냥 순수하게 구해준 것뿐인데… 너희들, 나에게 완전히 홀딱 반해 버렸구나!

"누구를 택해도 원망하지 않을 거예요."

제니가 고혹적으로 웃었다. 테라도 부끄러워하며 덧붙였다.

"응, 너무 멋지니까."

하… 하하하…….

벅차오르는 기쁨에 진우는 큰소리로 웃었다.

그렇지! 이런 게 정의고, 이런 게 사는 거지! 이렇게 되려고 그동안 그렇게 고생을 했었구나! 그래, 그 모든 일들이, 지금도 온몸이 뻐근한 이 고통이 다 이 순간을 준비하기 위한 과정이었다면 납득할 수 있다.

"대답… 안 해줄 거예요? 누굴 선택할 건지."

테라가 물었다. 그 말을 하는 것이 어지간히도 부끄러운지 그녀는 두 손으로 치맛자락을 꼭 쥐고 있다. 제니는 굵게 웨이브 진 머리를 쓸어 넘기면서 찡긋 윙크를 한다. 진우는 두근거리는 가슴을 진정시키면서 입을 열었다.

"내가 좋아하던 고참이 가르쳐 준 게 있어. 굉장히 중요한 진리라서 똑똑히 기억하고 있지. 난 이 시점에 너희들에게 그 말을 해주고 싶어."

"뭔데요?"

제니와 테라가 바짝 다가오며 물었다. 긴장한 둘의 숨결이 진우의 목덜미에 닿는다. 그녀들의 온기를 느끼면서 진우는 씩 웃었다.

"둘 다 선택할 수 있는데 하나만 고르는 건 바보 새끼들이나 하는 짓이라고."

"어머~ 몰라요! 이상해!"

말은 그렇게 하면서도 둘은 진우의 가슴을 꼬옥 끌어안는다. 진우도 양손으로 그녀들의 머리를 쓸었다.

품 안에 들어온 테라와 제니! 아아… 이 쾌감, 이 성취감!

진우의 가슴은 터질 듯이 부풀어 올랐다.

"정말 우리 둘, 다 감당할 수 있어요?"

제니가 눈을 빛내며 물었다. 그리고 그녀는 진우가 대답을 하기도 전에 날름 그의 목덜미를 핥았다. 그녀의 과감한 혀가 턱선을 타고 올라와 입술에 이르렀다.

테라도 진우의 코에 입을 맞춘다. 진우는 그녀들의 머리카락을 더 바짝 틀어쥐었다. 생각했던 것보다 더 숱이 많고 억센 머릿결이었다. 꼭… 개털 같다.

"으! 으!"

진우의 입에서 터지는 신음.

너무 좋다. 좋기는 진짜 좋은데… 두 사람이 번갈아가며 코와 입을 바쁘게 핥아대니, 수… 숨을 못 쉬겠다.

"자… 잠깐만! 나 숨 좀……."

견디다 못한 진우가 그녀들을 밀쳐 내보려 했다. 하지만 제니는 그 다이너마이트 같은 몸으로 진우를 꽉 옥쥔다. 진우는 안간힘을 써보지만, 꿈쩍도 않는다.

얘가 이렇게 무거웠던가…….

"안 돼요. 이제 막 달아오르는 참인데……."

말이 끝나기가 무섭게 제니는 다시 진우의 볼과 입을 핥아댔다.

으아… 침이… 침이 어지간히 많은 애다. 게다가… 입 냄새가… 얘네들, 도대체 며칠이나 이를 못 닦고 갇혀 있었던 거지?

"…만, 그…만! 그만! 제발 그만!"

비명을 질러 대다가 진우는 잠에서 깼다. 바로 눈앞에 삼식이의 커다란 얼굴이 기다리고 있다. 진우의 위에 올라탄 채 계속 핥아대던 삼식이는 마침내 진우가 눈을 뜨자 반가운 목소리로 얼— 하고 짖었다. 녀석의 입술 한구석에서 끈적한 침방울이 주르륵 흘러내린다.

'이… 이게 뭐지? 테라랑 제니는… 어디로 가고…….'

잠시 멍해져 있던 진우는 그 달콤한 순간이 꿈이었다는 걸 깨달았다. 꿈이라도 좋다. 그런 상황에 놓여서 기뻐할 수만 있다면 하루에 열 시간이라도 자고 싶다. 그런데… 이, 이놈이 깨워 버렸다.

"아으~ 이 새끼야! 좀 이따가 핥을 것이지! 완전 기분 좋은 꿈이었는데… 너 때문에 깼잖아! 진짜… 그런 꿈을 꾸기가 얼마나 힘든 줄 알아? 아으, 이 침… 이거 다 어쩔 거야?"

진우는 녀석의 볼따구니를 잡고 좌우로 흔들면서 투덜댔다. 그래봐야 기죽을 삼식이가 아니다.

녀석은 진우가 잔소리를 늘어놓는 바로 그 순간에도 또 널름 볼을 핥는다. 진우는 울상을 지으며 침대 시트를 당겨 얼굴을 닦았다.

"으, 몇 시까지 잔 거냐, 나."

진우는 시계를 확인하고 고개를 저었다. 늦은 새벽까지 보초를 서다가 선잠이 드는 바람에 해가 중천에 오를 때까지 퍼져서 잤다.

뿌옇게 흐려져 있던 머릿속이 차차 개면서 어제 했던 일들과 오늘 해야 할 일들이 하나씩 떠오른다.

"맞다! 혹시 그놈들 패거리 왔나?"

손가락 목걸이를 한 놈들을 쏴 죽였던 일이 떠오른 진우는 창문에 기대 바깥쪽을 엿봤다. 밖은 고요했다. 움직이는 것이라고는 바람에 따라 이따금씩 흔들리는 나뭇가지 정도뿐이다.

하긴 근처에 사람이 와 있으면 삼식이가 이렇게 태평할 리가 없다.

"그래, 제트스키 타야지."

선착장으로 나와 삼식이와 아침을 먹으면서 진우는 넓고도 끝없이 뻗어 있는 남한강을 바라보았다.

그들이 햄과 건빵을 우물거리는 자리에서 10여 미터 뒤에는 좀비와 사람들의 시체가 잔뜩 널브러져 있고, 바닥에 흥건하게 고인 피는 아직도 다 마르지 않았다.

붉게 물든 시멘트 바닥을 바라보면서도 진우는 통조림 속에 남은 햄을 남김없이 싹싹 다 긁어 먹었다.

"어디… 계획을 한 번 세워보자."

진우는 비닐봉지로 방수 처리한 짐들을 고무보트에 싣고, 로프로 묶어 고정시켰다.

탄창이 든 가방, 배낭, 전술 조끼, 식량 보따리, 그리고 삼식이를 여기에 태워 제트스키로 끌고 갈 것이다. 제트스키 앞쪽에 물품 보관 공간이 있긴 하지만, 그리 크지 않아서 하루 치 식량과 예비 연료 약간을 채워 넣으면 꽉 차기 때문이다.

"됐나?"

짐들을 고정시킨 뒤, 진우는 보트를 좌우로 흔들어보면서 중심을 점검해 봤다. 무게 배분은 대충 맞은 것 같고, 연결 상태도 튼튼하다. 이제 가운데에 삼식이만 앉으면 된다.

"삼식아, 이리 와. 여기 앉아."

진우가 고무보트 바닥을 통통, 두들기자, 선착장에 앉아 기다리고 있던 삼식이는 경쾌하게 보트 위로 뛰어올라 가방 옆에 턱 선다. 진우는 선착장과 연결된 로프를 풀어냈다.

"중심 잘 잡고 있어. 연습 한 번 해볼게."

제트스키 핸들을 잡은 진우는 삼식이를 향해 엄지손가락을 치켜세워 줬다. 그러고는 스타트 버튼을 눌렀다.

부드드드드등―

엔진 소리와 함께 뒤쪽에서 물기둥이 약하게 뿜어져 나온다. 진우는 허리를 돌린 채 앉아 그 모습을 황홀하게 바라보았다.

신기한 물건이다. 어제 보니 뒤쪽에 스크루 같은 것도 눈에 띄지 않던데, 대체 어떤 원리로 이게 물 위에서 달리는 걸까?

"좋아, 간다!"

진우는 가볍게 핸들을 틀고 팔목을 비틀어 액셀러레이터를 돌렸다.

부드드드드등―

엔진 소리가 더욱 요란해지는가 싶더니, 제트스키가 출발한다. 예상했던 것보다 더 쉽다.

핑―

보트와 연결해 뒀던 로프가 팽팽하게 당겨지는가 싶더니, 제트스키가 빠르게 앞쪽으로 질주했다. 진우는 만면에 웃음을 지으며 더욱 속도를 올렸다.

"와하하하하! 이거 봐! 별거 아니네! 자전거보다 더 쉬워!"

부아아아앙— 파악— 파악—

빠른 속도로 물살을 가를 때마다 제트스키는 가볍게 위쪽으로 튄다. 물보라에 얼굴이 흠뻑 젖은 진우는 뒤쪽을 돌아보았다.

"삼식아! 너도 재미있지? 꽉 잡아야 돼! 떨어지지 않……."

하지만 보트는 따라오지 않고 있었다. 제트스키의 꼬리에는 로프만 길게 끌려오고 있을 뿐이었다. 저 멀리 혼자 남겨진 고무보트 위에서는 삼식이가 멍한 눈으로 진우를 바라보고 있다.

그러다가 첨벙 물속으로 뛰어들었다. 녀석이 허우적거리며 개헤엄을 치는 걸 보며 진우는 다급하게 핸들을 틀었다.

제트스키는 수면 위에 크게 원을 그리며 다시 선착장으로 되돌아갔다. 제트스키가 근처로 와서 멈춰 서자 삼식이는 미친 듯이 다리를 움직여 대며 수영 속도를 높였다. 그런 후, 진우의 도움을 받아 겨우겨우 제트스키 위로 기어올랐다.

"하하하하! 놀랐어? 미안, 미안. 아니, 이게 왜……."

진우는 삼식이의 머리를 쓸어주며 고무보트와 연결했던 로프를 살펴봤다. 끊어진 게 아니었다. 단지 그가 매듭을 잘못 묶었던 것뿐이다.

"이번에는 두 번 겹쳐서 묶어둬야지. 혹시라도 가는 도중에 또 풀리면 안 되니까……. 야, 삼식아. 머리 좀 치워봐. 안 보이잖아. 옆으로 가 있어."

매듭을 다시 단단히 묶던 진우는 바짝 달라붙은 삼식이를 밀어내며 말했다. 하지만 이놈, 잔소리를 들으면서도 계속 앞발을 대고 머리를 기웃거려서 진우의 일손을 늦춘다.

한자리에 가만히 있는 것도 아니다. 진우가 보트로 가면 놈도 보트로 오고, 진우가 제트스키로 옮겨 타면 녀석도 훌쩍 좌석 위로 뛰어오른다.

가뜩이나 좁고 중심을 잡기 어려운 데서 덩치가 커다란 놈이 그렇게 쫓아다니니, 이만저만 귀찮은 게 아니다.

"어후! 정신없어! 한자리 진득하게 좀 있어, 삼식아."

녀석에게 밀려 물에 빠질 뻔한 진우가 짜증을 부렸다.

후우~ 진우는 한숨을 내쉬며 다시 제트스키 핸들을 잡았다. 그랬더니 그 구박에도 아랑곳 않고 삼식이 놈은 앞자리로 파고들어 커다란 등짝으로 시선을 다 가린다.

"야, 삼식아. 안 보여. 저기 보트에 가 있어."

아무리 부탁을 해봐도 녀석은 요지부동이다. 진우가 자리를 알려주기 위해 직접 보트 위로 걸어가자 그제야 따라온다.

"그래, 그렇게 앉으라고. 잘할 수 있잖아."

진우가 이마에 솟아난 식은땀을 훔치고 다시 제트스키의 좌석에 앉자, 삼식이 놈은 또 따라왔다.

어휴~ 이건 대체 무슨 장난이 하고 싶어서 이러는 거지? 나는 마음이 급해 죽겠는데…….

진우는 앞자리를 차지하려고 일어서는 삼식이를 손바닥으로 막으며 화를 냈다.

"야! 장난 그만 쳐! 왜 그래? 너, 왜 갑자기 바보 흉내 내냐? 영리한 놈이 그렇게 하니까 더 답답하잖아!"

끄응, 삼식이는 고개를 숙여 시선을 피하면서도 여전히 고집을 꺾지 않았다. 그 순간, 조금 전 남겨진 보트 위에 뻥 뚫린 듯한 눈으로 앉아 있던 녀석의 모습이 거기에 겹쳐 보이자, 갑자기 가슴이 뭉클하다. 진우는 비로소 녀석이 이런 기행을 보이는 이유를 알 것 같았다.

"아~ 혹시… 버리고 갈까 봐 그래? 아니야. 내가 왜 그러겠어. 그거는 그냥 실수였어. 줄이 잘 묶여 있는 줄 알았다고. 저기 보트에 내 탄창도 있었잖아. 너, 알지? 내가 그걸 버리고 가겠어? 에이, 알았다. 그래, 여기 타라."

녀석의 마음을 읽은 것 같아 진우는 더 이상 내리라는 말을 할 수 없었다. 결국 자신이 양보하기로 했다.

허락을 받은 삼식이는 신이 나서 진우와 핸들 사이로 파고든 뒤, 앞발을 계기판 위에 척 걸쳤다.

덕분에 진우는 녀석의 넓은 등판밖에 안 보였다. 진우는 고개를 비스듬히 틀어 전방의 시야를 확보하려고 애를 썼다.

초보 운전을 하는 입장에서 정말 불편한 자세였지만, 지은 죄가 있는 터라 꾹 참았다. 워낙 시원하게 트인 강 위를 달리는 거니까, 속도만 그리 내지 않으면 크게 위험하지는 않을 것 같다.

"잘 잡은 거 맞아? 이거, 꽤 흔들린다."

앞에 앉은 삼식이가 중심을 잘 잡고 있는지 몇 번이나 확인해 본 뒤에 진우는 액셀러레이터를 돌렸다.

부아아아앙—

힘차게 물살을 가르며 제트스키가, 그리고 거기에 연결된 고무보트가 앞으로 나아간다. 진우는 가끔 한 번씩 고개를 돌려 고무보트가 잘 따라오고 있는지 확인했다.

얼— 얼— 얼—

조금 시간이 지나자 삼식이도 기분이 좀 풀렸는지 신나게 짖어 댄다. 몸을 틀어가며 앞을 살피던 진우도 쓴웃음을 지었다.

그리 속력을 내는 것도 아닌데, 둘을 태운 제트스키는 금방 몇 개의 교량 아래를 지나 커다란 호수에 도착했다. 시원한 바람이 물보라를 싣고 날아와 얼굴을 적신다.

"으아~ 아름답다."

거울처럼 맑은 수면과 거기에 비친 녹색 섬들을 바라보며 진우는 탄성을 질렀다. 혼자 보기 아까울 만큼 빼어난 경치였다. 가슴이 벅차오른다.

길고, 길고, 길었던 여정의 종장은 그렇게 그림 같은 풍경과 함께 시작되었다.

드디어 오늘, 몇 시간 내에 그는 잠실에 도착하게 될 것이다.

4장
가장 뜨거운 날

1

"천천히 와봐! 천천히!"

유빈이 앞에서 손짓으로 신호를 보낸다. 보안관은 창밖으로 고개를 내민 채 핸들을 꺾어 차를 최대한 경사진 잔디밭 쪽에 붙였다. 그러고는 천천히 가속페달을 밟았다.

철벅─

그래도 물을 완전히 피해 가지는 못한다. 비스듬하게 기운 채 달리던 코롤라의 왼쪽 앞바퀴가 절반 이상 물에 잠겼다.

포기하려면 지금 해야 한다. 만약 흡기구가 잠겨 버리면 자동차는 접지력을 잃고 그냥 물에 끌려 들어가 버릴 테니까. 또 비탈길의 경사를 이기지 못해 넘어가 버린다고 해도 끝장이다.

"에이! 그냥 가볼래! 어차피 내 돈 주고 산 차도 아니고! 정안 되면 새로 하나 구하지 뭐! 간다!"

앞뒤 재기 귀찮아진 보안관은 액셀을 지그시 밟았다. 물이 튀는 소리와 함께 자동차에 둔중한 저항이 느껴진다. 왼쪽 차체의 아랫부분이 물에 잠긴 것이다.

왈칵— 왈칵—

예전 좀비들을 들이받을 때 찌그러져 벌어진 문틈 사이로 물이 새어 들어온다. 그래도 보안관은 속도를 줄이지 않았다.

아아앙—

기울어진 채 달리던 코롤라는 결국 물웅덩이를 통과했다. 주변에서 지켜보고 있던 친구들이 안도의 한숨을 내쉬고, 짤깍짤깍 손뼉을 쳐준다. 기가 산 보안관은 차에서 내려 삼식이를 뒤돌아봤다.

"삼식아! 내가 지금 지나온 라인 보이지! 그리로 오면 돼! 안넘어가!"

"하하하! 내가 더 아슬아슬하게 통과할 건데?"

자신 있게 말한 삼식이는 오피러스를 몰고 비슷한 궤적을 통과했다. 그간 비가 오지 않아 웅덩이의 물이 줄어들었기에 가능한 일이었다.

"잘했어. 이제 나눠 타보자."

유빈이 앞쪽에 내려둔 카니발로 다가가며 말했다. 오늘 동부 간선도로에서 골라 배터리를 갈고 내려놓은 미니밴이다.

"탄다고? 어디 가려고?"

새벽부터 펜스를 떼어내고 자동차를 미느라 진이 쪽 빠진 신입이 물었다. 유빈이 앞쪽으로 뻗어 있는 산책로를 가리키며 말했다.

"이 길로 쭈욱."

신입은 믿을 수 없다는 듯 고개를 저었다.

"설마… 잠실까지 간다고? 지금? 이 길로?"

"에이, 설마… 내가 그렇게 겁 없이 군 적이 있나… 그리고 어제 너도 계획 다 들었잖아."

유빈은 쓴웃음을 지으며 카니발에 짐을 실었다. 신입이 멍한 얼굴로 가만히 서 있자 태권소녀가 손바닥을 펴서 그의 등짝을 한 대 쫙, 치고 지나갔다.

말이 손바닥 한 대지, 어지간히도 매워서 이건 등에 불이 붙은 것 같다. 여간해서는 손이 잘 닿지도 않는 등짝 한가운데를……

"아! 아야! 이런 씨바……."

욕을 하려던 신입이 급하게 입을 다문다. 태권소녀가 매서운 눈초리로 휙 돌아보았기 때문이다.

"그러니까 남이 말할 때 잘 좀 들으라고. 담배 피운다 어쩐다 그러면서 딴짓하지 말고. 네가 멍청하게 굴다가 그것 때문에 우리 다 곤란해지면 어쩔 건데?"

"내, 내가 언제 누구를 곤란하게 했다고 지랄이야! 이씨… 어차피 오늘은 서 있는 차들 중에서 배터리만 갈아서 산책로까지 내려놓는다고 했잖아. 멍청한 게 손은 존나 매워 가지고……."

주춤주춤 뒷걸음질을 쳐서 보안관과 삼식이 뒤에 숨은 신입이 성질을 부렸다. 태권소녀는 그런 신입의 얼굴을 빤히 노려보았다.

"그래! 그다음에 이 차들로 가능한 한 멀리까지 가본다는 말도 했었지. 이 앞 산책로가 얼마나 뚫려 있는지 확실히 모르니까. 빗물 호수에 막힌 데가 있으면 두 대는 거길 넘어가서 세워둔다는 말도 했고! 다 네가 툴툴거리면서 딴청 피울 때 했던 이야기들이잖아!"

카니발에 규영이를 태운 태권소녀가 문을 쾅! 닫는다. 문이 완전히 닫힌 것을 확인한 신입은 그녀에게 들리지 않을 정도로 작게 투덜거렸다.

"미친년… 빠짝 쫄아 가지고… 자기가 무서우니까 공연히 나한테 성질을 부리고 자빠졌네."

보안관이 제니, 임수정과 함께 코롤라에 탔고, 흡연차인 오피러스에는 신입과 삼식이가 탑승했다. 자동차의 문을 닫고 둘만 남았을 때, 삼식이가 신입을 돌아보며 말했다.

"야, 근데 신입. 너도 밖에 나올 때는 좀 긴장감을 가져라. 나서서 작전을 짜라는 것도 아니고, 잘 들어두라는 거잖아. 그 정도는 해야지. 너 만약에 긴급한 상황이 생기면 어떻게 해야 한다고?"

"글쎄? 몰라? 자동차에 타고 도망간다?"

"이것 봐. 이러면 안 돼. 만약에 카니발이 비어 있으면 무조건 거기에 타는 거야. 그래야 그거 한 대로 다른 사람들도 다 태울 수가 있지. 그리고 차 열쇠는 무조건 운전석 선바이저에 끼워두기로 했어. 물론 너는 그것도 안 들었겠지만."

삼식이가 말했다. 다들 자신한테만 잔소리를 하는 것 같아 불만스러워진 신입이 머리를 긁적이며 투덜댔다.

"아, 몰라! 애초부터 별로 가고 싶지도 않았는데, 억지로 끌고 나오더니 이제는 별걸로 다 잔소리를 하네, 개새끼들. 위기 상황에 처할 게 무서우면 애초에 안전한 데서 기어 나오지를 말았어야지! 씨발, 그리고 위기 상황이라는 게 뭔데? 멀쩡히 차 타고 갔다가 돌아오는 건데, 어떻게 하면 그런 상황에 처하냐?"

"음… 나도 그건 잘 모르겠는데? 하여간 뭔가 다급하니까 위기 상황인 거겠지."

한껏 진지한 목소리로 충고해 주던 삼식이가 바보 모드로 돌아가 고개를 갸웃거린다. 두 바보가 위기란 무엇인가에 대해 이야기하고 있을 때, 무전기에서 유빈의 목소리가 들려왔다.

— 치익, 내 목소리 들려, 보안관? 치익, 삼식아?

"응, 잘 들리는데? 일반 도로에서보다 깨끗하게 들려."

— 나도 잘 들린다. 치익.

— 치익, 그러면… 치익, 일단 출발할게. 거리를 좀 두고 따라와 봐. 치이익.

그 무전을 남기고 유빈과 태권소녀, 규영을 태운 카니발은 천천히 출발했다. 그 뒤를 따라 보안관이 모는 코롤라가, 마지막으로 삼식이의 오피러스가 따라갔다. 길가에 세워둔 네 번째 자동차, 소형 SUV를 보며 신입이 물었다.

"야, 저건 왜 여기에 내려놓기만 하고 안 타고 가는 거야?"

"으응, 저 차도 보험이야. 이 차들 다 언제 퍼질지 모르니까 한 대 정도는 여유분을 가지고 있자는 거지. 뭐, 딱히 필요 없을 수도 있지만, 그래도 조금만 일해두면 불안해하지 않아도 되는 거잖아. 날씨 좋다… 좀 덥기는 하지만."

삼식이는 뜨거운 태양이 높이 솟아 있는 하늘을 보며 말했다. 계속 달궈져 있던 차 내부라서 에어컨을 팽팽 돌려도 아직 시원하지 않다.

무심코 담배를 물던 신입은 이번 주행 내내 금연하기로 했던 걸 기억해 내고 담배를 다시 갑에 넣었다.

"우와… 이런 경치를 또 보게 될 줄은 진짜……."

1호차 카니발에서는 규영이 황홀한 표정으로 차창 밖에 팔을 내민 채 바람을 만끽하고 있었다. 지난 7월 14일 이후 계속 상봉동 코스트코 주변의 좁은 영역 안에서만, 그것도 대부분 자신의 방 안에서만 살아왔던 그에게 이번 외출은 정말로 각별했다.

"생각했던 것보다 달릴 만하네. 이러다가 정말 오늘 잠실까지 가는 거 아니야?"

출발하기 전까지 야구 배트를 꽉 움켜쥐고 있던 태권소녀도 조금 상기된 얼굴로 중얼거린다. 그녀에게도 드라이브는 좀비 사태 이후 처음 해보는 경험이었다.

좁고 장애물이 많이 떨어져 있는 산책로지만, 차를 타고 달린다는 속도감은 정말 대단히 매혹적이었다. 움푹 떨어져 나간 구멍을 피해 달리면서 유빈이 고개를 저었다.

"운이 좋으면 그럴 수도 있겠지. 길을 막은 호수 같은 게 또 생겨 있지만 않으면. 그런데 여기 산책로를 달리는 것하고, 강을 건너서 잠실까지 가는 것하고는 다른 이야기야. 난이도가 확 뛰어. 산책로만 따라 달려서는 다리를 건널 수가 없거든."

"아, 맞다. 너 임시 거처 찾아보는 것만 이야기하고 강 건너는 방법은 말 안 하더라? 그냥 무작정 가는 거야?"

"강 건너가는 거는… 애초에 오늘내일 이룰 수 있는 목표가 아니었어. 거기 상황에 대해서 아무것도 모르는데 무작정 방법을 정할 수가 있나. 그냥 오늘은 가서 직접 눈으로 보고 올 수만 있어도 큰 수확이라고 생각해."

유빈은 산책로에서 눈을 떼지 않은 채 대답했다. 몇 번의 큰 비 이후 계속 방치되어 왔던 산책로는 흘러내린 돌들과 부러진 나무 따위로 어지럽혀져 있었다.

비록 시속 30킬로미터 정도의 느린 속도로 달리는 것이라고 해도 꽤나 신경이 쓰인다.

"형, 한강… 그 주변에 가면 좀비들이 많을까? 아무래도 그쪽은 사람도 많이 모여 살았던 데고… 임시 거처 찾아보는 것도 쉬운 건 아닐 것 같은데요."

규영이 말했다. 유빈이 짜놓은 작전에서 강변의 임시 거처는 중요한 필수 조건이다. 한강과 그 너머의 상황을 주시해 가며 안정적으로 지내려면, 육안으로 한강이 보이는 위치에 숙소를 구할 필요가 있다.

물론 그런 목적에 적합한 장소가 어디쯤인지, 그곳을 차지하려면 어떤 준비를 해야 하는지도 직접 가보기 전에는 모른다.
유빈은 고개를 끄덕였다.

"그래, 맞아. 위험해. 그러니까 모험이지."

5분 정도 더 속도를 유지하며 달리자 산책로는 점점 더 좁아
졌고, 길 양쪽으로 난간이 설치된 구간이 나타났다. 그리고 머
리 위로는 몇 개의 다리가 교차하며 지난다.

느낌이 안 좋다. 유빈은 가속페달을 밟고 있는 발에 힘을 주
었다.

"꽉 잡아. 흔들릴 거야."

"왜 이렇게 빨리 달려? 길도 좁아졌는데?"

유빈이 속력을 높이자, 태권소녀가 놀라 묻는다.

"다리가 무서워서!"

유빈은 핸들을 꽉 쥐며 대답했다. 움푹 팬 구멍 위를 지날 때
마다 차가 들썩였다. 하지만 어차피 차량 한 대가 겨우 지날 수
있는 좁은 길이라서 피해 나갈 수는 없다.

찌직, 차량이 옆으로 흔들리자, 난간에 갈린 펜더에서 듣기
싫은 쇳소리가 울린다.

위이잉—

보안관과 삼식이의 차도 속도를 맞춰 따라온다. 그렇게 세 개
의 다리 중 두 개를 지났을 때였다.

쿵!

카니발의 뒤쪽 지붕이 움푹 우그러지며 차체가 흔들 한다.

콰장창!

충격을 받은 뒤쪽 유리창들이 박살 나며 파편을 날린다.

"뭐! 뭐야? 규영아, 괜찮아?"

태권소녀가 비명을 지르고 뒤를 돌아봤다. 규영은 놀라 눈이 커다래져 있지만, 다친 곳은 없었다. 그저 규영이 뒷자리의 지붕이 꽤나 우그러져 있을 뿐이다. 유빈은 이를 악물며 외쳤다.

"좀비들이야! 다리에서 뛰어내렸어!"

그의 말을 증명하기라도 하는 듯, 깨진 후면 유리창 사이로 또 다른 좀비가 떨어져 내리는 게 보인다.

바닥에 직격한 좀비가 비틀거리며 겨우 일어날 때쯤, 보안관이 모는 코롤라가 녀석을 들이받았다.

콰작—

좀비가 넘어지며 바닥에 깔렸고, 녀석의 팔에 걸린 코롤라의 범퍼 커버가 떨어져 나간다. 좀비의 시체를 밟고 지나는 동안 자동차는 크게 두 번 기우뚱거렸다.

찌지직, 옆으로 기운 코롤라의 차체가 난간에 긁혔다가 다시 제자리로 돌아온다. 사이드미러는 어디론가 날아가 버렸다.

"또 와요, 오빠!"

제니가 앞쪽을 가리키며 비명을 지른다. 보안관도 알고 있다. 그는 가속페달을 깊이 밟았다.

쌔에에엥—

작은 엔진이 급가속을 하는 소리에 이어 콰앙! 묵직한 충격이 핸들을 통해 전달된다. 코롤라에 받힌 좀비는 크게 튀어 전면 유리창에 부딪혔다.

콰작—

충격을 받은 전면 유리창에 위쪽에 실금이 쫙 퍼졌다. 녀석의 시체는 난간 너머로 튕겨져 높이 자라난 갈대숲 사이로 날아가 처박혔다.

"뒤는 어때요? 삼식이네 차는?"

바닥에 쓰러져 있는 좀비 시체를 잇달아 들이받으면서 보안 관이 외쳤다. 유리창이 깨지면서 룸미러 각도가 바뀌어 아무것 도 안 보인다. 그래도 이제는 다리 밑을 다 관통했다. 임수정이 뒤를 돌아보며 대답한다.

"보닛이 다 찌그러졌어! 어떡해! 별로 안 좋아 보여!"

"젠장! 따라오고 있기는 해요?"

보안관의 질문을 들은 임수정은 눈을 가늘게 뜨고 있다가 고 개를 저었다.

"아닌 것… 같은데? 점점 거리가 벌어져."

"에?"

보안관이 급브레이크를 밟고 뒤를 돌아보았다. 삼식이의 오 피러스는 그 자리에 멈춰 서 있었다. 잔뜩 찌그러진 보닛에서는 김이 무럭무럭 피어오른다. 아마도 떨어진 좀비가 엔진을 강타 하면서 뭔가 문제가 생긴 것 같다.

"아으! 젠장! 삼식아! 니 괜찮아?"

보안관은 무전기를 잡고 외치면서 곧바로 후진을 했다. 무전 을 통해 뭔가 일이 생겼다는 걸 깨달은 유빈의 카니발도 후진 표시등에 불이 들어왔다.

— 치익, 응, 괜찮은데… 좀비가… 치익— 야이 개새끼야! 지금… 치이익, 무전기 잡고 있을 때야? 어어어어! 치익.

삼식이와 신입의 목소리가 반반씩 섞여 들려온다. 거리가 줄어들자 보안관도 그들이 왜 그렇게 다급해했는지 알 수 있었다.

뼈가 부러져 제대로 서지도 못하는 좀비 두 마리가 오피러스의 조수석 문에 달라붙어서 기어오르려는 중이다.

"아으, 이 징그러운 새끼들! 야! 내가 갈게! 문 열지 말고 있어!"

무전기를 내려놓은 보안관은 차문을 열고 내리며 문에 기대 뒀던 빠루를 집어 들었다. 그러고는 시체들 사이를 타 넘으며 오피러스 쪽으로 뛰어갔다.

그라아아아—

유리창을 들이받고 있던 좀비 중 한 마리가 보안관을 돌아보고 멈칫한다. 바로 유리창 너머에서 겁에 질려 소리를 질러 대는 신입과 고함을 지르며 달려오는 보안관 중 어떤 걸 먼저 잡아먹을까 고민이 되는 모양이다.

"뭘 그렇게 쳐다봐! 이 새끼야!"

보안관은 빠루를 있는 힘껏 휘둘러 녀석의 옆머리를 박살 냈다. 비틀거리는 첫 번째 좀비의 턱을 후려갈겨 난간 너머로 넘겨 버리는 동안, 두 번째 좀비는 박치기를 계속해서 결국 조수석 유리창을 깨뜨려 버렸다.

"으아아아!"

좀비의 머리가 차 내부로 쑥 들어오자, 신입은 삼식이의 무릎

위로 기어 올라가며 비명을 질렀다. 녀석이 하도 난리를 쳐서 삼식이도 저항다운 저항을 제대로 할 수 없는 상황이다.

"적당히 해라, 응?"

보안관은 팔을 쭉 뻗어 좀비의 뒤통수와 목뼈 중간 지점을 후려쳤다.

빠각—

이상한 소리와 함께 목이 뒤로 꺾였는데도 좀비는 어떻게든 팔을 넣고 신입을 움켜쥐어 보려고 버둥거린다. 보안관은 다시 한 번 세게, 또 한 번 더 세게, 사정없이 후려쳤다.

빠직! 뻑!

결국 세 대 만에 좀비는 목이 뒤로 90도 이상 꺾인 채 천천히 미끄러져 내렸다. 터져 버린 녀석의 뒤통수에서는 지독한 냄새가 나는 뇌수가 찐득한 피와 함께 흘러내린다.

신입은 그동안에도 계속 고성을 질러 대고 있다. 하긴 좀비의 눈알과 뼛조각이 바로 눈앞에서 튀어나오는데, 비명이 터질 만도 하다.

"아으, 시끄러워. 야, 다 죽였잖아. 그만 소리 질러."

보안관은 미간을 찌푸리며 금이 쫙쫙 간 앞 유리창을 두드렸다. 운전석 문을 열고 나온 삼식이가 한숨을 내쉰다.

"으아, 진짜 놀랐어. 갑자기 하늘에서 뭐가 팍 떨어지니까… 가뜩이나 정신없는데, 신입은 계속 안겨오지……."

"차 안 움직여?"

"으응, 그러네. 시동이 꺼지더니, 그다음부터는 먹통이야. 뭐가 다 뽀개졌나 봐. 열어봐야 하나?"

보닛에 손을 대보려던 삼식이는 뜨거운 김이 뿜어져 나오자 흠칫하며 물러났다. 그런 녀석의 어깨를 보안관이 탁, 때렸다.

"열어보면 뭐, 아는 거 있어? 그냥 '아하… 이게 엔진이구나' 하는 정도지. 이 정도 김이 뿜어져 나오는 거 보면 뭐가 단단히 잘못된 건데, 그냥 버려. 버리고 짐이나 챙기자. 신입, 너도 빨리 나와서 짐 챙겨. 좀비 새끼들 또 다리 위로 지나가지 말라는 법 없으니까! 도망갈 수 있을 때 도망쳐야 돼!"

삼식이와 보안관, 그리고 신입은 트렁크를 열고 짐들을 카니발에 옮겨 실었다. 이틀분의 식량과 물, 그리고 몇 개의 무기 겸 공구, 여분의 자동차 배터리와 연료 통.

커다란 트렁크에 차 있던 물건을 옮기는 동안, 모두들 자기도 모르게 자꾸만 다리 위쪽을 힐끔거리게 된다. 뭐가 언제 떨어질지 불안하기만 하다.

"이건 어쩌지? 돌아올 때 생각하면 차가 완전히 길을 막은 꼴인데… 치워두고 가야 되지 않아?"

마지막으로 배낭을 빼내면서 삼식이가 오피러스의 지붕을 두드린다. 그동안 고맙게 잘 타고 다녔는데, 엔진 룸이 박살 나버린 지금은 그냥 길을 막고 선 고철일 뿐이다. 카니발의 트렁크에 짐을 싣고 있던 유빈이 대답했다.

"그냥 기어만 중립으로 해놔. 이따가 차로 천천히 밀어버리면서 전진하게. 어차피 그때는 속력 못 내. 시체들이 이렇게 잔뜩 길을 막고 쓰러져 있으니까."

삼식이는 고개를 끄덕이고는 기어를 바꾼 뒤 차문을 닫았다. 길을 떠난 지 10여 분도 되지 않아 세 대로 출발한 차는 이내 두 대로 줄어버렸다.

두 사람을 더 태운 카니발은 다시 전진하기 시작했다. 조금 전까지 자동차 내부에 가득했던 약간의 들뜬 분위기는 깨끗이 사라졌고, 대신에 긴장감이 확 커져서 다들 말수가 눈에 띄게 줄었다. 역시 멀리 간다는 건 장난이 아니다.

"한강이다."

좀비들이 뚝뚝 떨어져 내리던 구간에서부터 출발해 다시 5분여. 완만한 곡선 차로를 따라 천천히 차를 몰고 가던 유빈이 말했다.

이미 꽤나 폭이 넓어져 있던 중랑천보다도 더 넓고 큰 강이 눈앞에 펼쳐졌다.

"진짜? 한강이라고? 잠실은? 잠실은 어딘데?"

뒷자리에 앉아 있던 신입이 호들갑을 떤다. 규영이 지도를 펴며 한 점을 손가락으로 짚었다.

"우리가 있는 데는 여기예요. 이 톡 튀어나온 코너 같은 데요. 여기 T자로 중랑천이랑 한강이랑 만나잖아요. 바로 거기, 잠실은 여기에서 동쪽으로 한 3킬로미터 이상 더 가야 돼요."

"에? 여기에서 더 가야 된다고? 어휴~ 저기 다리 또 존나 많은데? 야, 저 다리는 뭐야? 무슨 다리야?"

신입은 두려움이 가득한 시선으로 300여 미터 앞의 다리를 바라본다. 한 번 뛰어내리는 좀비들에게 곤욕을 치르고 나니,

다리만 보면 심장이 두근거리게 됐다.

다들 말은 않고 있지만 카니발에 타고 있는 나머지 네 명도, 뒤따르는 코롤라의 세 명도 신입과 크게 다르지 않았다.

"저 다리는 성수대교네요. 여기 지도 보니까. 그다음에 한 2킬로미터 더 가면 영동대교, 청담대교, 그리고 잠실대교. 잠실야구장은 청담대교랑 잠실대교 사이에 있다고 보면 되고요. 아, 물론 강을 건너서요."

'서울 숲'이라는 표지판을 지나쳐 유빈은 천천히 속도를 줄이다 멈춰 섰다. 성수대교 부근에 닿기 전에 미리 다음 작전을 세우고 이동하고 싶어서다.

저 멀리 보이는 아파트들 근처로 가면 좀비들에 둘러싸이게 될 위험성이 이런 녹지 공원보다 몇 배나 높아진다.

"배는 안 보이네. 하다못해 오리 보트라도."

유리가 박살 난 유람선 선착장을 물끄러미 바라보던 태권소녀가 한숨을 섞어 푸념했다. 한강에 도착했지만 여전히 해결된 문제는 거의 없는 것처럼 느껴진다.

그리고 지금, 막 한강 건너편의 청담동 방향에서 새로운, 아주 골 아픈 문제가 하나 그들을 향해 다가오려고 하는 중이었다.

2

유빈 일행이 성수대교를 노려보고 있을 때, 학동역 부근부터

도산 공원 사이의 상공에서는 검은 헬기가 유영하며 좀비들의 행진을 지켜보고 있었다. 오늘 이미 두 번째 출격에 나선 태양 그룹 헬리콥터 3호기이다.

좀비 무리가 완전히 멀어진 것을 확인한 후, 검은 헬기는 선릉로와 인접한 4층 건물 옥상에 그물 베슬을 내렸다. 그물 베슬에 타고 있던 여덟 명의 쉐도우 실드 대원 중 네 명이 고리를 풀고 나왔다. 두 마리의 셰퍼드견도 그들을 따라 내렸다.

"열심히 해. 그래봐야 우리 B조보다 못하겠지만."

베슬 내부에 남은 네 명의 대원이 건물에 내린 A조 네 명에게 농담을 던진다. A조 조장으로 보이는 놈이 무표정한 얼굴로 물었다.

"너희는 어디로 가볼 건데?"

"강 넘어가서 영동대교 쪽부터 청담대교까지 쭉 훑어보려고. 그쪽 아파트 주변 상가가 아무래도 쏠쏠하지 싶어."

"그래. 뭐, 잘난 척해도 되니까 한 100명 꽉 채워라. 너희 덕에 우리도 좀 편히 쉬어보자."

두 조장이 대화를 나누고 A조 대원들이 수용자용 베슬을 헬기의 로프와 분리하는 동안, 셰퍼드들은 코를 킁킁거리며 사납게 짖어 댔다.

으으르르~ 웡! 웡!

건물 아래로 내려와 도로에 섰을 때에도 녀석들은 어디론가 달려가고 싶어 안달이 난 상태다. 개 줄을 움켜쥔 첫 번째 쉐도우 실드 대원이 한쪽 입술을 찡그리며 웃는다.

"새끼들, 되게 짖네. 숨어 있는 놈들이 많은가?"

몇 번이나 구조해 주겠다는 방송을 하고 난 이후지만, 손을 내미는 사람은 없었다. 이 부근의 생존자들은 다들 무슨 이유에선가 도움을 거부하고 숨어 있는 것이다. 그렇다면 이쪽에서 찾아 나서야 한다.

개들을 쓰면서 수색의 성공 확률은 비약적으로 높아졌다. 비록 놈들이 좀비를 구분하지는 못해도 여전히 사람 찾는 데는 탁월한 재주를 보인다. 지금 당장은 그 정도면 밥값을 한다고 할 수 있다.

"가라!"

쉐도우 실드 1호가 꽉 잡고 있던 개 줄을 놓았다. 두 마리의 셰퍼드는 훈련 받은 대로 빠르게 내달렸다.

그사이, 나머지 쉐도우 실드 대원들은 자동차 지붕 위로 올라가 아직 근처에 남겨져 있던 소수의 좀비들을 정리했다.

투투둑— 투투둑—

퍼엉— 퍼엉—

투투투투둑—

MP5와 샷건을 겨냥해 몇 발씩을 갈기면 좀비들은 맥없이 쓰러진다. 엄청난 대규모 좀비들은 무섭지만, 이렇게 몇 마리 정도만 따로 떨어져 나온 것들은 별문제가 안 된다.

"이쪽은 정리 끝!"

쉐도우 실드 2호가 말했다. 곧이어 3, 4호도 자기가 맡았던 방향의 좀비들을 다 처리했다고 알려온다. 1호가 고개를 끄덕이며 말했다.

"자, 그럼 우리 예쁜 개새끼들 있는 데로 가보자."

말을 마친 1호는 왼팔 손등부터 팔꿈치 너머까지를 덮도록 만든 얇은 보호대의 끈을 꽉 조이고, 투명 폴리카보네이트 재질로 만든 방패를 쥐었다. 그러고는 손도끼를 꺼내 들었다.

방검복과 보호 장비를 갖춘 1호가 앞서 걷는 동안 2, 3, 4호는 그의 뒤를 따라 걸으며 주변을 경계했다.

월! 으르르르— 월! 월!

두 마리의 개는 길가의 한 건물 앞에 서서 요란하게 짖어 대며 주인들을 기다리고 있었다. 1층 패스트푸드점의 박살 난 유리창에는 핏자국이 요란하다.

"크, 이런 데 숨어 있는 게 그렇게 좋은가? 구해준다고 하는 데도 버팅기고 안 나오는 놈들 보면 그게 참 신기해."

건물을 올려다보며 2호가 중얼거린다. 샷건을 든 3호가 출입구를 찾기 위해 고개를 돌리면서 대꾸한다.

"대부분 보면 뭔가 미친 지랄을 하고 있더구만. 뭐, 주로 강간, 살인 이런 것들이기는 하지만… 법을 존나게 많이 어겼기 때문에 이제 사회에서 용서 받을 수 없다고 생각하는지, 아니면 좀 더 오래 그 지랄을 하고 싶어서 그러는지 몰라도 이런 새끼들은 절대 제 발로 안 나와."

"그러게. 저희들이 뭐 대단한 죄라도 지은 줄 알아. 존나 같잖게. 진짜 죄짓는 새끼들은 여기 따로 있는데. 크크크."

제멋대로 지껄이던 2호와 3호 사이에 끼어들어 1호가 철제 쪽문을 가리켰다.

"여기다. 뚫어봐."

명령을 받은 3호는 벨트에서 망치를 꺼내 쪽문에 걸려 있는 셔터 자물쇠를 후려갈겼다.

타앙— 땅— 땅— 땅—

요령 좋게 대여섯 번을 때리고 나니, 자물쇠는 찌그러지며 벌어졌다. 1호는 셔터를 들어 올리고 개들을 들여보냈다.

웡— 웡—

셰퍼드들은 요란하게 짖어 대며 위층으로 향하는 계단을 뛰어올랐다.

"들어간다. 총 쏠지 모르니까 조심해."

1호는 손도끼를 허리에 차고, 플래시가 달린 권총을 뽑아 들었다. 그런 후, 보호 방패를 부착한 왼손을 앞세워 건물 안으로 진입했다. 그의 뒤를 따라 나머지 셋도 진형을 갖춘 채 차분히 계단을 오른다.

"4층이네."

계단 중간에 이르렀을 때, 개들의 짖는 소리를 들으며 2호가 중얼거린다. 나머지 요원들도 고개를 들고 위쪽을 쳐다봤다.

비록 중무장을 했지만, 이 인간 사냥이라는 것도 꽤나 못해먹을 짓이다. 상대가 얼마나 막장의 인간인지 모르는 상태에서 무작정 접근하는 것이기 때문에 항상 마음을 단단히 먹고 있어야 한다.

2, 4호의 엄호를 받으며 4층까지 오른 1호와 3호는, 흥분한

개들을 진정시키고 복도의 철창 앞에 섰다.

생존자들은 억지로 문을 부수고 남의 집에 들어가 있는 경우가 대부분이어서 이런 식으로 철창에 자물쇠를 채워 막아놓고 안전을 도모한다. 망치로 자물쇠를 부수기 전에 3호는 근엄한 목소리로 안쪽을 향해 외쳤다.

"민군 협동 구조반입니다! 생존자분들은 빨리 나오세요!"

대답이 없다. 그러나 개들은 여전히 열심히 짖어 대고 있다.

큭, 3호는 코웃음을 치며 자물쇠를 때려 부쉈다.

철칵, 3호가 현관문 손잡이를 돌리려 할 때, 1호가 뒤를 돌아보며 나지막하게 말했다.

"웬만하면 총으로 맞히지 마. 피 많이 흘려서 데려가면 싫어하니까."

나머지 대원들은 고개를 끄덕였다. 사실 어지간한 경우에는 3단봉 정도면 충분하다. 그들은 모두 무술 유단자들이고, 이렇게 떼를 이루어 하는 진압에도 익숙하다.

"열어."

신호를 보낸 1호는 왼손의 보호 장비를 앞세워 집 안으로 뛰어들었다.

챙—

날카로운 쇳소리!

1호는 움찔하며 자세를 낮췄다. 어디선가 던진 흉기가 벽에 맞고 튀어 바닥에 뒹굴고 있다. 그리고 곧바로 망치와 도끼를 든 녀석 둘이 확 뛰어든다.

"죽어! 죽어!"

망치와 도끼 공격이 방패 위로 쏟아진다.

콱! 콱!

방패는 그저 흠집이 나는 정도였지만, 들고 있는 팔이 충격 때문에 저릿저릿하다. 1호는 자세를 낮춘 채 공격을 받아내며 뒤로 물러났다.

때리고 있는 두 놈은 잔뜩 흥분해서 문밖까지 그를 쫓아 나오며 둔기와 흉기를 휘두른다.

"씨발! 죽어!"

망치를 든 놈이 방패를 발로 걷어차려 할 때, 복도에서 기다리고 있던 2호가 몽둥이를 휘둘러 그의 어깨를 후려쳤다.

빠악!

망치는 고통스러운 비명을 지르며 그 자리에 쓰러져 버렸다. 자빠진 그에게 발길질과 3단봉 찜질이 쏟아졌다.

"이익!"

포위당했다는 것을 깨달은 도끼 든 녀석은, 도끼를 앞뒤로 휘둘러 가며 필사적으로 저항했다. 하지만 애초에 전투 능력의 레벨이 다르다.

방패 든 1호를 앞세워 주변을 에워싼 세 명의 쉐도우 실드 대원이 도끼의 머리와 팔, 다리에 사정없이 매질을 해 댔다. 사방에서 은빛 몽둥이가 번뜩일 때마다 참기 어려운 고통이 뼈를 타고 전해진다.

"아으윽! 끄윽!"

결국 도끼를 놓치고 쓰러진 녀석의 얼굴을 1호가 전투화로 콱, 밟았다. 쉐도우 실드 대원들은 더 이상 반항하지 못하는 두 녀석의 팔목을 뒤로 돌려 플라스틱 타이로 묶었다.

"아나, 이 새끼들… 귀찮게 하네."

짜증스럽다는 듯 미간을 찌푸리던 1호가 다시 빼꼼 문 안 쪽으로 고개를 내밀었다.

어둑한 실내에는 아직도 사내놈 세 명이 남아 잔뜩 움츠린 채 무기를 들고 서 있다. 1호는 플래시가 달린 권총을 안쪽으로 겨누고 큰소리로 말했다.

"지금 여러분은 공무 집행을 방해하고 있습니다! 무기를 버리고 얌전히 지시에 따르세요!"

"돌아가! 꺼지라고! 구조 필요 없으니까!"

사내놈들은 되도 않는 소리를 지껄이며 버텼다. 놈들이 던진 또 다른 뭔가가 쇠문을 두드리고 바닥에 뒹군다.

이렇게 시간 끌어봐야 별 이득이 없다는 걸 알기에 1호는 그들의 뒤쪽 유리창을 겨누고 위협사격을 했다.

타앙— 쨍그랑—

요란한 총성과 함께 유리창이 박살 나는 순간, 세 남자의 다리에 힘이 풀린다. 1호는 문의 안쪽으로 걸어 들어가며 놈들의 얼굴에 플래시를 비췄다.

"무기 버려! 이제 경고 없이 그냥 사살할 거야!"

철컥.

3호가 산탄총을, 그리고 나머지 두 대원도 3단봉을 들고 들어온다. 마지막으로 사나운 맹견이 두 마리나 뛰어들자 세 사내는 저항할 의지를 완전히 잃고 그 자리에 얼어붙었다.

"어어어! 물지 마! 가만히 있어!"

셰퍼드들이 세 생존자를 향해 이빨을 드러내자 2, 4호가 위협인지 만류인지 모를 말을 하며 다가온다. 두 대원은 3단봉을 휘둘러 생존자들의 오금과 어깨를 사정없이 후려갈겼다.

"이 새끼들, 무슨 죄를 지었기에 이렇게 뻗대고 있는 거야! 응? 말해! 대한민국의 법이 무너진 줄 알아?"

폭력에 굴복당한 생존자들이 엎드려서 덜덜 떨고 있는 동안, 먼저 달려들었던 두 놈을 마저 끌고 온 쉐도우 실드 대원들은 경찰 놀이를 하며 터지는 웃음을 꾹 참았다.

이런 짓을 하고 있는 동안에는 매일 위험에 노출되어야 하는 생활도 조금은 재미있게 느껴진다. 생존자들이 대답을 제대로 하지 않으면 쉐도우 실드 대원들의 발길질은 더 매서워졌다.

"너희가 전부가 아니지? 나머지 어디 있어?"

"아… 아니에요. 저희끼리 살아남아 있었습니다! 용서해 주세요!"

"뭘 용서해 달라는 거야, 이 개새끼야! 무슨 죄를 지었는지 털어놓아야 용서를 해주든 처벌을 내리든 할 거 아니야!"

2, 4호가 포박한 다섯 남자를 엎어놓고 마음껏 가지고 노는 동안, 1호는 개들과 함께 넓은 건물 내부를 천천히 돌아봤다.

남자 다섯이 재미라고는 없이 생존하고 있는데 구조를 마다한다는 건 말도 안 되는 소리다. 뭔가 다른 이유가 있다. 열심히 냄새를 맡던 개들은 박스가 수북이 쌓여 있는 지점에 서서 벽을 긁어 댔다.

"응?"

개들을 진정시키고 벽에 귀를 대본 1호가 고개를 갸웃거린다. 뭔가 소리가 들렸다. 아주 작은… 그렇지만 확실하게 쿵쿵, 두드리는 소리가.

"뭐지? 벽이 아닌가?"

1호는 박스들을 밀고 발로 차서 쓰러뜨려 버렸다.

와르르, 요란한 소리와 함께 박스로 쌓은 벽이 무너져 내리자 문 하나가 나타난다.

"안돼! 안 돼! 열지 마!"

엎어져 있던 생존자 사내들이 일어나려 들며 비명처럼 소리를 질렀고, 그들의 등짝 위로는 곧바로 3단봉 찜질이 쏟아졌다.

"시끄러! 닥쳐, 이 새끼들!"

퍼억— 빠악—

둔중한 소리가 건물 내부에 메아리친다. 하지만 사내들은 고통 속에서도 필사적으로 외쳤다.

"으아악! 아, 안 돼! 아, 안에… 으윽! 좀비 가둬놨어요. 제발!"

"호오, 그래?"

1호는 호기심이 가득한 눈으로 닫혀 있는 방문을 바라보았다.

쿵— 쿵—

조금 전, 박스에 가려져 있을 때보다 두드리는 소리가 조금 더 커졌다. 그리고 박자도 빨라졌다. 그러나… 아무리 들어봐도 좀비는 아니다. 이렇게 얌전히 벽을 두드리는 좀비라는 건 들어본 적도 없다.

"아닌 것 같은데? 걔들은 좀비 못 찾아."

1호는 야비한 웃음을 지으며 생존자 사내들을 돌아보았다. 사내들은 뭐라고 더 변명을 해보려 했지만, 매섭게 쏟아지는 3단봉의 고통에 비명을 내지르느라 제대로 입을 열지 못했다.

"엄호."

이미 답은 대충 나왔지만, 1호는 3호에게 명령을 내렸다. 3호는 산탄총을 꽉 쥔 채 거리를 두고 문과 마주 섰다. 3호가 준비를 마쳤다는 걸 확인한 1호는 문을 확 열어젖혔다.

"읍읍읍읍! 읍읍!"

입이 꽉 막힌 채 필사적으로 내지르는 비명. 여자들이었다. 손발이 묶이고 입은 천으로 친친 감긴 여자들이 안간힘을 써가며 머리로 바닥을 찧고 있었다. 숫자도 여덟 명이나 된다.

1호는 어처구니없다는 표정으로 생존자 사내들을 돌아보았다.

"너희들, 대체 뭐냐? 이 추잡한 새끼들아!"

포박당한 채 엎드려 있던 사내들의 얼굴에 포기하는 기색이 스쳐 간다. 1호는 서둘러 여자들의 손발을 끌러주었다.

"아! 감사합니다! 선생님! 정말… 흐윽!"

손이 자유로워지자마자 여자들은 입에 감겨 있던 천을 풀어내며 엎드려 절을 했다. 1호의 손을 잡고 눈물을 펑펑 쏟아내는 여자도 있었다. 1호는 다 이해한다는 표정으로 그녀들의 어깨를 두들겨 줬다.

"자, 자, 이제 그만 우세요. 저 잡놈의 새끼들한테 고생하는 일은 더 이상 없을 겁니다. 그러니까 그만 우시고, 진정하세요."

"저 새끼들… 진짜… 흐윽… 처벌 좀 해주세요. 저… 나쁜 새끼들이……."

"네, 저놈들 살아남기 어려울 겁니다. 그건 제가 보장해 드릴 수 있어요."

1호의 말이 떨어지기 무섭게 쉐도우 실드 대원들은 생존자 사내들에게 또다시 모진 매질을 가했다.

종아리며 허벅지, 발목… 가리지 않고 후려 팬다. 사내들이 고통 어린 비명을 지르는 걸 보면서 여자들의 흥분과 분노는 더욱 커졌다.

"정말… 정말 고맙습니다. 진짜 이 은혜를 어떻게 갚을 지……."

1호는 자신을 향해 거푸 고개를 숙이는 여자들을 빤히 쳐다보았다. 그리고 그녀들이 좀 진정된 후에 쉐도우 실드 대원들을 돌아보며 말했다.

"나는 얘로 정했다. 너희들도 골라."

1호가 지목한 여자는 자신이 조금 전 들은 말이 무슨 의미인지 선뜻 이해가 가지 않는다는 표정으로 멍하니 입을 벌렸다.

나머지 여자들도 머리가 혼란스러운지 서로를 돌아보며 멍청하게 서 있다.

"근데 조장님, 하라고 허락해 주시니까 요새 아주 좋기는 한데요, 괜찮습니까? 예전에는 안 되는 거였잖습니까? 팀장님이 허락하신 겁니까?"

2호가 여자들을 찬찬이 훑어보며 물었다. 1호는 조금 전 자신이 지목한 여자의 머리카락을 쓸며 대답했다.

"응, 요샌 어차피 구조됐다는 둥 구라 치지 않고 그냥 잡아가두니까 얘들 기분 신경 쓸 거 없어. 그리고 메이저, 그 양반은 이런 거엔 별로 흥미가 없나 보더라고. 오로지 그냥 뒈질 때까지 두들겨 패는 거에만 재미가 붙어서. 그딴 거보다 빨리빨리 해라. 헬기 돌아올 때까지 얼마 안 남았다."

"아하… 그런가요? 그럼 전 애로 하겠습니다."

2호는 만족스런 표정으로 한 여자의 옆에 서며 그녀의 엉덩이를 두들겼다. 지목당한 여자는 창백해진 얼굴로 부들부들 떨며 물었다.

"저기… 구조대라고 하지 않으셨나요? 분명히 그렇게 들었는데……."

"응? 구조해 줬잖아, 저 새끼들한테서. 그렇지? 나는 그냥 한 번 재미만 보자는 거야. 많은 것도 안 바라고. 왜? 싫어? 그러면 너만 저 새끼들이랑 같이 남겨두고 갈까? 뭐, 그래도 돼. 나도 그냥 대충 고른 거지, 네가 딱 내 천생연분이다, 한눈에 반했다, 이런 거 아니거든. 어떻게 할래?"

2호가 비아냥거리자 여자는 공포에 질려 아무 대답도 하지 못하고 고개를 숙였다. 그녀의 눈에서 눈물이 뚝뚝 떨어지자 2호는 기분 좋게 웃으며 여자의 웃옷 단추를 풀기 시작했다.

"그것 봐. 나랑 한 번 하는 게 낫다니까. 자, 이왕 하는 거, 웃는 얼굴로 좀 하자. 너 있지, 우리한테 걸려서 다행인 줄 알아야 돼. B조 애들은 완전 변태라서 정말 별의별 짓을 다 해."

2호가 웃는 낯으로 소름 끼치는 소리를 하고 있을 때, 1호의 무전기가 울렸다. B조 조장이었다. 헬기 소음이 커서 말소리를 알아듣기가 힘이 든다. 1호는 귀에 꽂은 이어폰을 확인하고 대답했다.

"양반은 못 되는구만. 왜? 벌써 목표량만큼 다 잡았어? 우린 뭐 좀 하는 중인데."

— 치이익, 큭큭큭, 아니야. 아직 상공이야. 치익— 아나, 웃겨서! 너, 지금 내가 뭘 보고 있는 줄 아냐? 치익.

"글쎄? 땅에 내리지도 않았는데 뭐가 그렇게 재미있나? 잘 모르겠네."

1호는 귀찮다는 듯 대꾸하며 자신이 고른 여자를 위아래로 훑어봤다. 빨리 일을 끝내줘야 3, 4호도 재미를 볼 수 있다. 무전기 저편의 B조 조장은 또 한참 낄낄거린 뒤에야 겨우 진정하고 말했다.

— 치익, 야! 여기… 치익, 지금 자동차 타고 다니는 새끼들이 있어. 큭큭큭. 치이익.

"자동차? 그게 뭔 소리야? 길이 다 꽉 막혔는데 어디로 차를 타고 다닌다는 거야?"

1호는 이해가 가지 않아 고개를 갸웃거렸다. 서울 시내에 자동차가 마음대로 달릴 수 있는 구간은 군인들이 주둔하고 있는 셸터 주변과 그 연결 통로 정도뿐이다. 그나마도 이따금씩 좀비들에게 점령당해서 눈치를 보는 게 현실이다.

— 치이익, 아, 그게 산책로라고 해야 되나… 치이익, 자전거 도로라고 해야 되나… 그런 곳 위로 차가 달리네. 두 대나. 큭큭큭, 저 새끼들, 간도 어지간히 크네. 무슨 소풍을 나왔나? 치익.

"혹시 군인들이 작전하고 있는 거 아니야?"

— 치익, 저언혀 아니야. 근접해서 봤는데, 그냥 일반인 남녀 애들이야. 여자들도 어려. 오… 치이익, 이 새끼들, 속도 올린다. 따라잡아야지. 하여간 하도 재미있어서 무전 때린 거다. 일 잘해라! 치이익.

무전이 끊기자 1호는 콧방귀를 뀌고 나서 조금 전까지 하던 짓을 재개했다.

이미 2호는 다른 사람들이 다 보는 앞에서 여자를 바닥에 눕히고 올라타 있다. 당하는 여자도, 지켜보는 여자들도 비명을 지르고 눈물을 흘린다.

3, 4호의 웃음소리, 개들의 짖는 소리를 들으며 1호도 여자의 옷을 벗겼다. 이런 재미가 있어서 이 짓도 아직 할 만하다.

3

검은 헬기 3호가 유빈을 발견했을 때, 유빈 일행도 검은 헬기를 보았다. 헬기의 밑에 추처럼 길게 매달린 그물 베슬을 알아본 순간, 차에 타고 있던 일행 모두는 심장이 덜컥 내려앉는 것 같았다. 성수대교를 막 지나친 시점이었다.

"저거… 그 검은 헬기 아니야?"

강 건너를 살피고 있던 삼식이와 태권소녀가 동시에 물었다.

"응? 뭐라고?"

전방에만 정신이 팔려 있던 유빈은 뒤늦게 헬기를 알아차렸다. 그 이전부터 프로펠러 소리가 들리기는 했지만, 막연히 군인들이 타고 있는 헬기일 거라는 생각에 은근히 기대를 가지고 있던 터였다.

"허! 이런 젠장! 진짜네… 뭐지? 여기… 군인들이 있는 데 아니었어? 왜 저 새끼들이 여기까지 마음대로 돌아다니지?"

유빈은 커다래진 눈으로 점점 가까워져 오는 검은 헬기를 바라보았다. 이건 논리적으로 말이 잘 안 되는 일이다.

"어떻게 하지? 만약에 더 가까이 오면?"

삼식이가 물었다. 모두들 잠시 침묵에 빠진 채 머리를 굴렸다. 유빈이 고개를 끄덕이며 말했다.

"저기… 그냥 모르는 척 태연히 달리고 있자. 그러면 그냥 지나쳐 줄는지도 몰라. 괜히 이쪽에서 먼저 속도를 높여서 시선을 끌 필요 없어."

"그, 그래. 나도 네 생각이 맞는 것 같아."

태권소녀와 삼식이도 고개를 끄덕였다. 어차피 저 헬기에 탄

놈들은 이쪽에 대해 전혀 모른다. 그러니 공연히 도망치고 있다는 인상을 줄 필요가 없을 것 같기는 하다. 카니발과 코롤라는 지금까지처럼 천천히 속도를 유지하며 달렸다.

하지만 그들의 예상은 틀렸다. 검은 헬기는 산책로 우측 한강 위에서 자동차와 나란히 날기 시작했다. 그러고는 잠시 후, 확성기를 켰다.

"흰색 카니발! 흰색 카니발! 멈추세요! 민군 합동 구조 본부가 구조해 드리겠습니다. 지금부터는 저희가 여러분의 안전을 책임지겠습니다. 뒤에 차도 멈추세요! 멈춘 뒤에 차 문을 열고 나오세요! 저희가 구조해 드리겠습니다! 여러분은 이제 안전합니다!"

"구조래… 나는 쟤들한테 별로 구조 안 받고 싶은데, 이제 어쩌냐……."

삼식이가 한숨을 내쉰다. 태권소녀와 규영, 신입의 얼굴에서도 핏기가 사라졌다.

두 대의 차량이 아무런 반응을 보이지 않자, 헬기에서는 같은 내용을 몇 번이나 반복해서 떠들어 댔다. 유빈은 무전기에 대고 말했다.

"보안관, 아무래도 쟤네 곱게 안 갈 것 같아."

— 치익, 어, 내 생각도 비슷해. 치이익— 씨발, 망했네… 치이익.

"밟을게. 일단 도망은 쳐봐야지. 내 속도 맞춰."

— 치이익, 그래, 알았어… 해보자. 치익.

유빈의 목소리도, 보안관의 목소리도 가볍게 떨렸다. 당연히 두렵다. 신 차장이라는 사람이 죽던 날, 그 건물 옥상에서 이놈들이 갈겨 대던 총소리가 지금도 귓가에 생생하게 들리는 것 같다.

위이이잉—

속도를 올리며 유빈은 눈을 부릅뜨고 핸들을 꽉 잡았다. 룸미러를 힐끔거려 확인해 보니, 보안관도 곧바로 바짝 따라온다.

문제는 검은 헬기도 그들의 속도에 맞춰 쫓아오고 있다는 사실이다.

하긴… 얼마나 미련한 생각이었나. 사람 잔뜩 태운 카니발로 헬기를 뿌리쳐 보겠다는 발상이라는 건…….

"멈추세요! 차 세워! 여기는 민간인 출입 금지 구역입니다! 어이! 카니발! 차 세워!"

헬기에서 울려 퍼져 나오는 멘트가 권고에서 경고로 바뀌었다. 물론 유빈은 듣지 않았다. 그런 지시에 따를 것 같으면 애초부터 도망치지도 않았다.

"으아아아! 밟아! 더 밟아!"

뒷자리에 앉은 신입은 미친놈처럼 흥분해서 발을 동동 굴렀다. 흘깃 뒤를 돌아보면 검은 헬기가 약 올리듯 거리를 유지해 가며 따라오고 있다. 아무리 속도를 높여봐야 아무 소용이 없다.

그래도 포기할 수는 없어서 유빈은 가속 페달을 더 깊숙이 밟았다.

씨이이잉―

엔진 소리가 커질수록 좁은 산책로가 확― 확― 뒤쪽으로 사라져 가는 속도가 빨라진다. 유빈은 눈으로 흘러 들어가는 땀을 씻어내며 마음속으로 욕설을 내뱉었다.

이런 젠장… 이런 젠장… 재수도 어지간히 좋네. 하필이면 이렇게 어디 피할 수도 없는 데에서 저런 놈들과 만나다니.

"숲… 숲으로 들어가 버리는 게 낫지 않을까? 저 정도 높이면 우리 안 보일 것 같은데……."

옆자리의 태권소녀가 오른쪽으로 넓고 길게 펼쳐진 갈대숲을 가리키며 말했다. 그녀의 얼굴 역시 사색이 되어 있다. 유빈은 힐긋 옆을 돌아보았다.

너무 좁고… 숨을 곳이 마땅치 않다. 아까 지나온 서울 숲처럼 울창하다면 또 몰라도…….

유빈이 고개를 저었다.

"아냐… 거기 안 돼. 저런 풀밭은 프로펠러 바람에 다 날려서… 뭔가 건물들이 있어야 돼. 몸을 완전히 숨기고 피해 다닐 수 있는… 그리고……."

그리고 놈들을 따돌린다고 해서 다 끝나는 일이 아니다. 만약에 놈들이 차를 부수기라도 하면 그때는 어떻게 10킬로미터 가까운 거리를 되돌아갈 수 있단 말인가.

유빈은 좁은 산책로를 따라 이리저리 핸들을 돌려가며 머리를 굴려보려 애를 썼다. 하지만 도무지 이렇다 할 길이 보이지 않는다.

큰일 났다… 큰일……. 왜! 왜 저 검은 헬리콥터를 계산에 넣지 않았던 걸까?

유빈은 입술을 꽉 깨물며 스스로를 자책했다. 단지 요즘 눈에 띄지 않는다는 이유만으로 너무 안일하게 생각했었다.

언제든지 이렇게 만날 수 있는 거였는데… 당연히 계획 속에 저 검은 헬기 변수도 넣었어야 했는데…….

— 치이익, 야! 무슨 작전을 가지고 달리는 중이야? 치이익, 아니면 그냥 무조건 달리고만 있는 거야? 어느 쪽이야? 치익.

뒤쫓아오는 보안관이 무전을 통해 묻는다.

작전? 그런 게 있으면 이렇게 겁에 질려 있을 이유가 없다.

유빈이 머뭇거리고 있자, 태권소녀가 무전기를 쥐고 외쳤다.

"그냥 일단 달려! 얘 아직 아무것도 생각난 거 없어!"

맞는 말이다. 유빈은 아찔한 속도로 좁은 산책로를 내달리면서도 어떻게든 눈앞에 보이는 풍경들을 활용할 방법을 찾아내기 위해 노력했다.

하지만 여기는 낯선 동네고, 그저 산책로에 공원일 뿐이다. 숨거나 도망칠 공간이 도무지 마땅치가 않았다. 오른쪽에 광활하게 펼쳐진 한강에 뛰어든다고 해도 도망은 못 친다.

"유빈아! 저기 저거! 저 건물! 저 동그란 벌레처럼 생긴 건물! 나 저거 알아!"

영동대교를 지나서 조금 더 내달렸을 때, 삼식이가 운전석 머리 받이를 두드리며 외쳤다.

"응? 뭐? 뭐?"

"저기! 저거! 저거! 고가도로 아래 있는 저 동그란 건물! 저기로 들어가!"

삼식이가 가리키는 왼쪽엔 이상하게 생긴 건물이 둥근 진입로와 교각 사이에 서 있었다.

"저게 뭔데?"

물어보면서도 유빈은 이미 핸들을 돌리고 있었다. 저 둥근 진입로와 교각이 마음에 쏙 든다. 저런 구조물들이 있으면 헬기가 바짝 달라붙지 못하고 멀리 떨어져서 내려야 할 것이다. 삼식이가 얼굴을 바짝 붙이고 소리쳤다.

"그냥 공원 같은 거야! 근데 저 건물! 지하철역이랑 이어져!"

"확실해?"

유빈은 자동차를 잔디밭 쪽으로 내몰면서 물었다. 덜컹거리며 야트막한 오르막을 오르는 동안 삼식이가 자신 있게 대답했다.

"응! 여자애들이랑 여기 많이 왔었어!"

"그래, 알았어! 내려!"

계단 앞에 자동차를 세운 유빈이 운전석 문을 열고 뛰어내리며 외쳤다. 뒷자리에 앉아 있던 규영이 앞쪽을 가리키며 더듬거린다.

"그, 그런데… 좀비! 좀비!"

"응? 좀비?"

슬라이드 도어를 열고 규영을 안아 내리려던 유빈이 고개를 돌렸다. 정말로 좀비다. 그것도 한두 마리가 아닌, 꽤 많은 놈들이 공원 쪽에서부터 걸어오고 있다. 한눈에 보기에도 열댓 마리는 되는 것 같다. 유빈은 도리질을 했다.

"괜찮아! 괜찮아! 저건 문제 안 돼."

진심이었다. 총으로 무장한 미치광이들에게 쫓기는 상황에 처해보니, 좀비 열댓 마리 정도는 별로 무섭지도 않다.

하지만 그렇게 말을 하면서도 유빈은 자기도 모르게 손도끼를 찾고 있었다. 삼식이가 규영이를 업는 동안 야구 배트를 든 태권소녀와 신입도 따라 내렸다.

사방에 굵은 교각들이 어지럽게 서 있다. 이 그늘 아래로 들어오니, 시야가 확 좁아졌다.

끼이익—

보안관의 코롤라가 바로 옆에 멈춰 섰다. 보안관이 빠루를 들고 내리며 이해할 수 없다는 표정으로 물었다.

"뭐야? 왜 여기 섰어? 여기 뭔데?"

"삼식이가… 이 건물로 들어가면 지하철이랑 이어진다고……. 빨리 가자!"

유빈은 손도끼를 들고 앞장서서 뛰었다. 보안관은 동그란 건물을 힐끔 올려다봤다. 넓은 창문 너머로 뭔가가 걸어 다니는 게 보인다.

"야! 유빈아! 앞서가지 마! 저기 좀비가!"

"괜찮아! 좀비는 괜찮아! 빨리 가자!"

유빈이 정신 나간 놈처럼 지껄인다. 그들 여덟 명은 둥근 건물 계단으로 뛰어 올라갔다. 거기에서 조금만 더 올라가면 지하철역 계단이 있지만, 다들 그런 사실을 깨달을 수 없을 만큼 정신이 없었다.

검은 헬기의 그물 베슬 안쪽에 타고 있던 쉐도우 실드 대원들 B조는 달아나는 유빈 일행을 흥미로운 눈으로 내려다보았다.

주변을 빙 둘러친 고가도로와 청담대교에 가려져 모든 게 다 선명하게 보이지는 않지만, 그래도 주변을 돌아다니는 좀비들 정도는 알아볼 수 있다. B조 조장이 히죽거리며 웃었다.

"저 새끼들, 이상한 데로 들어갔네. 겁도 없이 좀비들 돌아다니는 데로… 어떻게 할까?"

여덟 명. 사실 그리 욕심이 날 만큼 많은 수는 아니다. 이왕 만났으니 잡아가도 되는 건데, 건물 내외부에 좀비들이 있다는 위험부담을 생각하면 딱히 매력적이라고만 하기는 어려운 상황이었다. 이래저래 귀찮은 구석이 많다.

"오~ 저년 다리 보십쇼. 쪽 뻗었네. 사슴이네, 사슴. 오우!"

헬기가 움직이며 방향이 바뀌었을 때, 건물 계단으로 뛰어가는 태권소녀의 모습을 보며 다른 대원이 군침을 삼킨다.

요즘 걸리는 여자마다 닥치는 대로 온갖 짓을 다 하고는 있지만, 정말로 매력적인 년들은 잘 만나기 어렵다. 그런데 지금 지나친 저 계집애의 몸매는 아주 혹할 만하다. 아랫도리가 후끈 달아오른다.

"저건 또 뭐야? 우와! 이런 씨발!"

그 바로 뒤에 남자 새끼들 사이로 길고 탐스러운 머리카락이

흩날린다. 잘록한 허리와 대조를 이루는 골반, 거기까지만 봤는데도 대원들은 박수를 쳐 댄다.

뒷모습이 예쁘면 앞모습이 영 꽝이라는 말도 있지만, 저 정도 뒷모습이라면 까짓 얼굴 안 봐도 된다.

"조장님! 갑시다! 저거, 저년들 어떻게 좀 해야 하지 않겠습니까?"

2, 3, 4호가 거의 동시에 B조 조장에게 요청했다. B조 조장은 피식거리며 자신의 부하들을 돌아봤다.

구조한 생존자 여자들을 데리고 온갖 못된 짓을 하는 건 그 자신이 변태라 시작한 짓인데, 이놈들도 한 번 맛을 본 이후에 아주 발정이 단단히 났다.

하긴 기껏 좀비 몇 마리… 총으로 갈겨주면 그만이니까…….

조장은 고개를 끄덕였다.

"그래. 하자, 해!"

사실 지금 그의 흥미를 끄는 건 저년들의 쌔끈한 몸매보다도, 저 건방진 것들이 어떻게 차를 타고 다니게 되었느냐 하는 부분이었다.

좀비 세상에서 자가용에 드라이브라니…….

뭔가 너무 멋져서 그게 그의 숨겨져 있던 열등감을 자극한다. 저 싸가지 없는 어린것들이 고통 받는 모습을 보면서 시원하게 웃어주고 싶다.

"여기는 B조. 내려가겠다."

조장은 이어폰을 귀에 꾹 눌러 소음을 차단하면서 말했다. 헬기는 고가도로를 지나 한강의 산책로 위에 그물 베슬을 내려놓았다.

투두둑— 투투투— 투투투둑—

유빈 일행이 건물의 1층에 막 들어섰을 때, 바깥쪽에서 기관단총 소리가 울려왔다. 유빈은 자세를 낮추고 창문 밖을 내다봤다.

검은 군복을 입은 놈 넷이 진형을 갖춘 채 이쪽으로 다가오며 근처의 좀비들을 향해 기관단총을 난사하고 있다.

"이런 미친… 우리가 뭐 그리 뜯어먹을 게 있다고… 저렇게 기를 쓰고 쫓아와."

유빈은 이마의 땀을 훔치며 중얼거렸다. 계단을 막아야 하는데, 그렇게 사용할 만한 물건이 별로 눈에 띄지 않는다. 기껏해야 둥근 탁자와 의자 정도. 그런 걸로는 토끼 정도나 겨우 막을 수 있을 거다.

"몇 명이야? 몇 명이나 돼?"

보안관이 빠루를 움켜쥐며 물었다. 유빈은 손가락 네 개를 펴 보였다.

"네 명?"

"…그리고 개 두 마리."

모두의 표정이 당혹감이 스쳐 간다. 보안관이 한숨을 내쉬었다.

"아, 젠장. 지하철 속에 들어가서 숨는 것도 안 되겠네… 아무리 깜깜해도 냄새는 맡을 수 있을 거 아니야. 그래도 거기밖에는 도망갈 데가 없나?"

"저기… 여기 지하철역은 야외에 있어. 지하가 아니야."

건대역 주변의 7호선을 잘 아는 임수정이 안 좋은 소식을 또 하나 전해줬다. 보안관은 머리를 긁적이며 말했다.

"그러면 도망간다는 거도 안 되네. 아… 짜증난다."

"짜증날 일 또 있어. 저것 봐."

태권소녀가 건물의 앞쪽을 가리킨다. 막 코너를 돈 다섯 마리의 좀비가 이쪽을 향해 뛰어오고 있다. 코너 뒤편에 얼마나 더 많이 있는지는 아직 모르겠다.

하여튼 뒤에는 개와 총 든 미친놈들, 앞에는 좀비, 건물 밖에는 헬리콥터.

아주 좋다. 딱 죽으라고 만들어놓은 것 같은 그림이다.

"아휴! 진짜! 짜증나게! 야, 따라와! 뚫을게!"

보안관은 빠루를 높이 쳐들고 좀비들 쪽으로 뛰어갔다.

콰작! 콰작!

뼈가 부러지는 요란한 소리와 함께 빠루 끝부분에 뇌수와 검은 피가 묻어 나온다.

보안관은 비틀거리는 좀비의 얼굴에 한 번 더 강한 일격을 가해줬다. 그러고는 두 번째, 또 세 번째로 덤벼든 좀비들의 머리도 아주 박살을 내버렸다.

그롸아아아아~

그러는 동안에도 보이지 않는 코너 뒤편에서는 또 좀비들의 울음소리가 들려온다. 꽤나 많은 놈들이 이 부근을 지나다니는 모양이다.

"여기에서 계속 버벅거리다간 다 죽겠어. 위로 올라가자."

보안관의 말이 떨어지기가 무섭게 모두들 2층으로 이어진 계단을 뛰어올랐다. 자꾸 막다른 길에 몰리는 것 같은 기분이 들어서 모두의 안색은 점점 더 어두워진다.

"괜찮아! 기습하면 이길 수 있어!"

보안관이 작게, 그러나 신념이 가득한 목소리로 중얼거렸다.

"기습한다고?"

태권소녀가 창백한 얼굴로 되물었다.

웅! 보안관은 호기롭게 고개를 끄덕인다.

"2층 계단 옆에 숨어 있다가 올라오는 놈들 한 방씩 갈겨주면 되지. 세 번째 놈을 끼고 싸우면, 맨 뒤에 있는 놈은 자기편이 맞을까 봐 총 쏘기 망설여질걸?"

안 돼, 말려…….

태권소녀의 머릿속에서 그런 명령이 스쳐 갔다. 그건 안 될 말이다.

총 든 놈 네 명을 빠루 하나만 들고 다 쓰러뜨리기도 어렵지만, 분명 한 놈쯤은 쓰러지기 전에 난사를 할 것이다. 그러면 보안관 이 녀석은 죽는다. 태권소녀는 유빈을 돌아보며 입을 열었다.

"얘 좀……."

애 좀 말려보라는 말을 다 하기도 전에 유빈이 보안관의 어깨를 잡아끌었다.

"말 같지도 않은 소리 하지 말고 도망칠 궁리나 해. 그렇게 막무가내로 싸워봐야 죽기 딱 좋아. 삼식아, 앞장 서! 지하철역 어떻게 가야 돼?"

"조금 전에… 그 좀비들 뛰어나오던 데… 그리로 가야 하는 데……."

규영을 업고 있는 삼식이가 난감한 표정으로 중얼거렸다. 창을 통해 밖을 보니 검은 군복 놈들은 좀비들을 거의 다 정리하고 입구와 꽤나 가까워져 있다. 유빈은 바깥으로 난 철제 계단을 가리키며 물었다.

"저건 뭐야? 저건 어디로 이어져?"

"아! 그거… 그거 3층까지도 이어지고, 아니면 다시 땅으로 내려갈 수도 있어."

"그래? 그럼 나가자!"

유빈은 앞장서서 철제 계단을 향해 뛰었다. 기둥 위에 높이 떠서 말굽처럼 휘어져 있는 건물의 형태 때문에 검은 군복들이 서 있는 곳에서는 이쪽이 보이지 않는다. 물론 이쪽에서도 그들을 볼 수 없다.

"어디로 갈 건데?"

철제 계단에 발을 올리고 태권소녀가 물었다. 유빈은 자세를 낮춰 놈들이 어디에 있는지 살폈다.

철컹, 철컹.

조금 전, 그들이 이 건물로 들어왔던 그 계단을 밟는 소리가 들린다.

'근데… 헬리콥터는 어디에 있지? 왜 발자국 소리가 들리지?'

유빈은 주변 하늘을 돌아보았다. 없다. 그러고 보니 시끄럽게 귓가를 울리던 프로펠러 소리가 어느새 사라져 버렸다. 이건 기회다.

"헬기가 없어. 잠깐 기다렸다가 저 계단 소리 그치면 곧바로 아래로 내려가자. 조용히 내려가고 무조건 카니발을 향해서 뛰어. 알았지?"

유빈이 소리 죽여 말하자 모두가 고개를 끄덕인다.

철컹.

그 발소리를 끝으로 입구 쪽에서 더 이상 계단 밟는 소리가 들리지 않는다. 유빈이 손짓을 하며 속삭였다.

"가자!"

통통통통.

발소리를 죽인다고는 했지만, 여덟 명이나 되는 인원이 일제히 철제 계단을 밟고 뛰는 만큼 꽤나 큰 울림이 만들어졌다.

소리가 날 때마다 두근대는 가슴이 터져 버릴 것만 같다. 게다가 계단은 왜 이리 많고 또 높은지… 겨우 한 층 내려가는 건데도 너무나 길다.

"빨리 와, 빨리……."

먼저 내려간 유빈이 건너편 계단 쪽을 살피며 재촉했고, 삼식이를 필두로 일행 전체가 땅에 발을 디뎠다.

이제 자동차로 달려가 시동을 걸고, 헬기가 다시 나타나기 전에 최대한 빨리 도망치면 된다.

"으허어억! 개! 개!"

규영이를 업은 채 앞서 달리던 삼식이가 기겁을 하며 돌아선다. 그 바로 뒤쪽으로 두 마리의 커다란 셰퍼드가 이를 하얗게 드러낸 채 쫓아오고 있다.

으르르~ 컹! 컹! 컹!

"야이, 개새끼들! 뒈지려고 누구한테!"

보안관이 가로막고 서며 빠루를 휘둘렀다. 개들은 재빨리 뒤로 물러서며 거리를 둔 채 짖기 시작했다.

월! 월! 컹! 컹ー!

"뭐야? 뭐?"

입구 계단 위에서 검은 군복이 몸을 내밀며 외쳤다. 놈의 손에 들려 있는 기관단총! 개새끼들을 혼내주려던 보안관은 얼른 몸을 피했다.

투투둑ー 투두둑ー

두 번의 잇단 총성. 그와 동시에 코롤라의 유리창이 박살 난다.

"야! 이거 안 돼! 돌아가! 빨리!"

보안관이 머리를 감싸 쥐고 뒤돌아 달려온다. 나머지 일곱 명도 재빨리 다시 철제 계단으로 올라갔다. 반면, 검은 군복들은 다시 지면으로 내려와 섰다.

공중에 떠 있는 건물의 옆면을 사이에 두고 별로 유쾌하지 않은 술래잡기가 시작되어 버린 것이다.

"한 층 더 올라가!"

건물의 1층으로 들어가려는 제니에게 유빈이 소리쳤다. 1층은 좀비들도 있고, 검은 군복들이 양쪽으로 나누어 두 명씩 올라오니 도망치기가 나쁘다.

더 높은 곳에서 눈치를 봐가며 방향을 결정하는 게 낫다. 여덟 명은 요란한 발소리를 내며 철제 계단을 뛰어올랐다.

월— 월— 컹— 컹—

셰퍼드들은 계단 앞에 멈춰 서서 위쪽을 노려보며 짖어 대고 있다. 그 밉살맞은 놈들을 노려보면서 보안관은 이를 빠득 갈았다.

"아오, 저 개새끼들! 아주 확……."

"진정해, 보안관! 그보다 조금 전에 봤어? 저 새끼들……."

유빈이 보안관을 건물 안으로 끌어당기며 물었다. 보안관은 도리질을 했다.

"저 새끼들이 뭐? 총 쐈다고? 응, 알아."

"아니, 그 바로 다음에! 대장 같은 새끼가 총 쏜 놈의 어깨를 때렸어. 총 쏜 놈도 얼른 총을 바닥으로 향했고!"

그게 무슨 의미인지 알 수 없어서 보안관의 눈동자가 멍해지자, 유빈이 다시 설명을 해준다.

"저 새끼들, 우리랑 마주쳐도 일단 총부터 갈기고 보지는 않을 거라는 말이야. 생각해 보면 당연한 거기는 해. 잡아가서 좀비 밥으로 줘야 하는데 쏴 죽여 버리면 무슨 소용이야."

"씨발, 존나게 희망적인 소식이네. 총에 안 맞고 좀비 밥이 될 수 있어서……."

좌절 모드에 들어간 신입이 머리털을 쥐어뜯으며 울먹인다. 하지만 보안관과 태권소녀는 유빈이 무슨 말을 하는지 알아들 었다. 태권소녀가 눈을 빛내며 물었다.

"그러니까… 항복하는 척하고 있다가 저 새끼들이 방심해서 바짝 붙었을 때 까지는 거지?"

"응, 맞아. 하지만 보안관은 눈에 띄면 안 돼. 얘 덩치 보면 긴장 안 할 사람 별로 없으니까. 그리고 무작정 덤벼드는 것도 안 되고. 위협이 된다고 느끼면 저 새끼들도 총을 들 테니까. 함 정을 파자, 딱 빠져들 수밖에 없을 만한 걸로……."

유빈은 전면 창을 통해 햇빛이 환하게 들어오는 2층 내부를 돌아보며 말했다. 카페테리아처럼 파라솔이 달린 테이블들이 늘어서 있고, 옆에는 책이 잔뜩 꽂혀 있다.

숨을 만한 곳은 많았다. 그리고 이 계단. 그림이… 제법 그럴 듯한 그림이 떠오른다.

"우리 총 인원이 몇인지 아마 알 거야. 그러니까 우리가 반으 로 쪼개진 것처럼 보여야 돼. 보안관에 대해서 쟤들이 신경을 안 쓰도록… 그리고 혜주, 너!"

유빈은 태권소녀에게 바짝 달라붙으며 말했다.

"저 새끼들은 네가 태권도 국대였다는 거 몰라. 그냥 날씬하 게 키 큰 여자라고만 생각할 거고. 그냥 보통 여자들처럼 약 한… 무슨 말인지 알겠지? 네가 연기를 잘해야 돼."

태권소녀가 당황해하며 도리질을 했다.

"나… 약한 여자 그런 거 못하는데… 초등학교 때부터 내가 늘 짱이었어. 연기를 하려고 해도 뭐, 그런 경험이 있어야……."

그, 그렇겠지?

유빈도 납득이 되는 말이었다. 잠시 고민하던 유빈이 말했다.

"그냥… 네가 테라가 되었다고 생각해 봐. TV 예능에서 봤잖아. 걔 막 벌레에도 벌벌 떨고 그러는 거… 딱 그거처럼만 하면 돼. 어깨를 움츠리고, 고개도 푹 속이면서……."

"이… 이렇게? 이럼 되나?"

태권소녀가 테라의 흉내를 낸답시고 몸을 굽힌다. 딱 파이터다. 치뜬 눈은 호랑이처럼 날카롭고, 오른손은 턱 주변에서 가드를 하고 있다.

하아~

어이구~

유빈과 보안관의 입에서 동시에 한숨이 터져 나왔다.

⚐　▼　⚐

진우는 호수의 끝자락에 이르러 있었다. 물길이라 잠시 방향을 잃고 헤매기는 했지만, 순조롭다. 앞쪽에는 그리 높지 않은 다리가 하나 호수 전체를 가로질러 놓여 있다.

"삼식아, 엉덩이로 그만 좀 밀어. 나도 힘들어. 봐봐, 너 때문에 이렇게 팔을 쭉 펴고 있어야 된다고!"

진우는 삼식이를 타박하며 눈살을 찌푸렸다. 고집을 부려 앞자리에 턱 걸터앉기는 했지만, 녀석도 그 자세가 어지간히 불편한지 자꾸만 엉덩이를 들썩이며 뒤로 뺀다.

덕분에 진우는 핸들에 겨우 팔이 닿은 채로 익숙하지도 않은 제트스키를 모는 중이다.

물론 앞도 잘 안 보인다. 엄밀히 말해서 엉뚱한 곳을 헤매고 다녔던 이유 중의 70퍼센트 이상은 이 개새끼 때문이다.

마음 같아서는 엉덩이라도 몇 대 때려주고 싶은데, 오른손으로는 가속 장치를 돌려야 하고, 왼손은 스톱 버튼에 연결된 고리를 낀 채라서 두 손이 다 자유롭지가 않다.

"야, 네가 뒤로 좀 가. 응? 이제 안심하고 양보할 수 있는 상황이잖아. 아까 놓고 간 건 실수라니까."

얼―

삼식이는 그래도 앞자리를 포기하기 싫은지 딴청을 피우며 자세를 꼿꼿이 세운다.

하여간에 고집은…….

진우는 고개를 설레설레 저었다. 다리에 가까워지며 슬슬 물살이 빨라지고 있기 때문에 더 이상 이 녀석과 노닥거리고만 있을 수는 없었다.

"근데… 저 다리… 이상하게 생겼네. 뭔 기둥이 저렇게 많아……."

진우는 앞에 가로놓인 다리를 보며 중얼거렸다. 그러고 보니 기둥도 어지간히 굵다. 덕분에 물길이 좁아져서 이 주변의 유속이 급속하게 올라간다.

기둥에 부딪치지 않기 위해 진우는 속도를 더 줄이고 방향을 조정했다.

"어! 어! 이런……."

다리와의 거리가 100미터 이내로 줄어들었을 때에야 진우는 그 기둥들이 왜 그리 많고, 또 두꺼운지를 깨달을 수 있었다.

그것은 다리가 아니라 댐의 상단부였다. 우기와 태풍 때문에 물이 불어서 수문이 보이지 않을 만큼 깊이 잠겨 있었던 것이다.

"젠장… 그냥 가도 되는 건가?"

댐 너머의 강 풍경이 어딘가 위화감이 들어서 진우는 제트스키의 속도를 더 줄이고 방향을 옆으로 틀었다. 수문을 기점으로 뭔가… 단절되어 있다. 물이 평탄하게 흐르는 게 아니다.

그런데 그가 댐에 집중하는 동안 까맣게 잊고 있는 것이 있었다. 뒤쪽에 로프로 연결해서 끌고 오던 보트였다.

제트스키는 속도를 줄이고 방향을 돌려 제자리를 유지할 수 있었지만, 그저 딸려오던 보트는 그렇지 못했다.

빠른 물살에 실려 떠내려오던 보트는 진우와 삼식이가 탄 제트스키의 후면을 치고 댐 쪽으로 끌려갔다.

쿵—

그리 강한 충격은 아니었다. 그러나 전혀 예상치 못한 충돌이었다. 제트스키에 타고 있던 진우와 삼식이는 동시에 중심을 잃었다.

"윽! 뭐야?"

진우는 핸들을 잡아 위기를 모면했지만, 그냥 앞발을 걸치고 있던 삼식이는 발톱으로 매끈한 제트스키의 표면을 긁으며 옆으로 미끄러졌다.

"삼식아!"

당황한 진우는 왼손을 뻗어 삼식이를 잡아보려 했다. 그 순간, 삼식이의 무게가 스톱 버튼에 연결된 줄을 확 당기며 줄이 빠져 버렸다.

푸슉슉―

거짓말처럼 순식간에 엔진이 꺼진다. 삼식이는 겨우겨우 붙잡았지만, 그들을 태운 제트스키는 동력을 잃고 수문을 향해 빨려 들어간다.

"왜? 왜?"

진우는 왜 갑자기 제트스키의 엔진이 멎었는지 이해할 수 없어서 숨을 헐떡였다. 가슴이 콱 멎는 것 같다.

이대로라면 전부 다 저 수문에 패대기쳐지게 되는 건데… 뭐지? 뭐지?

잠깐 패닉에 빠져 있던 진우는 자신의 왼손에 끼워둔 고리 줄이 스톱 버튼에서 빠져나왔다는 것을 알아차렸다. 그리고 열쇠도 아닌, 이 이상한 고리가 왜 제트스키에 연결되어 있었던 것인지도 깨달았다.

이 고리가 비상 브레이크인 것이다. 사람이 물이 빠졌을 때,

혹시라도 제트스키가 더 멀리 떠내려가지 않도록 해주는 역할의 비상브레이크.

"야이 씨! 끼워져라! 끼워져! 비켜봐! 이거 끼워야 돼!"

첫날의 시행착오 덕에 스톱 버튼을 당겨서 끼워야 한다는 건 이미 알고 있었지만, 삼식이 놈의 커다란 덩치가 시야를 가린다.

진우는 삼식이의 엉덩이를 밀어 옆으로 치우고 오른손으로 스톱 버튼을 당겼다.

쿵—

물살에 흔들린 고무보트가 또 한 번 제트스키를 들이받는다. 진우는 휘청거리면서도 가까스로 왼손의 고리를 끼워 넣었다. 그러고는 곧바로 스타트 버튼을 눌렀다.

푸르르륵—

시동이 걸리는 걸 확인하자마자 진우는 고개를 들고 스로틀을 당겼다.

부우우우웅—

가속장치가 가동되자 제트스키의 뒤쪽에서 물기둥이 솟고, 순식간에 고무보트를 앞질러 나간다. 그런데…….

수문까지는 불과 10여 미터밖에 남지 않았다. 진우는 선택을 해야 했다. 여기에서 제트스키를 돌려 기둥을 아슬아슬하게 피해 뒤돌아갈 것인지, 아니면 수문 안으로 빨려 들어가는 물의 속도에 제트스키의 가속력을 더해서 저 낙차가 있는 수문 너머로 빠르게 날아갈 것인지…….

진우는 후자를 택했다. 지금 무리하게 유턴을 시도했다가는 제트스키가 속력을 이기지 못하고 기둥을 들이받을 확률이 너무 높다.

"삼식아! 꽉 잡아!"

진우는 앞으로 바짝 붙어 자신의 가슴과 제트스키 사이에 삼식이의 몸을 끼워 넣었다. 그러고는 작은 폭포처럼 물을 아래로 쏟아내는 수문을 향해 전속력으로 제트스키를 몰았다.

부아아아아앙―

속력이 올라가자 제트스키의 앞쪽이 살짝 들린다. 그리고 곧 퉁, 하고 부딪치는 충격이 아래쪽에서 느껴졌다.

아마도 물속에 살짝 잠겨 있던 수문의 끝부분이 제트스키 바닥을 스친 모양이다.

"으아아아!"

진우와 삼식이를 태운 제트스키는 수문 위로 떠올랐다. 순식간에 아래쪽과 앞쪽의 풍경이 진우의 눈을 어지럽힌다. 제트스키는 하늘에 떠 있고, 저 아래쪽에 수포를 일으키며 물이 쏟아져 내린다.

7미터는 족히 될 법한 낙차였다. 이렇게 높은 폭포인 줄 알았다면 절대 뛰어내리지 않았을 것이다.

풍덩―

제트스키의 뒤쪽 바닥이 수면을 때린다. 요란한 물보라가 튀고, 진우와 삼식이는 그 충격을 이기지 못해 물속으로 튕겨져 나갔다.

"읍! 으그르르르~ 우르륵~!"

물 아래로 곤두박질치는 동안 진우는 방향을 잃지 않으려고 최선을 다했다. 코와 입으로 물이 쭈욱 빨려 들어오고, 잠시 아무것도 생각나지 않을 만큼 멍해진다. 하지만 그가 착용하고 있는 구명조끼의 부력이 곧바로 그를 끌어 올렸다.

"푸아아~ 아흐흐~!"

수면 위로 고개를 내민 진우는 자신의 왼쪽 팔목부터 확인했다.

있다! 제트스키의 비상브레이크 고리! 그렇다면 삼식이는? 그리고 제트스키는?

진우는 필사적으로 고개를 돌렸다.

삼식이는 물살에 휩말려 앞쪽에서 떠내려가고 있었다. 제트스키는… 삼식이의 반대 방향에서 흘러가는 중이었다.

진우는 열심히 팔과 다리를 휘저어 제트스키에 기어올랐다. 그러고는 숨을 몰아쉬어 가며 시동을 걸었다.

"삼식아, 올라와!"

홀딱 젖은 삼식이를 앞질러 가서 끌어 올린 뒤, 진우는 비로소 안도의 한숨을 내쉬었다.

콰콰콰콰콰—

뒤쪽의 수문 근처에서는 지금도 계속 사나운 물줄기가 떨어져 내리며 작은 소용돌이를 만들어내고 있다. 하마터면 저기 휩쓸려서 익사할 뻔했다.

"맞다! 내 총! 내……."

자신과 삼식이의 생명이 안전하다는 걸 확인하자, 그다음으로 중요한 게 떠올랐다. 진우는 다급하게 고무보트를 돌아보았다. 고정시켜 둔 짐은… 완전히 물을 뒤집어썼지만, 그대로 남아 있는 듯이 보였다.

"하이아~ 다행이다. 아이고, 내 총! 내 탄창!"

진우는 강가에 잠시 멈춰 서서 고무보트에 올라 짐들을 확인했다. 두꺼운 업소용 쓰레기봉투로 두 번이나 꽁꽁 싸매둔 덕에 총도, 탄창 가방도 모두 무사했다.

정말 고마운 일이었다. 식량을 담아둔 봉지가 두 개 유실되었지만, 그런 건 아무래도 상관없다.

"근데… 이 공기 방울 뭐냐……."

고무보트 후면에서 계속 공기 방울이 올라와 표면에 맺히는 걸 보며 진우가 중얼거렸다. 어딘가 구멍이 났고, 거기에서 빠져나온 공기가 그런 현상을 만들어내고 있다는 걸 깨닫기까지는 그리 오랜 시간이 필요하지 않았다.

이 고무보트는… 뭔가에 걸려 약간 찢어져 버렸다.

"아… 뭐, 그래. 망가지려면 제트스키가 망가지는 것보다 네가 망가지는 게 낫기는 하지."

진우는 상황을 긍정적으로 이해하기 위해 고개를 끄덕이며 혼잣말을 중얼거렸다.

켁, 켁.

삼식이는 물을 뱉어내기 위해 헛구역질을 하고 있다. 동행을 잘못 선택한 탓에 녀석도 참 별 고생을 다 한다.

"이제 어쩌지… 이거, 오래 못 버틸 것 같은데……. 아, 이 근처에 고무보트 같은 거 또 구할 데가 있으려나……. 시내로 나가봐야 하나?"

진우는 물에 젖은 머리를 쓸어 넘기며 주변을 둘러보았다. 그러다 고무보트를 꾹꾹 눌러봤다. 빵빵하다고는 못해도 아직은 꽤 버틸 수 있을 것 같다. 진우는 고개를 끄덕이며 말했다.

"그래, 차라리 빨리 한강까지 가자. 거기가면 배를 구할 확률이 더 높아지겠지. 삼식아, 너 내 뒷자리에 앉아. 이번엔 엄청 밟을 거야. 아니다… 당긴다고 해야 하나?"

진우는 삼식이를 업은 채 핸들을 꽉 쥐었다. 그리고는 가속장치를 최대한 잡아당겼다.

부아아아아아아앙—

요란한 엔진 소리가 귓가를 울렸다. 잔잔한 물의 흐름에 부딪칠 때마다 제트스키는 가볍게 통통 튀어 오르며 날듯이 내달린다. 계기판의 속도계는 시속 65킬로미터를 넘어선 뒤에도 계속 올라가는 중이다.

4

투투투투투둑— 투투투둑—

아래층의 기관단총 소리가 점점 계단과 가까워진다. 검은 군복 놈들이 좀비들을 해치우면서 전진하는 중이다. 좀비들의 포효도 이제 꽤나 줄어들었다.

"다 준비됐지?"

유빈이 잔뜩 긴장한 얼굴로 모두를 돌아보았다. 자신이 만든 작전이니까 어떻게든 여유로운 모습을 보이고 싶은데, 그게 잘 안 된다. 총이… 너무 무섭다. 가장 앞서서 놈들을 맞아야 하는 터라 더욱 그렇다.

나머지 일곱 명도 비장한 표정으로 고개를 끄덕이며 각자의 위치로 향했다. 다섯 명은 2층에, 나머지 세 명은 3층에… 그렇게 분산을 해야 한다.

"아, 아니, 잠깐만."

태권소녀가 손을 뻗어 제니를 붙잡으며 말했다.

"아무래도 안 되겠어. 너 있지… 너는 화장실에 숨어."

"네? 왜요, 언니?"

"네가 있으면 저 새끼들이 내 팔목을 잡을 리가 없어. 그리고 위로 누가 도망가든 말든 당장 너부터 어떻게 할 거야."

태권소녀의 말을 듣고 보니 그 말이 맞다. 보안관이 운신하기에도 제니가 없는 편이 나을 것이다. 임수정이 제니의 자리를 대체하기로 하고, 제니는 화장실 내부에 숨겨졌다.

"오빠… 저 따로 떨어지는 건……."

유빈이 화장실 문을 닫을 때, 제니는 눈물이 맺힌 눈으로 그를 바라보며 말했다.

"앞으로 5분만. 그 뒤로는 계속 같이 있을 거야."

허세 가득한 말을 하면서도 유빈의 입술은 바르르 떨렸다. 어쩌면 지금 이 순간이 그녀를 보는 마지막일지도 모른다. 저 미친놈들이 방아쇠를 당기면 그의 의지 같은 것은 아무 가치도 갖지 못한다. 제니는 이를 악문 채 고개를 끄덕였다.

"온다."

건물의 끝 계단에서 발소리가 들렸다. 유빈이 신호를 보내자, 외부로 이어진 철제 계단 앞에서 대기하고 있던 보안관과 삼식이가 고개를 끄덕였다. 보안관은 빠루를, 삼식이는 야구 배트를 들고 있다.

나머지는 계단에서 그리 멀리 떨어지지 않은 곳에서 기다렸다. 놈들이 따라잡기 어렵다고 판단해서 총을 쏘는 일이 없도록 가까운 곳에서 대기해야 한다.

"어이! 거기 서!"

나선형 계단을 타고 올라온 검은 군복이 총을 겨누며 외쳤다. 규영이를 업은 유빈과 신입, 태권소녀, 그리고 임수정이 달아나려다가 얼어붙은 연기를 하며 멈춰 섰다.

가장 계단에 가까이 있던 유빈은 뛰다가 발이 꼬인 사람처럼 규영이와 함께 엎어졌다.

퉁탕— 퉁탕—

그와 동시에 외부 계단에서는 보안관과 삼식이가 일부러 더 큰소리를 내며 위층으로 뛰어오른다.

"살려주세요! 잘못했습니다! 이제 안 도망갈게요! 살려주세요!"

유빈은 잔뜩 움츠린 채 일어나 두 손을 모아 싹싹 빌었다. 바로 옆에서 신입도 울먹이며 쏘지 말아달라고 애원한다.

태권소녀와 임수정은 잔뜩 겁먹은 표정을 지었다. 그중 신입의 애원 연기가 탁월하게 좋았다.

"아나, 이 개새끼들 때문에 땀 흘린 거 생각하면……. 쥐새끼처럼 존나게 도망만 다니고 말이야……."

B조 조장이 3단봉을 빼 들고 다가오며 욕설을 퍼부었다. 녀석의 뒤쪽으로 세 명이 더 올라온다. 그럼 네 놈 다 온 거다. 유빈은 비는 척하면서 머리를 감쌌다. 이제 고통이 올 거다.

"무슨 죄를 그렇게 지었기에 무서워하고 그래? 이 개새끼야! 응? 응?"

B조 조장은 3단봉을 사정없이 휘둘러 유빈의 무릎과 허벅지를 후려갈긴다.

아윽! 윽!

유빈은 적당히 비명을 지르며 바닥에 나뒹굴었다. 잔뜩 움츠린 신입도 3단봉 세례를 피하지 못했다.

뻐억! 뻐억!

모질게 때리는 소리가 텅 빈 건물 내부에 메아리친다.

"야, 이 새끼들 묶어. 어라? 이건 또 뭐야? 다리병신도 하나 끼어 있네? 캬캬캬, 가지가지 하네. 개새끼들 진짜, 차를 타고 다니지를 않나."

조장 놈이 규영을 비웃고, 여자들 쪽으로 다가간다. 그사이 2, 3호는 유빈과 신입의 팔목을 뒤로 돌려 플라스틱 끈으로 결박했다. 태권소녀는 제니에게 배운 애원 연기를 펼쳤다.

"아저씨… 저희는 한패 아니에요. 저희는 그저 끌려 다닌 거예요. 살려주세요. 제발… 때리지 마세요… 제발."

그녀가 바짝 신경을 쓴 사항은 두 손을 가능한 한 숨기는 것이었다. 발달한 너클 파트와 굳은살을 절대 내보이지 말라고 유빈이 신신당부를 했었다.

"하하하, 그러시겠죠. 오우… 얘는 아까 위에서 봤을 때보다 더 낫다. 시원하게 쭉쭉 뻗었네. 야!"

낄낄대던 조장이 3단봉 끝으로 태권소녀의 가슴을 쿡쿡, 찌르며 물었다.

"여자 또 하나 있던 거 어디 갔어? 응? 골반 죽이는 애 있었잖아. 저딴 거 말고."

쳇, 태권소녀는 속으로 혀를 찼다. 눈도 밝은 새끼들. 하는 행동이며 말하는 싸가지며, 딱 죽기 직전까지 패주고 싶은 인간이다.

하지만 이 개새끼들이 총을 가지고 있다. 그러니 유빈의 작전대로 따라 움직이는 편이 살 수 있는 확률이 높아진다.

"위… 위로 도망갔어요."

'저딴 거'라 지목되었던 임수정이 외부 계단을 가리킨다. 조장이 고개를 끄덕였다. 뭔가 커다란 두 놈이 저리로 도망가는 건 봤다. 그러니 그녀도 함께 데리고 도망쳤을 것이다.

"흠, 이쪽인가?"

조장은 머리를 슬쩍 내밀어 먼저 계단 아래를 살폈다. 개들이 여전히 지키고 있어서 아무 기척도 없이 아래로 사라진다는 건 불가능한 상황이었다. 그러면 이제 독 안에 든 쥐나 다를 바가 없다.

어차피 아래로 내려가는 계단은 그리 많지 않다. 양방향에서 접근하면 끝이다.

"너희, 이것들도 마저 묶고 저쪽 계단으로 올라와. 우리가 이쪽에서 먼저 몰 테니까. 시간 끌지 말고 빨리빨리 움직여."

조장은 유빈과 신입을 두드려 패고 있던 2호와 3호에게 명령을 내리고, 그때까지 총을 겨눈 채 지키고 서 있던 4호에게 따라오라는 손짓을 했다.

조장과 4호가 계단 쪽으로 나가 천천히 몇 걸음을 떼는 동안, 2호와 3호는 각각 태권소녀와 임수정의 앞에 다가섰다.

"아유~ 너 진짜 괜찮다. 나는 사실 아까 그 골반 다이너마이트보다 이런 쪽이 더 좋아. 자, 손 내밀어, 손."

2호는 징그러운 웃음을 지으면서 3단봉으로 태권소녀의 허벅지 라인을 쓸었다. 임수정의 턱을 들어 올리고 있던 3호도 태권소녀를 돌아보며 감상평을 늘어놓았다.

"그러네. 허벅지도 그렇고… 엉덩이도 쫙 올라붙었구나. 너 다리 예쁘다. 그런 소리 많이 들었지? 벗겨놓으면 볼만하겠어."

그러고는 다시 시선을 임수정에게로 향하면서 말했다.

"사실 이거도 수수하니 나쁘지는 않은데… 솔직히 아까 그 골반이랑 머리카락 날리는 걸 보고 나니까 그 생각밖에 안 난다. 빨리빨리 묶자."

"그럼 얘는 내가 1등으로 하는 거 예약이다."

2호는 태권소녀가 내민 팔목에 플라스틱 끈을 걸기 위해 다가왔다. 녀석은 긴장이나 경계 따위는 하지 않았다.

쉐도우 실드 대원이라면 누구나 그렇듯이 그 역시 무술 유단자다. 이까짓 계집애쯤 암만 앙탈을 부려봐야 상대도 안 된다.

태권소녀는 계단 쪽을 흘긋 돌아보았다. 조장과 4호의 발소리는 이미 계단 중간 정도까지 올라간 듯하다. 때가 왔다.

"무서워하지 마. 오빠는 그렇게 아프게 안 해."

태권소녀의 팔목을 잡은 2호는 그녀의 귀에 대고 느물거리며 웃었다. 역겹다. 더 이상은 내숭에 엄살을 떨 필요가 없어서 다행이다.

획—!

태권소녀는 몸을 회전시켜 오른발을 턱 내디디면서 2호의 팔목을 역으로 틀어쥐고 당겼다. 그러고는 바짝 들어 올린 팔꿈치를 녀석의 명치에 찔러 넣었다.

"큭!"

검은 군복 2호는 별다른 비명도 지르지 못하고 무릎이 꺾이며 앞으로 쓰러졌다. 전술 조끼를 입고 있었는데도 눈앞이 캄캄해지고 숨이 콱 막힌다.

"응?"

임수정을 희롱해 가며 묶으려던 3호는 바로 옆에서 뭔가 이상한 기미를 느끼며 고개를 돌렸다.

얼굴이 파랗게 질린 2호가 허물어지고, 다리 긴 계집년이 한발을 내디딘다.

'뭐지? 이년? 무슨 지랄을 한 거지?'

3호는 재빨리 뒤로 물러나며 대비를 했다. 무섭지는 않았다. 저년이 뭔 재주를 부렸는지는 몰라도 습격이 들킨 이상 이제는 안 통한다. 계집년이 몸을 뒤로 붕 띄워 돌리며 왼발로 돌려차기를 한다.

'훗! 태권도 좀 배웠구나? 360도 회전 돌려차기? 그런 게 통한다고 생각해?'

3호는 왼발의 궤적에 대비하며 가드를 들어 올렸다. 아래쪽에서 옆구리를 차올리는 공격이다.

그런데… 그녀의 발차기는 허공을 가르고 지나간다. 그리고 아직도 여전히 그녀의 몸은 비스듬히 뜬 채 회전을 하고 있다. 상황을 이해할 수 없어진 3호의 얼굴이 의문이 가득 차올랐다.

'왜 안 맞지? 가드에 맞아야 되는 각이었는데…….'

그의 뇌에서 계산이 끝나기도 전에 허공에 떠 있던 태권소녀의 오른발이 사선으로 내리꽂히며 3호의 뒤통수와 목을 함께 강타한다.

파악—

3호는 그 순간에 정신을 잃고 대리석 바닥에 처박히면서 호되게 얼굴을 짓찧었다. 킥을 마치고 착지한 태권소녀가 피 섞인 게거품을 문 녀석의 얼굴을 노려보며 중얼거렸다.

"예쁜 다리에 540도 맞으니까 어떠냐? 좋았어?"

그런 후, 그녀는 돌아섰다. 이제 숨을 쉬지 못해 명치를 움켜쥐고 켁켁거리는 2호를 처리할 차례다.

"흐으윽! 흐으윽~!"

쉿소리 가득한 숨소리를 내며 2호가 손을 들어 올린다. 그의 눈은 공포로 질려 있었다.

대체 뭐지? 이런 미친 상황이⋯ 왜, 왜 이년이 국기원 시범단이나 보여줄 법한 발차기를⋯⋯.

녀석이 덜덜 떨든 말든, 태권소녀는 오른발로 강력한 킥을 날렸다. 턱을 강타당한 2호의 목이 홱 돌아간다. 눈을 홉뜬 채 앞으로 고꾸라진 놈의 입에서 피가 흘러나온다.

"일어나, 빨리."

그사이 임수정은 3호의 대검을 빼서 유빈과 신입의 결박을 끊어냈다. 유빈은 기절한 2호의 몸을 뒤집어 녀석이 메고 있던 MP5를 빼냈다. 어떻게 쓰는 건지는 몰라도 일단 총을 빼앗아둬야 한다.

운이 좋으면 쏠 수 있을지도 모른다. 신입도 3호에게 달라붙어 무장을 해제시켰다.

"멋있었어. 기가 막혔어."

유빈은 태권소녀의 어깨를 연신 두드리며 한숨을 내쉬었다. 그녀가 이 작전 성패의 9할 이상을 쥐고 있었다고 해도 과언이 아니었다.

이렇게 날씬한 여자가 그런 파괴력을 보일 거라고는 아무도 예상하지 못할 테니까. 그녀의 주먹이 얼마나 매운지는 맞고 기절해 본 유빈이 아주 잘 안다.

"이제 보안관 차례네⋯⋯."

기절한 2호와 3호의 팔을 뒤로 돌려 묶으며 유빈이 중얼거렸다. 태권소녀도 걱정과 기대가 반반씩 섞인 표정으로 위층을 올려다보았다.

잘해라, 고릴라…….

"조심해라. 이 새끼들, 악에 받쳐서 확 덤빌지도 모르니까."

3층으로 오르는 계단의 끝자락에서 B조 조장은 4호를 돌아보았다. 4호는 고개를 끄덕였다. 그러나 경고하는 조장도, 듣는 4호도 사실 별로 두려움은 없었다.

이쪽은 무장 집단, 그리고 싸움 실력을 기반으로 선발된 인원들이다. 반면, 저쪽은 그저 아마추어들이다. 무기라야 흉기나 둔기 정도일 건데, 그따위로는 조장이 들고 있는 폴리카보네이트 투명 방패를 뚫을 수 없다.

그래도 혹시 모르는 일이라 4호는 샷건을 꼭 쥐고 엄호를 담당하고 있었다. 조장이 먼저 방패를 앞세워 3층으로 뛰어들었다.

"어디 갔냐, 이 쥐새끼들."

둥근 지붕 아래 이런저런 전시물들이 잔뜩 늘어서 있는 3층의 내부를 둘러보면서 조장이 중얼거렸다.

풋—!

4호가 웃음을 삼키면서 왼쪽의 긴 안락의자 너머를 가리킨다. 갈색 머리카락이 삐죽 튀어나와 있다. 제대로 숨지도 못한 데다가 하필이면 햇살이 잘 드는 곳에 자리를 잡아서 아주 훤하게 보인다.

그 바로 앞에 다른 놈의 웃옷과 신발도 비친다. 빠루와 야구 배트는 소파 근처에 버려져 있다.

아마 반대편으로 도망가려다가 그 계단에서 2호와 3호가 올라오는 걸 보고 급한 대로 이런 데에 숨은 모양이다.

어지간히 다급했던 모양이군, 무기까지 다 던져 버리고……

4호는 샷건을 들어 올리며 외쳤다.

"야, 이 개새끼들아, 나와! 거기 소파 뒤에! 다 보인다고!"

헉! 갈색 머리카락이 비명을 삼키며 더 깊이 고개를 숙인다. 웃옷도 소파 아래로 숨었다. 조장과 4호는 별로 다급하지 않았다. 어차피 달아날 구석은 없다.

"좋은 말로 할 때 나와! 이 개새끼야! 그만 성질 긁어! 쏴 죽여 버리기 전에 빨리 나오라고!"

조장이 3단봉을 휘두르며 소파 쪽으로 다가갔고, 4호는 웃음기를 띤 채 그 장면을 지켜봤다.

"지, 진짜 안 쏠 거예요?"

갈색 머리카락이 슬쩍 고개를 든다.

윽! 햇살을 가득 받은 그 얼굴을 보자마자 4호는 열등감이 폭발해서 하마터면 방아쇠를 당길 뻔했다.

존나게 잘생긴 개새끼다. 저런 쌍판을 가지고 있으니 아래층의 그 사슴처럼 늘씬한 다리를 가진 년도, 여기로 도망 온 탱탱한 년도 홀려서 데리고 다니는 모양이다.

"쏘지… 쏘지 마세요. 야, 너도 일어나. 빨리 손들고."

갈색 머리카락이 얼빠진 표정으로 웃옷을 쿡쿡, 찌른다. 그때, 4호는 뭔가 이상한 기운을 느꼈다. 뒤쪽이다. 뒤쪽에서 커다란 그늘이 덮쳐 오는 것 같은……

4호는 본능적으로 뒤를 돌아보았다.

"이게 무슨……."

바보 같은 반응밖에 할 수 없었다. 그도 그럴 것이, 커다란 수조가 갑자기 눈앞을 가득 채우고 덮쳐오니 상황을 제대로 인식하기가 어려웠다.

'왜… 왜 이런 게 소리도 없이 날아오는 거지? 아니, 그보다 어떻게 이 큰 게 하늘에 떠 있지?'

현실을 부정하는 생각과 샷건을 쏴야 한다는 생각이 충돌한다. 4호는 몸을 돌리며 총을 겨누려 했다. 하지만 수조가 그의 얼굴을 덮치는 쪽이 더 빨랐다.

빠르게 회전한 거대한 수조가 4호의 얼굴을 직격하며 박살이 났다.

와장창—!

요란한 소리와 함께 유리 파편과 물, 죽은 물고기가 사방으로 튀었고, 4호는 얼굴이 피투성이가 된 채 뒤로 날아갔다.

퍼엉—

샷건은 허공을 향해 발사되었다.

"뭐야?"

잘생긴 녀석에게 3단봉 찜질을 해주려던 조장은 커다란 소리 때문에 깜짝 놀라 뒤를 돌아보았다.

헉! 그의 입에서 놀라움의 신음이 터진다. 웃통을 벗은 커다란 덩치가 박살 난 수조의 조각을 내던지며 그를 향해 달려오고 있다. 맨발이다.

어떻게 발소리도 없이 등 뒤에서 접근할 수 있었는지, 그리고 소파 뒤의 신발이 왜 별 반응이 없었는지… 두 가지 의문이 한꺼번에 풀렸다. 그래봐야 아무 소용 없다.

"아오! 이 존만 한 새끼야!"

조장이 3단봉을 치켜드는 동안 보안관은 어느새 근접 거리로 돌진해 와서 욕설과 함께 옆차기를 날렸다. 피할 틈이 없었다. 방패를 들어 막자 둔중한 소리가 난다.

텅―

'자, 공격을 차단했으니 이제 공격할 시간이다' 라고 생각하던 조장의 몸이 뒤로 날아갔다.

하하하! 잘생긴 놈이 옷옷을 씌운 쿠션을 들어 보이며 웃고 있다.

그의 얼굴에 당혹감이 스쳐 간다. 아직까지 한 번도 상대해 본 적 없는 종류의 파워다. 마치 큰 파도에 휘말려 버린 것 같은 기세다.

쿵―!

벽에 등이 부딪치자 충격 때문에 내장이 터지는 것 같았다. 그는 다시 앞으로 튕겨져 나왔다.

틱.

벽에 맞고 튕겨져 나온 조장의 방패를 보안관이 두 손으로 잡았다. 그러고는 뒤쪽으로 확 잡아챘다.

"끄윽!"

조장은 비명을 내지르며 방패를 손에서 놓았다. 얼마나 난폭하게 힘이 가해졌는지, 새끼손가락이 부러져서 반대 방향으로 꺾여 버렸다. 방패를 뒤로 던져 버린 보안관이 정신없이 훅을 날린다.

획— 획—

철퇴처럼 커다란 주먹이 눈앞을 스쳐 간다. 조장은 첫 두 방을 간신히 피했다. 그러나 세 방째의 왼손 훅이 그의 옆구리를 때린다.

끄윽! 조장은 비명을 지르며 뒤로 풀쩍 뛰었다. 그다음부터는 거의 일방적이고 무차별적인 체벌이었다. 보안관은 모두를 불안에 빠뜨렸던 이 개새끼들을 도저히 용서해 줄 수 없었다.

오른손 훅, 왼손 훅, 다시 오른손 훅, 오른손 훅, 왼손 스트레이트……

보안관이 펀치가 바람을 가르고 날아갈 때마다 조장의 얼굴은 부어오르고 코와 입에서는 피가 터져 나왔다.

턱, 보안관은 비틀거리는 조장의 뒤통수를 두 손으로 잡고 확 당기면서 녀석의 얼굴에 정면으로 니킥을 날렸다.

와지끈!

B조 조장은 이빨과 코피를 사방에 흩뿌리며 그 자리에서 쓰러져 버렸다.

정신을 잃기 전에 조장이 했던 마지막 생각은 '쏴버릴걸' 이었다. 이렇게 무서운 놈이 있는 줄 알았더라면 아까 놈들이 계단 주변에서 알짱거리고 있을 때 그냥 방아쇠를 당겼을 것이다. 물론 이제는 너무 늦었다.

"아냐, 아냐… 너 더 맞아야 돼. 이 개새끼야!"

보안관은 기절한 조장의 멱살을 잡고 정신없이 두들겨 패기 시작했다. 이미 조장의 오른손은 바닥에 힘없이 늘어져 있지만, 그래도 보안관의 분은 다 안 풀렸다.

"아오~ 이 맷집도 없는 새끼가!"

피떡이 된 조장을 바닥에 집어 던진 보안관은 놈의 팔을 뒤로 꺾은 뒤, 허리띠를 잡아 빼서 묶었다. 4호를 묶으려 다가갔던 삼식이가 총만 가지고 돌아와 보안관에게 신발을 내민다.

"자… 이거. 신고 빨리 가자."

"쟤 왜 안 묶어?"

신발 안에 발을 구겨 넣으며 보안관이 물었다. 삼식이는 잠시 머뭇거리다 무덤덤하게 대답했다.

"안 묶어도 돼. 죽었어."

"뭐? 진짜?"

보안관은 깜짝 놀라 4호를 돌아보았다. 얼굴과 목에 유리가 잔뜩 박힌 채 쓰러져 있는 녀석의 주변은 흘러나온 피로 흥건하다.

죽일 기세로 때리기는 했지만 설마 진짜로 죽을 줄은……

보안관이 당황해하자, 삼식이가 그의 어깨를 두드린다.

"죄지은 거 아니야. 잘한 거야. 좋은 일 한 거야."

삼식이는 두 놈에게서 빼앗은 두 정의 총과 한 정의 권총을 들고 보안관을 잡아끌었다. 제니까지 포함해 2층에서 마중 나온 여섯 명이 감격한 표정으로 그들을 맞아준다.

"총소리 났었는데… 괜찮아?"

유빈이 걱정스러운 얼굴로 보안관의 몸을 바라보았다. 보안관은 고개를 저었다.

"아냐, 허공에 대고 쏜 거야. 멀쩡해. 혜주는 잘했고?"

"응, 죽이더라. 하늘에서 몸을 이렇게……."

유빈이 태권소녀의 540도 돌개차기를 설명하려 할 때, 강 건너 쪽에서부터 헬기 소리가 들려온다.

"피해! 피해! 안으로 들어가!"

보안관 일행은 일제히 건물 안으로 뛰어 들어가 납작 엎드렸다. 혹시라도 창문 사이로 기웃거리는 모습이 눈에 띨까 봐 고개조차 들 수 없었다.

투투투투투투—

프로펠러 소리는 건물 주변을 잠시 맴돌다가 다시 멀어졌다. 숨죽이고 있던 삼식이가 고개를 들었다.

"휴우~ 갔나 봐."

"응, 그런 것 같다."

유빈이 머리를 살짝 들어 창밖을 살폈다. 헬리콥터는 보이지 않는다. 사실 조금 전의 그 요란한 소리가 검은 헬기였는지 아닌지도 잘 모르겠다.

"이 틈에 빨리 도망가야 돼."

모두는 자리에서 일어나 짐을 챙겼다.

컹— 컹—

계단 아래에서는 여전히 개들이 짖어 댄다. 저놈들도 정리해야 무사히 차에 오를 수 있다.

"내가 개들 정리하면 내려와서 잽싸게 뛰어. 알았지?"

모두에게 말한 보안관이 빠루를 들고 가장 앞장을 섰고, 매점에서 가져온 쇼핑백 두 개에 총을 나눠 담은 삼식이가 그 뒤를 따랐다. 총 무게가 등이 휘청할 만큼 묵직하다.

"보안관⋯ 저기도 개가⋯⋯."

계단 아래로 내려선 보안관이 두 마리의 셰퍼드와 대치하고 있을 때, 뒤따라온 삼식이가 멍해져서 강 쪽을 가리켰다.

응? 보안관이 곁눈질로 돌아보니 정말로 똑같은 종의 개가 한 마리 더 눈에 띈다.

뭐지? 분명히 두 마리였는데?

턱—

그때, 기둥 뒤에서 튀어나온 녀석이 삼식이의 뒤통수에 총구를 대고 명령을 내렸다.

"움직이지 마. 곧바로 쏜다."

A조 조장이다.

5

"히익!"

계단의 중간을 내려가던 신입의 입에서 숨넘어가는 비명이

터진다. 발아래에서 삼식이의 뒤통수가 겨냥되는 것을 목격했으니 당연한 일이다. 유빈도, 태권소녀도 심장이 얼어붙는 것 같았다.

"올라가! 올라가!"

뒤돌아선 유빈이 잔뜩 찌푸린 인상으로 메시지를 전달하며 속삭였다. 일행 중 보안관과 삼식이를 제외한 여섯 명은 곧바로 계단 위로 되돌아 뛰었다.

퉁탕퉁탕, 퉁탕—

계단의 요란한 발소리를 듣고 A조 조장은 고개를 힐끔 위로 돌렸다. 하지만 특별한 반응을 보이지는 않았다.

대신에 그의 뒤쪽에 서 있던 A조 2호부터 4호까지 세 명의 대원이 총구를 위로 겨누며 소리쳤다.

"내려와, 이 개새끼들아! 쏜다! 빨리 내려와!"

유빈은 멈추지도 않고, 뒤돌아 내려가지도 않았다. 고분고분 그런 말을 들을 것 같았으면 애초 카니발이 헬기에게 쫓겼을 때 그 자리에 멈춰 섰어야 한다.

타앙—

샷건이 불을 뿜자 난간과 계단 사이에 무수한 작은 흠집들이 생겨났다. 물론 어디까지나 위협이었지, 맞아 죽으라고 쏜 건 아니었다.

으아~! 신입은 비명을 지르면서도 용케 중심을 잃지 않고 문 안쪽으로 몸을 던졌다. 제니도, 임수정도, 태권소녀와 유빈도 건물 내부로 굴러 들어갔다.

"하아아~ 하아아~ 뭐야? 뭐야? 쟤네 왜 여기에 있어? 네 명이 전부 아니었어? 또 있었어?"

태권소녀가 숨을 몰아쉬며 바깥쪽을 내다본다. 영문을 알 수 없기는 유빈도 마찬가지였다. 아까 분명히 봤다. 헬기의 아래쪽에 매달린 그물 감옥 같은 데에서 네 명이 내리는 것을……

그래서 그놈들을 다 해치웠다. 그런데 또 네 명이… 도대체 이게 무슨 조화인지 모르겠다. 끊임없이 반복되는 악몽도 아니고……

"야! 이 개새끼들아! 빨리 안 내려와? 전부 다 쏴 죽여 버리기 전에 빨리 내려오라고!"

유빈의 그림자를 본 3호가 계단 입구에 서서 고함을 지른다. 놈들의 저 경고가 진심이 아니라는 것은 조금 전의 경험으로 알고 있다. 저놈들은 기본적으로 살아 있는 사람을 원한다. 하지만……

하지만 만약에 놈들이 여기로 올라와서 피투성이가 된 채 기절해 있는 자신들의 동료를 발견하게 된다면 이야기는 달라진다.

그때는 감정이 개입된다. 그리고 자기 동료를 다 때려눕혀 버린 상대에 대한 두려움도 작용할 것이다.

달아나려면 놈들이 아직 위협사격을 하는 이때 달아나야 한다. 그게 성공할 확률이 몇 배나 높다. 처음 건물에 진입했던 네 놈이 좀비들을 다 쏴 죽여준 덕에 지하철까지 가는 길도 열렸다.

그런데… 어떻게 친구를 놔두고 달아난단 말인가. 보안관과 삼식이를 여기에 두고…….

월—! 월! 컹! 컹!

어느새 한 마리가 늘어 총 네 마리가 된 셰퍼드가 계단 주변에서 시끄럽게 짖어 댄다. A조 조장이 삼식이의 가방을 뒤지는 것을 목격한 유빈의 머릿속은 하얗게 변해 버렸다.

저 안에는 총이 들어 있다. 놈들에게서 빼앗은 총이. 이제 저 놈들도 뭔가를 깨닫고 방심하지 않게 되어버렸다.

가진 무기라고는 야구 배트 한 자루와 태권소녀뿐인데, 잔뜩 독이 오른 채 총을 앞세우고 다가오는 네 사람과 맹견 네 마리를 모두 제압하고 친구들을 구해내야 한다. 그런 일이… 가능할 리가 없다.

그때, 2층의 외부 계단 근처에서 아우성이 들려왔다.

"A조? A조 왔어? 여기야! 여기! 묶여 있어! 풀어줘!"

태권소녀에게 맞은 놈들이 깨어난 모양이다. A조 조장이 자신의 조원들에게 명령했다.

"다 올라가! 데리고 내려와! 개도 데리고 가!"

"예!"

세 놈이 개와 함께 건물의 뒤편으로 돌아 뛰어간다. 유빈도 더 이상 가만히 있을 수 없어졌다.

"어? 규영이랑 신입은?"

다시 달아나던 유빈은 그제야 자신의 주변에 태권소녀와 제니밖에 남아 있지 않다는 것을 깨달았다. 제니가 코너를 가리키며 말했다.

"저쪽으로 계속 뛰어갔어요. 수정이 언니도 같이."

유빈은 얼빠진 표정으로 고개를 끄덕였다.

그랬구나……. 어쩌면 그게 정답일지도 모르겠다. 모두 다 같이 여기에서 죽어버리는 건 결코 정답이 아니다. 유빈은 두 사람을 이끌고 코너를 돌아 내달렸다.

불안해서 보안관과 삼식의 모습을 계속 지켜보고 싶은 마음이 굴뚝같지만, 멍하니 보고만 있어서는 실제로 아무 도움이 되지 않는다.

그들도 끌려 내려가서 나란히 총구 앞에 서봐야 이미 잡혀 있는 친구들이 기뻐할 리 없다.

"키야아~ 이 새끼들 봐라? 존나게 발칙하네?"

계단 아래에서는 A조 조장이 삼식이에게서 빼앗은 총기를 뒤쪽으로 밀어놓으며 보안관과 삼식이를 번갈아 바라보고 있었다.

그러고 보니 웃옷을 벗고 있는 저 근육덩어리 새끼의 몸 여기저기에 피가 잔뜩 튀어 있다. 특히 커다란 두 주먹은 온통 피투성이다. 심상치 않은 놈이다.

"야, 너 보통 괴물이 아닌가 보다? 허허, 징그러운 새끼. 저, 저 피 좀 봐. 행여라도 또 까불 생각 하지 마라. 너 움찔하기만 해도 이 새끼는 뒈지는 거야."

A조 조장은 보안관을 보고 웃으며 삼식이의 뒤통수를 총구로 탁탁, 두들겼다. 보안관은 자신의 두 주먹을 힐끗 내려다봤다.

조장 놈을 곤죽으로 만들 때, 녀석의 코와 입에서 튄 피다.

'젠장, 좀 닦고 올걸… 저 새끼들이 방심하고 가까이 달라붙기는 다 글렀군.'

보안관은 속으로 혀를 찼다. 그가 기다렸던 기회는 녀석들이 삼식이와 자신을 포박하기 위해 다가올 순간이었다.

총을 든 채 겨누고만 있지 않으면 세 명까지는 문제없다고 생각했었다. 그런데 이래서야… 이제는 좀 더 상황이 어려워졌다.

한동안 개 짖는 소리가 건물 내부에서 요란하게 울려 댄 뒤, A조 검은 군복 세 놈은 기절했던 B조의 세 놈을 부축해 가며 계단을 내려왔다.

"…는 죽었습니다. 여기가 끊겨 가지고……."

A조 4호가 조장에게 보고를 한다. A조 조장은 때려죽일 듯한 눈빛으로 보안관을 노려보았다. 놈의 머릿속에서는 이미 범인이 누구인지 다 정해진 모양이다.

물론 보안관은 딱히 억울하지는 않았다. 그가 죽인 게 맞으니까. 그런 것보다 보안관은 유빈이 어떻게 하고 있을지가 걱정스러웠다. 분명 구하려들 텐데, 이 상황에서 그건 쉽지가 않다. 그 녀석마저 여기 잡혀 버리는 꼴을 봐야 한다면… 너무 비참할 것이다.

"근데, 셰퍼드들은 어디에 두고 왔어?"

A조 조장이 묻자 대원들이 건물의 끝 쪽을 가리켰다.

"두 마리는 뒤쪽 계단 앞에 두고, 또 두 마리는 지하철역이랑 이어진 데 지키라고 했어요. 도망칠 만한 데가 거기밖에 없을 것 같아서요."

"그럴 거 같으면 아예 쫓으라고 하지?"

"저기 1층, 지금 냄새가 장난이 아니에요. 커피 가루 잔뜩 날아다니지… 화장품 진열대가 박살 나서 스킨 냄새가… 어후~ 냄새라도 좀 날아가고 쫓으라고 하려고요."

A조가 대화를 나누는 동안 보안관에게 얻어터졌던 B조 조장은 수통의 물을 쏟아부어서 얼굴의 피를 닦아내며 정신을 차리기 위해 애를 썼다.

"아… 슈밧, 셔 숏 같은 새히……."

찢어진 눈꺼풀에 물이 들어가자 B조 조장은 가뜩이나 엉망인 얼굴을 더욱 일그러뜨리고는 보안관을 노려보며 욕설을 퍼부었다.

앞니가 다 날아간데다 부러진 코뼈가 부어올라서 발음이 어지간히 뭉개지고, 또 샌다. 그는 A조 조장에게 감사를 표했다.

"후우~ 고마어… 신샤 너한테 큰 신쉐 진다. 하아~ 아 슈밧, 슘 쉬기가 손나게 힘흐네. 코가 이 모양이라서."

"신세는 무슨… 그냥 네가 하도 조용하기에 그게 이상해서 내려줘 보라고 했어. 만날 여자 돌리면서 무슨 짓 하는지 무전으로 중계하던 놈이 오늘은 한 번도 연락이 없으니까 말이야."

A조 조장은 B조 조장의 어깨를 다독인다. B조 조장은 부러진 왼손가락을 움켜쥐고 인상을 찌푸렸다.

"하아~ 헬리코터 어디서? 나… 벼원 가야 돼… 아, 슈바, 쇼나 아후네……."

"내가 잡은 것들 일단 가져다 놓으라고 했어. 열셋에 여기서 잡은 거 여덟에 우리랑 개까지 다 못 탈 것 같더라고."

"후우~ 흐래, 샬해서… 아으, 내 이빨……. 숀가약도 후여지고… 이 쉽쉐히 때문에!"

고통스러운 표정으로 부러져 나간 앞니들을 더듬거리던 B조 조장은 분하다는 듯 보안관의 얼굴을 후려쳤다.

보안관은 적당히 대줬다. 슬쩍 피할 수도 있지만, 그렇게 해 봐야 놈을 자극하는 것밖에 안 된다. 묶여서 두들겨 맞느니 이렇게 슬쩍 충격을 완화해 가며 맞아주는 편이 훨씬 낫다.

금방 보안관의 코에서 피가 흐르고 입술이 터진다. 물론 그래도 얼굴 전체에 피멍이 들고 부어오른 B조 조장 놈이랑은 비교가 안 된다.

"야… 누가 3단봉 숌 힐려수어. 내 허는 위에 헐어쓰리고 왔나 봐. 하아~ 컥! 하아~"

오른 주먹을 이용해 후려치는 것만으로는 도저히 분이 안 풀리는지, B조 조장은 A조 멤버들에게 손을 벌렸다. A조 조장이 자신의 3단봉을 건네줬다.

"자, 여기… 이걸로 패라. 근데 저 새끼 혼자서 네 명을 작살 냈다고? 너희, 총도 안 가지고 올라갔어?"

"아니… 저희는 저 새끼가 아니고… 후우~ 어떤 개 같은 년 때문에… 어우, 목이야… 목이 완전히…….."

B조 3호가 뒷목을 주물러 대면서 대답했다. '개 같은 년'이라는 말을 하기 전에 잠시 머뭇거리면서 목소리를 줄였지만, 그

래도 여전히 창피하다. A조 조장은 피식거리며 웃었다.

"큭큭큭, 기지배한테 맞았다고? 그거 무슨 신식 농담이냐? 덩치가 존나 큰 년이야?"

"아니에요. 그냥… 쭉 뻗어서 늘씬한 년인데… 겉모습만 보고 방심을 한 틈에… 당했습니다. 어우, 어지간히 맵게 치네요. 으… 아마 태권도 선수인가 봐요. 발차기 하는 폼이……."

"그래? 그런 나쁜 년이 있어? 잡아서 아주 뒈질 때까지 존나게 괴롭혀 주자. 죽은 사람 복수는 해야 할 것 아니야?"

A조 조장이 인상을 쓰며 말했다. A조 대원들도 고개를 끄덕인다. 이미 다들 청담동에서 재미를 실컷 보고 온 터라 여자 욕심은 없었지만, 이번 강간은 적극적으로 동참해야겠다고 마음을 먹었다.

"아니… 가만이서 봐. 내 복슈후터 먼저 하쟈. 이 쉬할 쒜키!"

B조 조장은 보안관을 노려보며 3단봉을 휘둘렀다.

빠악—!

허벅지를 맞은 보안관이 비틀거리자 B조 조장은 머리를 노리고 재차 3단봉을 들어 올렸다. 아주 대갈통을 터뜨릴 심산이었다.

턱—

그런데 3단봉이 뒤쪽의 기둥에 부딪친다. B조 조장은 자세를 바꿔봤다. 그래도 각이 나오지 않았다.

"뒤쪽으로 걸어가. 넓은 데로 나가."

A조 조장이 보안관에게 명령했다. 보안관은 듣지 않았다. 자신을 패려는 놈이 3단봉을 더 마음대로 휘두를 수 있도록 물러서 주는 일 따위 해줄까 보냐?

그가 고집을 피우자 A조 조장은 삼식이의 뒷목을 개머리판으로 후려쳤다.

"으윽!"

이미 손이 뒤로 묶여 있던 삼식이는 비명을 지르며 앞으로 엎어졌다. A조 조장은 삼식이의 머리카락을 움켜쥐고 일으켜 세우며 말했다.

"참아. 저 덩치 큰 새끼가 말을 안 들어서 그러는 거니까 나를 원망하지는 말고."

그러고는 한 번 더 때릴 요량으로 개머리판을 높이 든다.

"그만! 내가 움직인다. 그만 때려!"

보안관은 손을 들어 보이며 뒤로 순순히 물러났다. 넓은 잔디밭 앞에 멈추자 B조 조장은 만족한 표정을 지으며 다가와 3단봉을 들어 올린다.

나머지 놈들도 삼식이를 끌고 천천히 따라와서 흥미롭게 바라보고 있다.

빠악!

테이크백을 마음껏 하고 휘두르는 풀스윙이 보안관의 어깨를 강타했다. 보안관은 움찔하면서도 놈에게서 눈을 떼지 않았다.

저걸로 머리라도 맞았다간 그 순간 게임 끝이다. 요령껏 피해가며 적당히 근육이 많은 곳을 대줘야 한다.

빠악! 빠악!

B조 조장이 몇 대를 더 때렸을 때, 삼식이가 절규하듯 외쳤다.

"그만 좀 때려! 그만!"

"이건 또 왜 나서고 지랄이야!"

A조 조장은 삼식이의 오금을 차서 무릎을 꿇리고, 등짝을 개머리판으로 두들겼다.

큭, 흙먼지를 씹으며 바닥에 엎어진 삼식이가 보안관을 올려다보았다.

'삼식아, 좀 기다려. 기회가 한 번은 올 거야.'

보안관은 삼식이를 향해 아직 묶이지 않은 자신의 손을 내보이며 눈짓을 했다. 삼식이도 그가 무슨 메시지를 전하고 싶은 건지 다 알아들었다.

"하아~ 하아~"

계속 3단봉을 휘두르던 B조 조장이 한숨을 내쉬며 잠시 멈췄다. 부러진 코 때문에 숨도 쉬기 어려운데, 매질을 할 때마다 오히려 그 자신의 온몸이 다 부서지는 것 같다. A조 조장은 안타깝다는 듯 중얼거렸다.

"그래, 좀 물러나서 쉬엄쉬엄 죽여라. 그동안에 애들 보내서 다른 새끼들도 잡아올 테니까."

그런 후, A조 조장은 자신의 조원들을 향해 명령했다.

"이 새끼들 잡아와. 새끼들이라고 했지만, 사실 이제 와서는 여덟 명이든 뭐든 그런 건 상관없어. 애들 때린 그 개년, 그것만 잡아오면 돼. 그년이 비명 지르고 우는 걸 봐야 액땜이 될 것 같으니까. 알았어? 키가 껑충하게 큰 년이라고 했으니까 빨리 잡아와."

그때, 유빈과 태권소녀, 제니는 1층의 사무실 안에 숨어 있었다. 그들이 달아나려 했을 때, 지하철로 이어진 통로는 이미 개들에게 점령당한 뒤였다.

급한 대로 화장품 전시대를 엎고, 커피를 쏟아부어 일시적으로 개들의 코를 속여보려 했지만, 상황만 놓고 보면 갇힌 셈이다. 이래서야 일찌감치 달아난 신입 일행보다도 오히려 못하게 되었다.

"이 창문… 여기로 도망갈 수 있을까?"

유빈은 사무실의 창문을 열어보며 중얼거렸다. 바닥까지 까마득하게 높아 보인다. 그래도 여기에서는 지하철역의 입구가 보인다. 내려가기만 하면 도망갈 수 있다.

유빈은 두 여자에게 시선을 옮겼다. 제니도 몸이 가볍고, 태권소녀의 운동신경이야 말할 나위도 없다. 조금만 몸을 늘어뜨려 거리를 줄인 뒤 뛰어내리면… 착지가 가능할 것 같았다. 유빈은 제니와 태권소녀에게 말했다.

"내가 나가서 개들이랑 사람 시선을 다 끌게. 강이 보이는 쪽에서 최대한 시간을 보내볼 테니까, 나한테 관심이 집중되어 있는 동안에 너희는 여기로 내려가. 내려가서 지하철로 들어가."

"아, 아니에요, 오빠. 나 이제 떨어져 있기 싫어요. 아까 한 번 숨었던 걸로 충분해요. 죽어도 같이 죽을 거예요."

제니가 유빈의 손을 꼭 잡으며 고개를 저었다. 태권소녀도 유빈의 제안을 탐탁지 않아 하는 눈치였다. 유빈은 제니의 눈물을 닦아주며 말했다.

"저 새끼들이 바라는 게 우리가 다 같이 죽는 거야. 그렇게 안 되도록 막으면 내가 이기는 거고, 우리가 같이 잡히면 그 새끼들이 이기는 거야. 저 새끼들 뜻대로 되는 꼴은 못 보겠어. 제니야, 내가 이기게 해줘. 부탁이야."

'잡히면 저 새끼들 뜻대로 되는 꼴을 봐야 한다' 는 말을 할 때, 유빈은 태권소녀를 돌아보았다. 그녀도 무슨 의미인지 알 것 같았다.

그녀들이 잡히면 유빈과 보안관은 두 사람이 처참하게 짓밟히는 모습을 고스란히 지켜봐야 한다. 그냥 깨끗하게 죽는 걸로 끝이 나는 게 아니다. 유빈은 설명을 계속했다.

"신호를 정할게. 내가 위층에서 계속 웃어 대면 거기에 놈들 이랑 개랑 다 모여 있다는 의미니까 그때 창문으로 뛰어. 너희는 몸이 가벼우니까 신발 끈 같은 걸로 거리를 조금만 줄이면 할 수 있어. 지하철을 따라 계속 쭉 가면 상봉역이 나와. 7호선 이잖아."

말을 마친 유빈은 태권소녀와 제니를 한 번씩 꼭 안아주고 나서 문고리를 살짝 돌렸다. 만류하기 위해 손을 뻗는 제니를 태권소녀가 잡았다.

바깥에서는 아무 기척도 없다. 유빈은 뒤돌아 고개를 끄덕여

주고 얼른 밖으로 나갔다.

컹— 컹— 컹—

지하철 쪽으로 다가가자 길목을 지키고 있던 셰퍼드 두 마리가 짖어 대며 쫓아온다.

유빈은 뒤돌아 내달렸다. 그가 가진 무기라고는 검은 군복에게서 빼앗은 대검 한 자루뿐인데, 그의 실력으로는 그것만 가지고 저 훈련 받은 개들을 못 이긴다.

반대편을 지키고 있던 개들도 동료 개들의 소리를 듣고 쫓아왔다. 네 마리. 유빈은 얼른 계단을 뛰어올라서 2층으로 올라갔다. 그러고는 덤벼들려는 놈들을 대검을 휘둘러 위협했다.

애초에 그렇게 훈련 받은 탓인지, 개들은 쉽사리 덤벼들지 않고 계속 짖어 대기만 했다. 사람을 몰아놓고 주인인 검은 군복을 기다리는 모양이다.

유빈은 계속 뒷걸음질을 쳐서 애초에 그가 약속했던 것처럼, 한강이 보이는 커다란 전면 창을 등지고 섰다.

잠시 후, 검은 군복 세 놈이 반대쪽에서 올라와 개들과 함께 그를 에워싼다.

아, 젠장······.

유빈의 등에서 식은땀이 흐른다. 보안관과 삼식이를 패고 있는 놈들도 셋, 이놈들도 셋. 그럼 어딘가에 한 놈이 더 있다는 말이다. 그놈의 위치를 알기 전까지는 신호를 보낼 수가 없다.

"아, 요 존만 한 새끼! 어디 숨어 있다가 이제 기어 나왔지? 후후후, 칼 안 버려, 이 새끼야? 아니다. 그런 것보다 그 계집애들 어디 있어? 내 목 걸어찬 년이랑, 나머지 년들 말이야."

아까 태권소녀의 화려한 돌려차기에 날아갔던 놈이 총을 겨누면서 말했다.

역시… 이놈들은 여자를 원한다. 유빈은 떨리는 목소리를 가다듬으면서 도발을 했다.

"그래, 걔들 예쁘지? 응, 근데 그걸 하면 더 끝내줘. 나는 서비스 많이 받아봤지. 젠장, 그래서 정이 좀 쌓인 줄 알았더니, 이런 상황이 되니까 뒤도 안 보고 도망가 버리네?"

"이 씨발 놈이 다짜고짜 말을 놓고 지랄이야! 확 쏴버릴까 보다. 도망을 쳐? 어디로?"

"어디긴, 우리 숨어 살던 아지트겠지. 제깟 년들이 어디로 가겠어. 제 친구들 있는 데로 가겠지. 다 똑같은 년들이니까."

여자가 더 있다는 말에 검은 군복들의 얼굴에 흥미가 인다. A조의 2호가 물었다.

"계집애들이 더 있다, 이거지? 그게 어디냐고?"

"내가 그걸 왜 이야기해 주냐? 내가 재미 못 볼 바에야 너도 못 보는 게 나은데. 그년들을 바친다고 나를 살려줄 것도 아니잖아?"

유빈은 어떻게든 시간을 끌어보려고 애를 썼다. 한 놈의 위치를 아직 파악 못했다. A조 4호가 갑자기 뛰어들며 3단봉으로 유빈의 손을 후려쳤다.

윽—!

유빈은 대검을 놓치며 비명을 삼켰다. 곧바로 옆차기가 날아

든다. 유빈은 비틀거리며 창문 쪽까지 밀려갔다.

'오리 보트네……'

그 순간, 유빈의 눈에 들어온 것은 오리 보트들이었다. 멀지 않은 선착장에 오리 보트들이 줄을 지어 서 있다.

아직 번화가를 벗어나기 전의 밤이 기억난다.

저걸 타고 무인도까지 간다고 호기롭게 말하던 삼식이의 얼굴… 이제 그런 웃음을 다시는 볼 수 없겠지…….

"말하라고! 이 개새끼야! 기집년들 어디로 갔어?"

두 명의 검은 군복이 유빈을 흔들어 대며 번갈아서 주먹을 날린다. 눈에서 불꽃이 튀고, 입안에 피가 고인다. 옆구리에 무릎이 꽂힐 때면 숨이 턱 막혀온다. 남은 한 놈의 위치를 찾을 때까지 버틸 수 있을지 잘 모르겠다.

6

진우는 전속력으로 한강을 내달리고 있었다. 속도 때문에 물살 위에서 통통 튀어 오르는 느낌이 처음에는 조금 무섭기도 했지만, 이제는 짜릿하게까지 느껴진다.

이 속도감! 이 맞바람!

그는 미소를 지으며 핸들을 꽉 잡았다. 다리들이 순식간에 가까워졌다가 뒤로 멀어진다.

휘이익―

올림픽대교.

휘이익—

잠실철교.

그리고 약간의 거리를 두고 또 하나의 다리가 나타났다. 잠실 대교다.

물론 진우는 지금까지 그가 어떤 다리들을 지나쳐 왔는지 그 이름 따위 모른다. 그리고 그의 앞에 가로로 펼쳐진 잠실대교의 아래에 수중보가 있어서 배들이 통과하지 못한다는 사실도 역시 알지 못했다.

우기에 2미터도 안 되는 낙차를 파악하기에는 그가 모는 제트스키의 속도가 너무 빨랐다.

"어! 또!"

수중보의 바로 앞에서야 진우는 거기에 얕은 물이 흐르는 건축물이 숨겨져 있다는 것과 건너편에 낙차가 있다는 것을 깨달았다. 하지만 이미 팔당댐의 그 높은 폭포를 날아본 그였기에 두렵지는 않았다.

이까짓 것!

진우는 물살에 튀어 오르는 기세를 살려 제트스키를 기둥 사이로 밀어 넣었다.

텅!

찌지직—

바닥이 뭔가에 긁히는 소리가 났지만, 그래도 제트스키는 낙차와 소용돌이를 넘어서서 힘차게 튕겨져 나갔다. 반면, 고무보트는 보에 부딪치며 또 한 번 심하게 패대기쳐졌다.

"어? 이… 이거 왜 이래?"

보를 지나쳐 얼마를 더 달렸을 때, 제트스키의 엔진에서 이상한 소리가 나기 시작했다. 그리고 피어오르는 검은 연기.

진우는 인상을 찌푸리며 스로틀을 조정해 보고 핸들을 틀어 보기도 했다. 하지만 소용이 없었다.

"아, 젠장… 거기를 그렇게 지나오면 안 되는 거였나? 완전 망가졌나 본데… 물 위에서 불이 나다니, 별꼴을 다 보네. 쯧!"

빨리 멈추면 되지만, 문제는 방향 전환이 자유롭지 않다는 점이었다. 몇 번을 시도해 봐도 직진과 아주 미세한 우측 전환밖에 안 된다.

잠실로 가려면 왼쪽으로 틀어야 한다고!

진우는 고무보트를 돌아보았다. 그거라도 타고 가면 좋은데, 저건 이제 바람이 완전히 빠져서 물에 잠기기 직전이다.

결국 진우는 강북 쪽에 제트스키를 댈 수밖에 없었다. 다행히 멀지 않은 곳에 선착장이 있었다.

"그래, 뭐… 오리 보트면 어떠냐. 어차피 멀리 갈 것도 아니고, 강만 건너는 건데……."

제트스키에서 내린 진우는 일단 개인화기 방수 팩부터 풀어서 K-2를 들고 전술 조끼를 착용했다.

이제 땅에 내려섰으니 또 좀비에 대해서 신경을 써야 한다. 그가 고무보트에서 탄창 가방과 배낭을 꺼내 들었을 때, 삼식이가 서쪽을 보며 낮게 짖었다.

얼—! 얼—!

진우는 삼식이의 옆으로 다가서서 머리를 쓸어주며 물었다.

"왜 그래, 삼식아? 거기 뭐 있어?"

얼ㅡ!

삼식이는 한 번 더 낮게 짖었다. 가슴을 펴고 있는 녀석의 모습은 화약 냄새 나는 것들이 있다고 경고할 때의 바로 그 자세였다.

"뭐… 여기가 잠실 수용소 부근이니까 그럴 수도 있어. 군인들이 작업하나 보지."

말은 그렇게 하면서도 진우는 자세를 낮추고 K—2의 조준경으로 삼식이가 가리키는 방향을 겨눴다.

조심해야 한다. 어제 그 미친 손가락 수집꾼들 같은 놈들을 또 만나지 말라는 법이 없으니까.

"어디냐아~ 어디에 있나~"

진우는 노래를 흥얼대듯 혼잣말을 중얼거리며 총구를 천천히 돌렸다. 조준경 내에 보이는 풍경이 고가도로의 기둥 근처를 지날 때, 진우는 움찔하며 멈춰 섰다.

"어?"

외마디 감탄사를 내지른 진우는 잠시 조준경에서 눈을 떼고 한숨을 내쉬었다.

이건… 거짓말이다. 아마도 뭔가 잘못 본 게 분명하다.

후우~ 후우~

그러다가 진우는 갑자기 얼굴을 찡그리며 고개를 숙였다. 눈물이 왈칵 솟았다.

잘못 봤을 리가 있나… 저 얼굴을 어떻게 잊어…….

흑~ 눈물을 훔쳐 낸 진우는 애써 감정을 가라앉히고 다시 조준경에 얼굴에 가져다 댔다.

"보안관!"

진우는 탄식을 하며 숨을 삼켰다. 그렇게 보고 싶던 얼굴이 조준경 안에 있다. 그런데 자꾸만 시야가 흐려진다.

진우는 다시 눈물을 닦아내고 눈을 부릅떴다.

거리는 300여 미터. 이상하게 생긴 둥근 건물과 고가도로 기둥 사이에 보안관이 서 있다.

그의 입술은 피로 물들어 있었다. 그리고 그 바로 앞에… 엉망으로 얼굴이 망가진, 검은 군복을 입은 놈이 보안관의 뺨을 사정없이 후려친다.

보안관은 자신을 때리는 놈을 호랑이 같은 눈으로 노려볼 뿐, 반항을 하지 않고 있다.

"삼식이…….."

진우의 입에서 또 하나 그리운 이름이 터져 나온다. 삼식이는 흙먼지투성이가 된 채 팔을 뒤로 하고 바닥에 꿇어앉혀진 채이다. 녀석의 주변에 총을 든 두 놈이 낄낄거리고 있다. 이게 보안관이 맞고만 있는 이유다.

"그럼 유빈이는…….."

진우는 총구를 좌우로 돌렸다. 전철역 입구 주변에 검은 군복 한 놈이 기웃거린다. 하지만 유빈이는 보이지 않았다.

진우는 조준경을 위쪽으로 올렸다. 건물의 유리창들을 찬찬히 훑다가 강 쪽으로 나 있는 커다란 전망 창에 이르러서야 드디어 유빈의 모습을 찾아냈다.

"다… 살아 있었어… 이 새끼들… 흑! 어흑!"

진우의 눈에서 또 눈물이 흘렀다. 진우는 얼른 눈을 꾹 감아 눈물을 쥐어짜고 나서 다시금 조준경을 노려보았다.

유빈이의 주위에 세 놈이 있었다. 한 놈이 치면, 다른 놈이 붙잡아 또 때리고, 유빈이 겨우 중심을 잡으면 다른 놈이 옆구리를 걷어찬다.

"개새끼들……."

진우는 이를 바득 갈았다. 그는 저 검은 군복이 누군지, 어떤 놈들인지 모른다. 하지만 어떻게 해줘야 하는지는 아주 잘 알고 있었다.

저놈들이 나라를 구한 영웅이라도 상관없다. 내 친구를… 저 불쌍한 놈들을 저렇게 개 패듯이 패고 있는 새끼들은…….

"죽여주마!"

다시 눈물을 닦아낸 진우는 조준경에 눈을 붙이고 방아쇠울에 손가락을 넣었다. 가장 난이도가 높은 유빈 주위의 놈들부터 처리하기로 했다. 세 놈 사이에 유빈이 끼어 있어서 한 번에 처리하기가 만만치 않다.

후우우~

숨을 고른 진우는 놈들을 노려보며 기회를 기다렸다. 그리고 얼마 지나지 않아서 그 기회가 왔다. 두 놈이 유빈을 붙잡고, 한 놈이 달려가 있는 힘껏 앞차기를 날린 순간이었다.

유빈은 충격을 이기지 못하고 날아가 창문에 부딪쳤고, 세 놈은 가슴을 쫙 펴고 낄낄 웃는다.

"처웃지?"

진우는 이를 꽉 물고 방아쇠를 당겼다.

탕— 탕— 탕—

세 놈의 머리통에서 붉은 피 안개가 피어오르는 것을 확인하자마자 진우는 총구를 아래쪽으로 틀었다.

그러고는 삼식이의 옆에 서 있던 두 놈을 겨눴다. 놈들은 총소리에 깜짝 놀라 고개를 돌리는 중이었다.

탕— 탕—

5.56㎜탄이 이마에 박히자, 놈들의 고개가 뒤로 확 젖혀졌다. 그런 후, 진우의 총구는 곧바로 보안관을 때리던 놈에게 고정되었다. 그 개새끼는 입을 쩍 벌린 채 달아나려 하고 있었다.

타앙—

심장을 총알이 관통하자, 놈은 피를 흩뿌리며 고꾸라졌다. 이제 전철역 앞에서 기웃거리던 놈의 차례다.

진우는 빠르게 총구를 이동시켜 놈을 찾았다. 녀석은 아직 무슨 일이 벌어지고 있는 건지 정확히 깨닫지 못한 것 같다. 그저 멍하니 건물 쪽을 바라보고만 있었다.

타앙—

진우는 망설이지 않고 녀석의 머리를 꿰뚫었다. 첫 방아쇠를 당긴 때로부터 그 순간까지, 채 5초도 지나지 않았다.

"하이아~ 하이아~"

중요한 일을 끝내고 나자 가슴 저 안쪽에서부터 벅찬 감정이 끓어오른다. 진우는 총을 꼭 쥔 채 고개를 젖혀서 눈물을 삼키려고 노력했다.

이렇게… 이렇게 쉽게, 이렇게 빨리 만나게 될 거라고는 상상도 하지 않았다. 아니… 사실은… 여기까지 오는 내내 정말로 녀석들을 만날 수 있다고 믿지도 않았었다. 그냥 희망을 갖고 싶어서 자신에게조차 거짓말을 해왔을 뿐이다.

"삼식아!"

진우는 자신이 친구들을 알아볼 수 있게 해준 삼식이를 꼭 끌어안고 목을 쓸었다.

이 녀석이 짖어주지 않았다면… 자신은 아마 아무것도 모른 채 오리 보트에 짐을 옮겨 싣고 그냥 강을 건넜을 것이다. 바로 지척에서 맞아 죽어가는 친구들을 뒤로한 채…….

그건 정말 생각하는 것만으로도 끔찍하다.

"후우~ 삼식아, 가자. 내… 내 친구들… 진짜 보고 싶었던 새끼들이… 후우~ 저기에 있어."

진우는 눈물을 훔치고 배낭과 가방을 멨다. 나머지 식량 같은 건 어떻게 되든 관계없다. 탄창의 무게 때문에 몸이 한쪽으로 휘는 것 같지만, 그런 게 무슨 상관인가… 친구들이, 내 친구들이 300미터 앞에 있는데…….

진우는 그가 낼 수 있는 최고의 속력으로 강변 산책로를 내달렸다.

"삼식아! 보안관! 유빈아!"

진우는 목청이 터져라 외치며 뛰었다.

얼―! 얼―!

그가 삼식이의 이름을 부를 때마다 앞서서 뛰는, 네 발 달린 삼식이가 계속 뒤돌아본다.

"이… 이게 지금 무슨……."

몸을 납작하게 숙인 보안관은 커다래진 눈으로 삼식이를 돌아봤다. 삼식이 녀석 역시 멍해 있기는 마찬가지다.

총소리가 여러 발 들렸다. 그리고 조금 전까지 멀쩡하게 그들을 협박하고 있던 검은 군복들이 세 놈이나 동시에, 정말 거의 동시에 후두둑 무너져 내렸다. 머리와 가슴에서 피를 철철 흘리며……

"…천벌일까?"

삼식이가 묶여 있는 손을 풀어보려고 꿈지럭거리면서 중얼거렸다. 보안관은 얼른 녀석에게 다가가서 끈을 뜯어내 버렸다.

"아! 너… 괜찮아? 이 피……."

삼식이는 보안관의 얼굴을 쓸어주며 안타까워했다. 보안관은 눈 주위의 피를 닦아내면서 말했다.

"아니야. 이거는 내 피 아니고, 죽은 놈 거야. 나는 여기 코랑… 입 주변만 찢어졌어. 아, 아니지… 지금 이런 이야기 할 때가… 저기… 유빈이랑 다른 애들은 지금 어디……."

보안관이 삼식이의 머리를 눌러 자세를 낮추게 하고 있을 때, 강의 상류에서 뭔가 사람의 목소리가 가까워져 온다.

뭔 말인지는 모르겠지만, 엄청나게 소리를 질러 대고 있다는 것 하나만큼은 분명한 사실이다.

"야! 넋 놓고 있지 말고 총 집어. 뭐 온다. 피하든가, 아니면 이 총으로 싸우든가……."

보안관은 기둥 뒤에 더욱 납작 엎드리며 삼식이에게 말했다. 귀를 기울이고 있던 삼식이가 믿을 수 없다는 표정으로 중얼거렸다.

"지금… 내 이름 부른 거 같은데… '삼식아~' 이렇게……. 어! 이번에는 너 불렀다. '보안관~' 들었지?"

"풀려나자마자 너 때리게 만들지 마라, 삼식아. 바보 소리도 좀 적당히 해야지… 아유, 이게 왜 이렇게 안 빠져!"

저쪽에서 뛰어오는 게 뭐든지 간에 그게 자신들의 이름을 알고 있을 리가 없다.

보안관은 죽어버린 놈들의 손아귀에서 총을 빼내려고 안간힘을 썼다. 워낙 꽉 쥐고 있는데다가 멜빵이 얽혀서 좀처럼 빠져나오지를 않는다. 물론 그 자신이 워낙 긴장하고 있어서 손이 떨린다는 것이 제일 큰 문제였다.

얼―!

갑자기 눈앞에서 짖어 대는 커다란 개. 그 시커먼 색깔이며 덩치… 조금 전까지 그들을 귀찮게 했던 셰퍼드가 귀엽다고 생각될 만큼 위압적이다. 보안관은 일단 3단봉을 집어 들고 녀석을 향해 휘휘 휘둘렀다.

"쉭! 쉭! 오지 마! 이 새끼야! 아, 뭐야, 이 개는 또!"

그러고는 다른 손으로 어떻게든 기관총을 빼내려고 했다.

그때, 보안관의 귀에도 똑똑히 들렸다, 삼식이를 부르는 목소리가……

"삼식아! 너무 앞서가지 마! 너 보면 놀란다고! 이리 와! 보안관! 삼식아! 나야!"

응? 이 목소리는……

이제 다시는 만날 수 없다고 생각했던 친구의 목소리다. 그 목소리가 자신의 이름을 부르고 있다. 보안관은 자기도 모르게 벌떡 일어났다.

"하하하! 거기 있었구나… 이… 흐윽, 이 새끼야……."

10여 미터 앞에서 숨을 헐떡거리고 있던 진우가 보안관을 보고 눈물을 왈칵 쏟아낸다. 커다란 덩치의 개는 진우의 다리에 찰싹 달라붙어 애교를 떨고 있다.

수염이 덥수룩하게 자랐고, 마지막으로 보았을 때보다 훨씬 깡마르고 그을렸지만… 그래도 분명히 진우다. 보안관의 눈에도 눈물이 고였다.

"너… 너… 진짜로? 어떻게… 여기… 여기 어떻게… 아, 네가… 한 거야? 이거?"

보안관이 시체들을 가리키자 진우는 눈물 고인 눈으로 미소를 지으며 고개를 끄덕였다. 보안관은 손바닥으로 눈물을 훔쳐내고 진우를 향해 걸어갔다. 진우도 보폭을 크게 해서 걸어온다.

"야, 이 새끼야!"

와락 껴안은 둘은 눈물을 쏟으면서 서로의 등과 어깨를 두드렸다. 하고 싶었던 말이 그렇게 많았는데… 막상 이렇게 가슴과 가슴이 맞닿으니 아무 말도 떠오르지 않고 그저 목만 메어온다.

"흐으윽~! 다행이다. 이렇게 살아 있어줘서… 정말… 고맙다, 이 새끼들아!"

격한 포옹을 끝내고 난 진우는 보안관과 삼식이를 번갈아 보며 또 미소를 지었다. 그러고는 아직도 멍해져 있는 삼식이에게 다가가 녀석을 꼭 끌어안았다.

"삼식아… 너는 진짜… 못 살았을 거라고 생각했어……. 누구를 때려본 적이 없는 놈이라서… 정말 다시는 못 보는 줄 알았어… 흐으윽! 으윽~ 온 세상이 이 난리가 났는데도 너는… 너는 이 새끼야… 여전히 존나 잘생겼구나… 흐으윽."

삼식이도 뒤늦게 눈물을 뚝뚝 떨어뜨리면서 물었다.

"고맙습니다. 쿨쩍, 흐으… 우… 그런데… 아저씨, 누군데 내 이름 알아요?"

"크흑! 이… 미친 새끼… 흐으윽."

다시 만난 친구가 여전히 바보인 게 기뻐서 진우는 웃었다. 보안관이 삼식이의 어깨를 찰싹, 때렸다.

"진우잖아, 이 바보야!"

"에? 진우? 진짜? 아닌데? 이 정도로 못생기지 않았었는데… 이건 완전… 그냥 노숙자 아저씨잖아. 이렇게 하면… 어! 어! 진짜네! 진우야!"

삼식이는 진우의 수염을 가리고 가만히 쳐다본 뒤에야 뒤늦게 깨닫고 그를 격하게 끌어안았다. 진우는 삼식이의 등을 두드리며 말했다.

"그래그래… 삼식아, 이제 유빈이한테 가자."

"유빈이… 우리도 어디 있는지 몰라. 조금 전에 애들한테 내가 잡히고 걔네는 도망가는 바람에 헤어져서…….."

삼식이가 검은 군복의 시체를 가리키며 말했다. 진우는 건물을 향해 앞장서서 걸었다.

"유빈이 새끼, 여기 2층에 있어. 걔도 두들겨 맞고 있어서 내가 나쁜 새끼들 다 죽여 버렸거든……. 근데 잠깐만. 걔네? 유빈이 말고 누가 또 있어?"

"아… 몇 명 더 있어. 어찌어찌하다 보니까 자꾸 일행이 늘더라고. 아, 이리로 가자. 2층에 있으면 이리 가는 게 더 빨라."

"그래? 그럼 나머지는 못 봤는데…….."

진우가 야외 철제 계단을 통해 2층으로 올라갔을 때, 셰퍼드들이 주변을 에워싸며 짖어 댔다.

으르르! 월! 월!

"으아! 깜짝이야!"

진우는 뒤로 물러나며 총을 겨눴다. 네 마리가 한꺼번에 으르렁대자 어지간히 위협이 된다. 물론 아직도 그는 개를 쏠 만한 마음의 준비가 되어 있지 않다.

그 순간, 삼식이가… 대장 개 삼식이가 쓰윽 나섰다.

엉―! 얼―!

압도적인 성량으로 울부짖은 대장 개 삼식이가 셰퍼드 무리의 가운데로 다가간다.

으르르르─

셰퍼드들은 몸을 곧추세우고 진영을 갖추며 버텼다.

으르르르─ 으렁!

잠시 멈칫하는 것처럼 페이크를 쓰던 삼식이가 번개처럼 달려들어 가운데 놈의 목덜미를 콱 물었다. 그리고는 정신없이 좌우로 흔들어 댄다.

깨앵─ 깨앵─

목을 물린 셰퍼드가 비명을 지른다. 동료를 돕기 위해 달려들려던 다른 놈들이 보안관이 휘두른 빠루를 피해 뒤로 훌쩍 뛴다.

끄으윽─ 끄으응─

삼식이의 이빨에서 겨우 풀려난 셰퍼드는 잔뜩 기가 죽어 뒷걸음질을 친다. 놈의 동료들도 마찬가지다.

으와앙! 얼! 얼!

삼식이가 한 번 더 달려드는 시늉을 하자, 셰퍼드들은 황급하게 도망쳐 버렸다.

"그래, 꺼져! 이 개새끼들아!"

보안관이 호통을 치자, 2층 구석의 테이블 아래에서 유빈이가 슬쩍 고개를 내밀었다.

"보안관?"

"어, 너, 거기 숨어 있었구… 어이쿠."

보안관의 목소리에 당혹감이 가득하다. 비틀거리며 일어나는 유빈의 얼굴은 완전히 피투성이가 된 채 퉁퉁 부어 있다. UFC 5라운드 한 게임을 다 뛰고, 다시 권투를 12회까지 치른 사람의 얼굴이다.

"아… 많이 이상해? 그래, 뭐… 그럴 만하지. 저 새끼들이 어지간히 얼굴을 때리더라고……. 그건 그렇고, 이 새끼들 죽인 사람 누구지? 갑자기 유리창이 작살나더니 대갈통에서 펑펑 피를 쏟으면서 쓰러지던데… 너희들 풀려난 거 보니까 공원에 있던 놈들도 다 죽었나 보네… 대체 뭐지?"

유빈은 벽을 짚어가며 테이블 밖으로 걸어 나왔다. 걱정쟁이 녀석은 그 와중에도 MP5를 챙겨 들고 있었다. 보안관의 커다란 덩치 뒤에 가려져 있던 진우가 감격에 찬 목소리로 불렀다.

"유빈아……."

"헐! 너! 진우… 진우?"

유빈은 다리가 풀려 바닥에 주저앉아 버렸다.

이건… 말이 안 된다. 왜 진우가 난데없이 이 자리에…….

"그래, 나야. 인마! 어휴~"

진우는 유빈의 어깨를 끌어안아 주며 머리를 다독거렸다.

세상에… 얼마나 맞았으면 얼굴이…….

"아참… 이렇게 넋 놓고 있을 때가 아니지. 아아야야! *끄으웅!* 야, 진우야, 나 좀 부축해 줘."

한참 동안 진우를 끌어안고 울먹이던 유빈은 진우의 어깨를 짚으며 힘겹게 일어났다. 오늘 그는 B조와 A조 모두에게서 유난히 많은 매 사랑을 받았다. 온몸이 쑤시지 않는다면 오히려 그게 더 이상하다.

"어디로 가게?"

진우가 물었다. 유빈은 퉁퉁 부은 얼굴로 아래쪽을 가리켰다.

"1층 사무실. 거기에 애들 숨겨놨거든."

보안관과 진우의 도움을 받아 1층에 도착한 유빈은 힘겹게 사무실 문을 두드리며 말했다.

"혜주야, 제니야, 나야. 나와… 나와도 돼. 다 끝났어."

"…제니? 제니라고?"

진우는 어처구니없어 하며 자신의 뺨을 두드렸다.

"이런 제기랄, 또 꿈이야. 죽이고, 문 열고, 제니가 나오고… 아침에 꿨던 꿈이랑 별로 다르지도 않네……. 대체 언제부터 꿈이었던 거야, 젠장!"

ㄱ

진우가 미친놈처럼 혼잣말을 중얼거리자, 친구들은 멍해져서 그를 돌아보았다. 그 잠깐의 얼어붙은 시간이 진우에게는 더욱 비현실적으로 느껴졌다.

그래, 맞아… 이런 일이 가능할 리가 없어… 서울에 도착하자마자 제일 처음 보게 된 얼굴이 이 녀석들이라니…….

정말로 리얼한 꿈에 속은 게 분명하다. 하긴, 꿈은 언제나 꾸고 있는 동안에는 꼭 진짜인 것 같기는 하지만…….

고개를 끄덕인 진우는 친구들을 돌아보며 다시 중얼거렸다.

"꿈이어도 좋았어. 이 새끼들아… 살아서 조금만 더 기다려. 내가 꼭 구해줄게."

"풋."

보안관이 가장 먼저 웃음을 터뜨렸다. 삼식이도, 얼굴이 엉망이 된 유빈도 피투성이 입을 벌려 보이며 낄낄대기 시작했다. 보안관은 자기가 다 부끄럽다는 듯 얼굴을 쓸며 말했다.

"큭큭큭, 얘 꿈에 제니가 나오고 그러나 본데? 큭큭큭."

"하하하! 진우야, 야한 꿈?"

친구들은 한마디씩 지껄이며 꿈이 아니라는 걸 확인시켜 주려는 듯 진우의 얼굴을 대신 꼬집는다. 그리고 보안관은 힘없이 서 있는 유빈을 대신해 사무실의 문을 탕탕, 두들겼다.

"제니야! 혜주야! 우리 다 살았어! 가자! 나와!"

딸각, 사무실 문이 안쪽에서 열리고 야구 배트를 꼭 쥔 태권소녀가 미심쩍다는 눈초리로 발을 내디딘다.

열려 있는 사무실 창문틀에는 전원 케이블과 인터넷 케이블이 얽힌 채 걸려 있다. 그걸 잡고라도 빠져나가 보려 했던 모양이다. 보안관이 뒤쪽을 가리키며 말했다.

"저기… 인사해! 우리 친구야. 쟤가 구해줬어. 제니야, 너 기억하지? 진우… 군대 갔던 놈 이야기했었잖아. 그 진우야."

"따란~"

진우의 앞을 가로막고 있던 삼식이가 얼른 옆으로 비켜서서 마술사를 소개하듯 한 손을 휘저으며 진우를 가리켰다.

잠깐 멈칫하던 태권소녀는 이내 허리를 90도로 숙여 체육인

답게 인사를 하고, 제니는 눈물이 가득 고인 채 고개를 끄덕이며 다가온다.

"진우 오빠……."

"예? 오, 오빠요? 아, 네… 처, 처음 뵙겠습니… 아니, 저기, 이렇게 만나서 영광……."

제니의 입술을 통해 나온 '오빠'라는 단어 때문에 쑥스러워진 진우의 혀가 잘 돌아가지 않는 동안, 제니는 두 손으로 진우의 왼손을 꼭 잡으며 고개를 푹 숙였다.

"흑! 우리 오빠들 구해주셔서 정말 고맙습니다. 정말! 정말! 고맙습니다!"

"에? 우리 오빠…는 또 무슨……. 아, 아니… 그, 저 새끼들은… 오빠이기 이전에… 제 친구들이라서… 제니 씨가 그렇게 고마워하실 일이 아닌데……."

진우가 난감한 표정으로 말을 더듬거리고 있자, 삼식이가 유쾌하게 웃었다.

"하하하, 진우 말 더듬는 거 봐! 쟤 군대 갔다 오더니 나보다 더 바보가 된 것 같아! 제니 씨래! 제니 씨!"

진우는 그저 눈만 껌뻑거렸다.

아… 이, 이게… 대체 무슨 상황이지? 진짜 제니잖아……. 이 비현실적인 상황… 대체 왜? 대체 왜 제니가 이 녀석들과 함께 있는 거지?

물어보고 싶은 게 천만 가지는 되는 것 같다.

하지만 분명한 것은 바로 지금 이 순간이 정말로 꿈처럼 행복하다는 사실이다.

친구들이 다 살아남아서 웃고 있으니 좋고, 제니의 얼굴을 이렇게 가까이에서 보고, 보드라운 그녀의 아기 같은 손을 꼭 잡고 있으니 또 좋다.

얼—

진우의 곁을 지키고 있던 대장 개 삼식이가 제니를 보고 가볍게 짖는다. '나도 여기 있으니 목덜미를 쓸어주시오~' 라고 말하는 것 같다.

"나는… 흑! 나는 이제 너희 다시 못 보는 줄… 흐윽! 다행이다… 다행이야… 흑!"

갑자기 눈물을 터뜨린 태권소녀가 보안관의 목을 얼싸안고 등을 두드려 준다. 삼식이도 그 둘을 껴안았다.

"…유빈 오빠는요?"

진우의 손을 놓은 제니가 눈물을 닦으며 물었다. 열린 문에 가려진 채 복도에 기대앉아 있던 유빈이 힘없이 중얼거렸다.

"아… 나, 여기 있어. 나도 멀쩡해."

"아닌데? 하나도 안 멀쩡하잖아! 세상에… 이 약골에게 때릴 데가 어디 있다고!"

유빈의 몰골을 보고 태권소녀가 비명을 삼켰다. 눈두덩이 찢긴 두 눈은 퉁퉁 부어올랐고, 코가 주먹만 하다. 입술도 다 찢어져서 피딱지가 잔뜩 앉았다. 제니는 황급하게 뛰어가 유빈의 얼굴을 감싸 쥐고 울음을 터뜨렸다.

"어우~ 어떡해! 오빠, 이 얼굴 어떻게 해요… 어우, 이 피…"

눈, 눈 보여요? 저 보여요? 흑!"

제니는 유빈의 눈꺼풀을 들어 올려보며 눈물을 흘리다가, 그의 얼굴을 품에 안고 흐느꼈다. 유빈이 고개를 젓는다.

"괜찮다니까… 그 새끼들 열심히 때리긴 했는데, 펀치는 별거 아니더라고……. 으윽! 아야야! 목… 목은 그렇게 당기지 마. 가뜩이나 삐끗해서 아픈데… 후우, 제니야, 울지 마."

유빈이 시꺼멓게 피멍이 든 팔을 들어 제니의 어깨를 다독거렸다. 진우는 자신의 왼손을 내려다보았다.

나는 손만 잡아주고… 유빈이는 안아주는 건가……. 이거, 뭔가 굉장히 불공평한 것 같은 기분이 드는 것도 같고…….

진우가 그런 생각을 하고 있을 때, 유빈이 제니의 부축을 받고 일어나 절뚝거리며 다가왔다.

"진우야… 그렇게 혼자 떨어져 있지 마. 얘들도 우리 친구들이야. 제니는 뭐, 잘 아는 사람이고, 얘는 혜주."

유빈은 제니와 태권소녀의 손을 한쪽씩 잡아 진우의 양손과 맞잡게 했다. 거기에 보안관과 삼식이도 가세했다.

낯선 사람이 이렇게 주변에 가득한데 대장 개 삼식이는 신기하게도 짖어 대거나 이를 드러내지 않았다. 진우의 기쁜 감정을 읽고 있기라도 한 듯, 녀석 역시 몹시 들떠서 뭉뚝한 꼬리를 씰룩거리며 친구들의 냄새를 맡고 다니느라 바쁘다.

"우리… 이렇게 여유 가지고 있어도 돼? 그 검은 군복 입은 놈들은?"

태권소녀가 묻자, 보안관이 대답했다.

"다 죽었어."

"정말? 일곱 명이나 됐잖아? 다 총을 가지고 있었고. 그런데 어떻게……."

"아, 글쎄… 그러니까 그게……."

보안관이 설명을 하려다가 멈칫했다. 논리적으로는 자신이 생각해도 말이 안 된다. 어쨌든 그는 자신이 본 것을 이야기해 주었다.

"총소리가 나더라고. 세 방. 탕탕탕— 그런 후, 유리창 깨지는 소리가 들렸고……."

"그건 우리도 들었어. 엄청 긴장했었지, 누군가 죽는 건 아닌가 싶어서……."

태권소녀와 제니가 고개를 끄덕였다. 유빈이 손을 들며 말했다.

"그게 2층이었어. 나를 신나게 때리던 새끼들 셋이 갑자기 동시에 쓰러져 버리더라고. 머리가 퍽! 터져 가지고 죽었지. 피가… 어휴~"

생각만 해도 끔찍하다는 듯 유빈이 고개를 젓는 동안, 보안관이 말을 이어받았다.

"그 소리를 듣고 삼식이 옆에 있던 두 새끼가 앞쪽을 돌아보는데, 그놈들 머리도 펑펑, 터졌어. 그리고 나를 패던 새끼는 가슴이 뚫려서 쓰러지고. 에, 또… 그다음에 또 한 발인가, 두 발이 더 울렸는데, 그건 모르겠어. 그래서 삼식이랑 나랑 바짝 쫄아 있는데, 진우 목소리가 들리는 거야. 그리고 이놈이 짠— 나타났지."

보안관의 설명을 듣고 난 태권소녀와 제니가 놀란 눈으로 진우를 돌아봤다. 그러고는 그의 가슴에 걸려 있는 K−2를 바라본다.

존경의 눈빛이다. 감격한 표정의 제니가 열정적으로 손뼉을 치자, 다른 사람들도 잠시 함께 박수를 보냈다.

쑥스러움 때문에 진우의 이마에는 땀이 송골송골 맺혔다. 그런데 이런 칭찬해 주는 분위기, 싫지 않다.

"그런데, 다른 사람들은 어디 있어? 신입, 규영이, 그리고 수정이 누나는?"

박수가 끝나고 보안관이 물었다. 유빈은 지하철역과 이어진 통로를 가리켰다.

"저리로 도망갔어, 걔들이 길목을 막아서기 전에. 뭐… 멀리 가지는 못했을 거라고 생각해. 그중에 아무도 플래시 가진 사람이 없었잖아. 그러니까 찾아 나서면 금방 찾을 수 있지 않을까?"

"흐음… 그랬구만. 뭐, 규영이랑 수정이 누나 대피시킨 것만으로도 신입이 할 일은 다 한 것 같기도 하고."

보안관은 팔짱을 끼고 입술을 씰룩거렸다.

이름이 자꾸 나온다. 진우는 눈을 껌뻑거리며 물었다.

"야… 일행이 대체 몇 명이나 되는 거야?"

"응? 지금 네가 와서 총 아홉 명이 됐어. 그럼 신입을 찾으러 가볼까?"

"아니, 잠깐. 총부터 챙겨야 돼. 탄창이랑. 그건 금방 할 수 있으니까, 가방 하나 찾아. 커다란 걸로."

친구들을 만난 흥분이 조금 가라앉자 진우는 평상시의 모습으로 돌아왔다. 이 철부지 녀석들은 개인화기의 중요성과 무서움에 대해서 잘 모르겠지만, 지금 이 부근에 굴러다니는 개인화기의 양만으로도 엄청난 일들을 해낼 수 있다. 반대로 엄청난 위협을 당할 수도 있고.

"이거면 될까요?"

말이 떨어지기 무섭게 매점으로 뛰어가 쇼핑백을 잔뜩 가져온 제니가 진우에게 물었다. 진우는 고개를 꾸벅하고 쇼핑백을 받은 뒤, 자신의 탄창 가방을 보안관에게 짊어지게 했다.

"좀 가지고 있어줘. 내가 삼식이랑 2층으로 가서 총이랑 탄창 가져올게."

"우와, 묵직하네. 이게 다 뭐야?"

가방을 비스듬히 멘 보안관이 그 무게에 놀라며 물었다.

"그것도 다 총알이야."

진우는 아무렇지도 않다는 듯 대답했다. 유빈이 절뚝거리며 아래층을 가리킨다.

"그럼, 밑에 있는 총이랑 총알은 내가 챙겨 올게."

"아냐! 유빈아, 그냥 둬. 그것도 내가 챙길게."

진우는 완강히 유빈을 만류했다. 유빈은 멍투성이 얼굴로 중얼거렸다.

"왜? 나 잘 걸을 수 있어. 몇 대 걷어차여서 좀 멍이 든 것뿐이야."

"그런 게 아니야. 너 총 잘 모르잖아. 아직 만지지 마. 나한 테 설명 듣고 그다음에 잡아. 좀 전에 너도 봤겠지만, 이거 애초 부터 사람 죽이려고 만든 무기야. 실수 한 번으로 그냥 죽을 수 도 있으니까."

가슴에 멘 총을 톡톡, 두드리며 진우가 말했다. 삼척 원전에 서도 오발 사고로 꽤 많은 병사들이 부상을 당하거나 목숨을 잃 었다. 하물며 아직 한 번도 사격 훈련을 받지 않은 이 친구들이 야 말할 것도 없다.

유빈이 알아들은 것을 확인하고 나서야 진우는 계단을 올라 갔다.

"이건 다 9㎜네. 그리고 산탄총도 있고. 음… 너희들이 쓰기 에는 이편이 더 나을지도 모르겠네. 어차피 멀리 있는 놈들 쏠 게 아니니까. 근데… 이놈들은 대체 뭐야? 지금 보니 군인은 아 닌 모양인데, 왜 너희를 그렇게 때리고 있었던 거야?"

총을 탄창과 분리해서 쇼핑백에 담고, 쉐도우 실드 대원의 전 술 조끼에서 여분의 탄창을 빼내며 진우가 물었다.

예비 탄창이 많지는 않았다. 그래도 언젠가 요긴하게 쓰일지 모른다. 삼식이는 한숨을 내쉬고 대답했다.

"후우~ 말하자면 긴데… 간단하게 말해서 살아남은 사람들 잡으러 다니는 나쁜 놈들이라고 보면 돼. 이 새끼들한테 잡혀가 면 좀비 밥이 돼."

"좀비 밥? 그런 걸 일부러 주는 놈들도 있어? 미친 거 아냐?

아, 그것보다도… 너희들은 왜 여기에서 살았어? 바로 저 강 건너 잠실에 수용소가 있다고 하던데."

삼식이는 고개를 저었다.

"우리 사는 데는 여기 아니고, 상봉역 있는 데야. 여기는 오늘 처음 왔어. 그 쉘터인지 수용소인지가 어떤지 알아보려고."

"그래? 여기에서 꽤 먼 데잖아? 총도 없이 그 많은 사람이 걸어왔다고? 어휴, 어지간히 힘들었을 텐데. 여기는 서울이니까 좀비들도 엄청 많을 거 아니야?"

총기를 다 회수하고 일어서며 진우가 물었다. 삼식이는 서쪽 창가를 가리켰다.

"응, 걸어서는 못 오지. 유빈이가 꾀를 내서 자동차 타고 왔어. 도로는 꽉 막혀 있지만 강변의 산책로는 차가 다닐 수 있었거든. 저기 입구에 서 있던 두 대 기억나? 그게 우리가 타고 온 차야. 그걸 타고 잘 오고 있었는데… 갑자기 이놈들을 태운 헬리콥터가 나타나서……."

한참 설명을 하던 삼식이가 멍해져서 입을 벌린다. 아까부터 뭔가 영 찜찜했었는데, 이제야 왜 그런 기분이 들었던 건지 깨달았다. 삼식이는 창가에 쓰러져 있는 시체들을 되돌아보며 중얼거렸다.

"헬리콥터! 저놈들을 내려놓고 갔던 헬리콥터가 분명히 다시 돌아올 거야!"

"뭐? 헬리콥터? 야, 그런 걸 지금 말해주면 어떡해!"

깜짝 놀란 진우는 곧바로 창가로 달려가서 피를 잔뜩 흘리고 있는 시체의 다리를 잡아 뒤쪽으로 끌었다.

혹시라도 놈들이 다시 돌아온다면 이 건물 내부에서 무슨 일이 벌어졌는지 단번에 알 수 없도록 해야 한다.

지이익, 시체가 회전하며 뒤로 끌리자, 바닥에는 붉은 핏자국이 길게 그려졌다.

"어디로 옮겨?"

삼식이도 시체 하나를 잡고 끌어오며 물었다. 진우와 삼식이는 커다란 테이블의 그늘 아래에 시체들을 숨기고 책장을 엎어서 가렸다.

이 정도면 어지간히 꼼꼼히 찾아보기 전에는 외부에서 알아볼 수 없을 것이다. 시체 은닉을 마치고 아래층으로 내려온 진우는 보안관을 불렀다.

"보안관! 너도 가방 놓고 와! 아래에 있는 시체들 치워야 돼!"

"시체? 왜?"

"이놈들 타고 온 헬리콥터 또 올지도 모른다며!"

아, 맞다!

그제야 일행 모두는 그들이 안도감에 취해 까맣게 잊고 있던 헬리콥터의 존재를 다시 떠올릴 수 있었다. 검은 군복 놈들만 다 죽인다고 해서 끝이 나는 문제가 아니었다.

태권소녀와 보안관이 진우를 따라 계단 쪽으로 뛴다.

그때, 대장 개 삼식이가 귀를 쫑긋거렸다. 그러고는 진우를 향해 짖었다.

얼ㅡ! 얼ㅡ!

발을 멈춘 진우는 손을 들어 친구들을 멈춰 세웠다. 녀석이 뭔가 들었나 보다. 이럴 때 밖에 나가는 건 위험하다.

잠시 후, 모두의 귀에도 아주 작게 헬리콥터 소리가 들려오기 시작했다.

투투투두투투투두—

서쪽에서 날아온 헬기 소리가 건물 주변을 빙빙 돈다. 진우는 이를 꽉 문 채 조심스럽게 고개를 들고 창문 바깥쪽을 내다보았다.

검은 헬기는 30여 미터 상공에서 유영 중이었다. 그리고 검은 헬기와 건물의 사이에는 세 구의 쉐도우 실드 대원 시체가 바닥에 누워 있었다.

"젠장, 벌써 봤네……."

진우는 고개를 내저었다. 하긴… 이렇게 들키지 않았더라도 무전에 답이 없으면, 당연히 수상하게 여길 수밖에 없는 일이었다. 진우는 친구들 쪽으로 돌아와 큰소리로 말했다.

"창가에서 멀어져! 그리고! 총을 쏴도 안 맞을 각도를 찾아서 피해! 저 새끼들 가진 총이 뭔지 모르지만, 일단 아무거로라도 몸을 가려! 두껍고 단단한 게 좋아! 의자나! 테이블!"

그렇게 말을 하고 있는 동안 건물 주변을 기웃거리던 검은 헬기는 고도를 낮춰서 한강 쪽으로 이동했다. 커다란 전면 창이 나 있는 방향이다.

검은 헬기와 진우 일행은 두 층 높이의 창을 사이에 두고 서로 정면으로 마주 보게 되었다. 검은 헬기는 제자리에서 천천히 옆으로 돌기 시작했다.

"피해!"

진우는 모두를 향해 외친 후, 전면 창에 이어진 벽 쪽을 향해 뛰었다.

얼—!

대장 개 삼식이가 진우를 따라오려 한다. 진우는 뒤돌아보지도 않고 소리쳤다.

"삼식이, 거기에 있어! 너도 오지 마!"

투투투투투— 타타타타타— 투투투투—

검은 헬기 옆문을 열고 대기하고 있던 쉐도우 실드 대원이 MP5를 난사했다.

쨍강! 쨍강! 와장창!

커다란 전면 창이 박살 나며 무너져 내렸다. 사방으로 유리 조각이 튄다.

"익!"

벽에 달라붙어 난사되는 총알 세례를 피한 진우는 무거운 배낭을 벗으며 기회를 기다렸다. 하지만 그에게는 헬기나 상대방의 화기에 대한 데이터가 전혀 없다.

어떻게 움직이고, 어떻게 공격하는지, 얼마나 정확한지… 아무것도 모른다.

타타타타타— 투투투둑— 투투투투투투—

한 번 더 총알 세례가 지나가고 잠시 총성이 멎었을 때, 진우는 살짝 몸을 내밀고 K—2의 방아쇠를 당겼다.

탕탕탕— 탕탕탕— 탕탕— 탕, 탕탕—!

3점사로 맞춰둔 K—2가 열심히 총알을 날리는 동안, 진우는 눈으로 적의 방향을 쫓았다. 검은 헬기는 조금 전 총격을 가하던 때보다 조금 위쪽으로 올라가서 대기 중이었다.

타깃이 어디에 있는지도 모르는 채 날렸던 진우의 제압사격은 당연히 빗나갔다. 그리고… 그사이 탄창을 교체한 검은 헬기의 쉐도우 실드 대원이 아래쪽을 향해 재차 난사를 시작했다.

투투투투투투— 투투투투— 투투둑—

티잉— 티잉—

대리석 바닥이 긁히고, 쇠기둥에 튄 총알들이 요란한 소리를 낸다. 진우는 고개를 더 바짝 숙였다.

쐐애애앵—

요란한 프로펠러 소리가 난다. 헬기가 또 위치를 바꾸는 모양이다. 물론 그동안에도 적의 사수는 계속 MP5를 쏴대고 있다.

적은 그가 어디에 있는지 알지만, 진우는 적 헬기의 위치가 언제 어떻게 바뀌는지 그저 짐작만 할 수 있다. 이건 불리한 싸움이다.

하지만 진우에게는 수없이 많은 아수라장을 헤쳐 오며 누적된 전투 경험과 배짱이 있다.

딱히 계산하지 않았지만, 진우는 적 헬기가 자신을 노릴 수 있는 방향을 찾아 회전하리라는 것을 미리 짐작할 수 있었다. 그래서 처음부터 그쪽을 염두에 둔 채 준비를 하고 있었다.

투투투투투둑— 투투투— 투투투투—

아니나 다를까, 오른쪽 측면에서 날아오는 총알들.

헬기에서 퍼부어진 총알들은 중앙의 유리창을 지나 건물의 왼쪽에 있는 대형 창들을 박살 낸다.

탄창을 교환한 진우는 눈먼 총알에 맞지 않기 위해 배낭 뒤에 다리를 숨긴 채 기회를 기다렸다.

"다 쐈냐?"

외부에서 울리는 총성이 멎고 2초 정도가 흘렀을 때, 진우는 획 몸을 돌리며 K—2를 난사했다.

투둑— 투투투투두— 투투투투투투— 투투투투—

〈『좀비묵시록 82—08』 제14권에서 계속〉

좀비묵시록
82-08

1판 1쇄 찍음 2016년 8월 11일
1판 1쇄 펴냄 2016년 8월 18일

지은이 | 박스오피스
펴낸이 | 정　필
펴낸곳 | 도서출판 **뿔미디어**

편집장 | 이재권
기획 · 편집 | 문정흠

출판등록 | 2002년 9월 11일 (제081-1-132호)
주소 | 경기도 부천시 원미구 소향로 17번길(두성프라자) 303호 (우) 14544
전화 | 032)651-6513 / 팩스 032)651-6094
E-mail | bbulmedia@hanmail.net
홈페이지 | http://bbulmedia.com

값 8,000원

ISBN 979-11-315-7336-5 04810
ISBN 979-11-315-6934-4 04810 (세트)

www.bbulmedia.com